北方冰原
亞爾多蘭王國
凜冬國
梅托拉山脈
法奧村
歐斯維爾王國
奧西礦
精靈森林
倫迪村
萊克賽爾王國
中央山脈
索米亞古墓群
惡魔裂縫
長河
古奇拉神殿
魔法學院
新索米亞王國
銀鷲堡
黑暗大陸
邪惡森林
鑰之神殿
邂逅酒店
永刻村
南方荒漠
璐卡蒂亞大陸

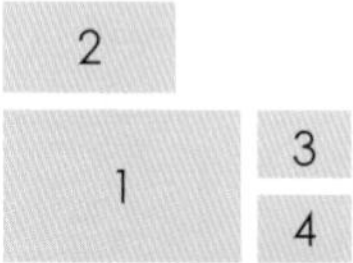

1　覺醒者的未來充滿挑戰
2　覺醒者尋找神力轉化為自身的力量
3　地下迷宮的門是終末之門？
4　到古老的神殿裡探險尋找神力

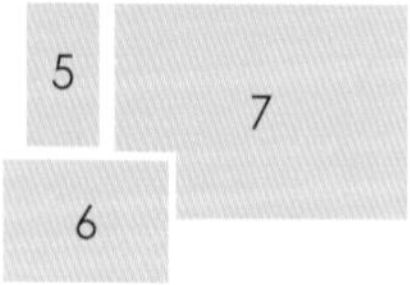

5 老魔法師用左手在空中劃著術式施展魔法
6 許多邂逅與故事都發生在酒館中
7 這是充滿魔力能量的魔法遺跡

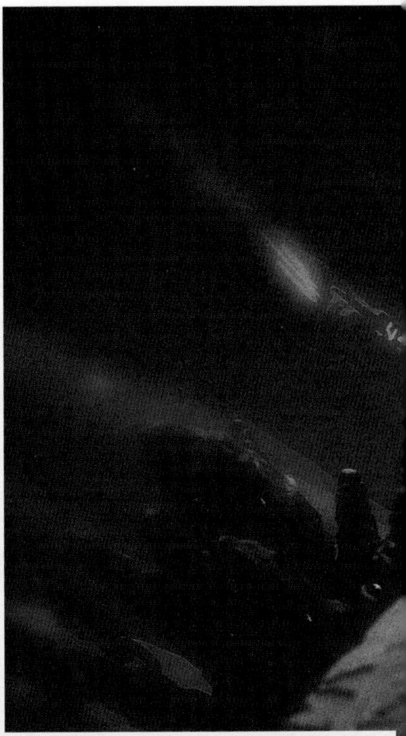

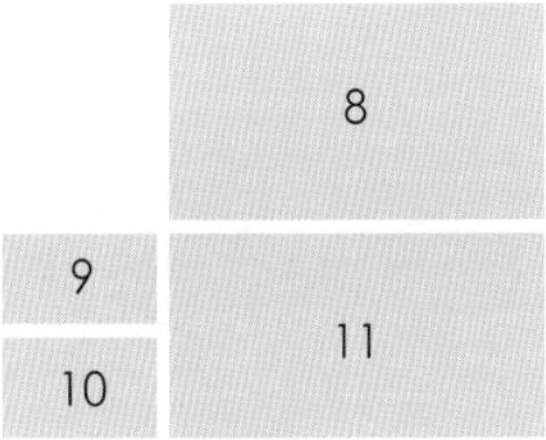

8 在森林古蹟前遇到噴火的異獸
9 魔法師的魔法術式製作充滿想像力
10 草原上的動物察覺到即將發生異變
11 銀鷲堡大門入口被占領

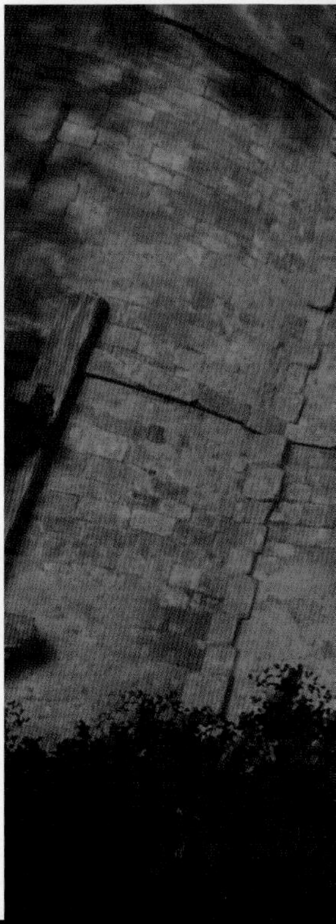

12
13

12龍的噴火具有強大的殺傷力
13受到神力影響的龍裔戰士

THE AWAKENER

THE APOCALYPSE GATE

覺醒者

終末之門

樓蘭、譚龢、譚湘龍 著

前言

惡魔穿過裂縫而來，
人類不是惡魔的對手，
唯有借助於神力。
千年之前，神魔大戰，
天神發了很多神力遺落在人間，
在所有神魔大戰過的地方、
在廢棄的神殿、在幽暗的古堡、在某處的地窖，
或多或少都有些殘留的神力。
千年前大魔王潰敗，元靈裂碎成七片散落人間，
找到神力就可以控制和吸收元靈碎片的魔性。
覺醒者由此誕生，
藍色的火焰紋身是覺醒者的印記。

不斷地戰鬥，
不斷地尋找覺醒之力，
是覺醒者的宿命。
崛起，
直到所有的惡魔都被驅逐，
到另一個世界。

目錄

序章之前

魯卡迪恩之死

「魯卡迪恩！」

不遠處台子上的行刑官，扯著嗓子叫著魯卡迪恩的名字，「間諜罪」、「謀殺罪」以及「叛國罪」，這些尖銳的詞彙就像與自己毫不相關的市井嘈雜聲浪，同時擠入了魯卡迪恩沉重的雙耳。

此時發生的一切對魯卡迪恩來說就像是一場酒後的噩夢。他的潛意識裡認知的非常清楚，自己就要死了。不是死在與惡魔的交鋒中，而是在一個完全陌生的國家、完全陌生的土地，離自己不足二十餘步的處刑台上。

魯卡迪恩想著自己之前所經歷的冒險、曲折、友誼與生死存亡的時刻，不禁用力地想要擺動雙手。而他的雙手就如沒有明天的未來一樣被枷鎖束縛在自己的身後。

押送魯卡迪恩的兩名獄卒的其中一人看到魯卡迪恩雙手用力致使肌肉緊繃，還以為這個罪人企圖做垂死的掙扎。

這名獄卒在內心嘲笑眼前的罪人，就算是身上帶著法器一類的東西也無法掙脫瑪納鎖的禁錮。

終於這條路快到頭了。兩名頭戴漆黑皮帽卻光著上身，顯擺著上身怒噴油亮肌肉的壯漢，從斷頭台的架子後面走過來，押解這位年輕罪人的獄卒提在胸口的一口氣終於放下，罪人平安地移交給行刑台上的劊子手。

劊子手分別走到魯卡迪恩兩旁，其中一人狠狠踢了一腳魯卡迪恩膝蓋後膕窩，讓他意外的是這一腳居然只是讓眼前的這名罪人腳步踉蹌了一下。而另一名劊子手見狀則是狠狠地壓著魯卡迪恩的臂膀，之前的劊子手也想著要出口惡氣，再使上全力又一腳朝魯卡迪恩的膕窩踹去。即使魯卡迪恩想保持著作為一名戰士、一名青銅級冒險者小隊長的尊嚴，他也沒能抵住這一踹。他雙膝跪在粗糙的木樑上，一些木屑刺進了他的皮膚。但這又有什麼關係呢？反正不久之後自己的人頭可能就要落地了。

「魯卡迪恩・費魯諾，男，二十二歲，出生於第三紀元一五一六年，半人馬之月十一號，出生地倫迪村，因在我亞爾多蘭王國從事間諜活動和參與謀殺國王陛下的暗殺行徑，我院宣判你同時犯下『間諜罪』、『暗殺君主罪』以及『通敵叛國罪』。對你的判決是，死刑立即執行。」

當審判庭的判官如背稿子一樣地念出了罪人的罪名後，周圍那些圍觀的群眾們興奮高舉雙手跟著起哄吼著：「死刑！死刑！死刑！」

「罪犯，倫迪村的魯卡迪恩・費魯諾。因國王陛下的特許，現在本庭問你，你在被行刑前可有遺言要留？」

「……」

魯卡迪恩一言未發，只是苦笑著，抿著因缺水而乾裂的嘴唇搖了搖頭。

他在這不言間，回憶了一下自己從在睡夢中被抓走、審訊、坐牢到今天要被處死的這段經歷，已經喊了無數次的冤，沒有人理他，逐漸冷靜後才分析清楚，國王的死是事實，需要替罪羔羊，最大的嫌疑人應是既得利益的繼位者，這一切難道不都是那所謂的新國王陛下精心安排的嗎？是的，哪有遺言可說啊。就算一再陳述自己無辜的事實，又有誰聽呢？他們聽不見啊。

魯卡迪恩想要堵上自己的耳朵。他不想在此刻還要分神留意那些毫不關心真相的民眾們在嘶吼些什麼。他也不想聽連結鍘刀的繩索因為受力而緊繃發出的滋滋聲。在魯卡迪恩的意識裡，這聲音結合烈陽下緩慢升起的鍘刀投影，就彷彿是他生命的倒數計時。

然而就算如此，兩名劊子手也不願給魯卡迪恩最後的清靜。只見兩名劊子手在魯卡迪恩身上四處摸索著。根據亞爾多蘭王國的習俗，人死後身上的財物必須和死者一同下葬。如果這些財富留在人間那麼就會被死亡之神詛咒。

「一個將死之人身上不應該有這種東西。」顯然一名劊子手發現了什麼。那是一個看似黃銅質地的臂環。其實這個臂環就一直戴在魯卡迪恩的左胳膊上。魯卡迪恩自己都已經快要忘了這東西了，他在心裡咒罵著這個臂環。命運之環？對魯卡迪恩來說，這件大費周折從神殿遺跡找來的所謂「遺物」簡直屁用沒有，在他生命的最後一刻，大家搶破頭的「神器」此時仍然如死物般的沉寂。或者從根本上說就是破銅爛鐵，甚至比不上鎮裡最不起眼的雕金師隨手打造的飾品。

劊子手試圖把這手環取下，可他們怎麼試都無法如願。

其中一名劊子手用餘光瞥見了審判官臉上的不耐煩之色。只能用胳膊肘頂了頂他的同伴示意作罷。

劊子手在解完魯卡迪恩的繩索腳鐐之後，先按照當地信仰向旁吐了兩口口水，這是有劃清界線之意，讓受刑人死後直接去見死亡之神，直接進入輪迴。

幾乎被淹沒在人聲中的鍊條聲戛然而止，鍘刀已經完全升至頂端。劊子手粗魯地將罪人魯卡迪恩的頭按在斷頭台的最底下木頭凹處，露出他的頸背，讓他的頭臉方向朝著圍觀的群眾。只等著行刑官一聲令下，鍘刀就會落下。

劊子手站在亞爾多蘭王國城牆內東門廣場上用木頭搭起一人高的台子上面，睥睨著底下群眾，突然升起一種君臨天下的錯覺，身分意識百倍高漲，彷彿掌握生死的權力。他欣然望著身旁染上了歲月的深棕色斷頭台的木架，鍘刀刀背漆黑如夜色，新磨好的刀刃反射陽光的鋒利，正渴求著飲血。

前夜，劊子手無名的興奮感使他幾乎沒睡幾小時，只好起身看著太陽勤快地爬出山坳，把天空洗得很藍，幾片小白雲被驅趕到遠山的山頂處徘徊著，不捨離去。就像千年來每一個有陽光的早晨一樣，天空湛藍深邃寧靜如亙古不變，對比他的心——難以遏止的狂跳。

斷頭台前一早擠滿了躁動的群眾，全國經過成年禮的大人，大概都來了，等著看執行死刑的人犯人頭落地。

今天登場的主角因為通敵謀害國王罪要上斷頭台，即將登場的行刑盛會把平靜的亞爾多蘭王國整個炸翻天了，宛如嘉年華會。人們將會興奮地討論整整一季。每個人都能清楚地描述死刑犯的眼睛是什麼顏色、最後的表情如何、劊子手臉上皮膚的皺褶且手臂突起的肌肉隆起是如何的形狀、鍘刀下去血將如何開花、頭顱會滾到誰到面前等等。就連國王的離奇暴斃與王位的繼承，都沒有現場目睹死刑的震撼、刺激和具有話題延展性。

亞爾多蘭王國平靜無波許久，斷頭台已經整整二十年沒有搬出來使用。

一般罪犯被處死刑是不會搬出斷頭台的，直接在市場口劊子手揮刀了事。這座斷頭台象徵的意義不同，只有王親國戚犯死罪或影響程度特大的案件，才會特別用到斷頭台。

從開始鋸木頭、工人搭好台子，到從庫房裡搬出斷頭台、磨亮鍘刀，每天都有一堆人圍在東門廣場的施工現場看進度。

這個行刑台，就是死刑罪人的終末之門，鍘刀一邊是生，一邊是死，一邊是人生，一邊是地獄，當然，群眾們都認為罪人肯定是會下地獄的。

行刑當天一大早，在行刑台上的劊子手收到獄卒押來的魯卡迪恩後，先解開他手腳上的繩索鐐銬。這是根據當地習俗，死刑犯在被行刑前，要把他身上的束縛解除，死亡的當下還他自由，沒有束縛的走上向地獄之路。

「這人犯下的死罪，可是二十多年來頭一回，有那麼多人來觀看，我從未見過這樣的場面。」劊子手解開魯卡迪恩身上的束縛時，手不禁洋洋得意地抖起來，胸腔挺得老高，看到台下黑壓壓的群眾，嘟嘟囔囔像是在喃喃自語，又像是小聲對另一人說。

儘管太陽爬得高高地，灑下熱情，但現場的空氣卻如被冰封，廣場沒有一絲的風。

重頭戲要開始了，圍觀的群眾們都很有耐心地閉上同樣乾涸的唇。汗珠在廣場上每個人的額頭間沸騰，卻沒有人揮汗或抱怨太熱，畢竟這場二十年才出現的盛況太難得了，只有四十歲以上的長輩對於二十年前公開處決王后的整個過程記憶猶新！

「這一切源起於你救了先王的狼。如今看來，值嗎？」彷彿是來自魯卡迪恩心底的聲音，向魯卡迪恩問道。

「呵呵……」魯卡迪恩苦笑一聲。是啊！這次因為救了國王的狼，魯卡迪恩認識了大公主，然而在宮庭政變中，大公主自身難保，就憑兩人的這點交情，大公主也不可能伸出援手。

魯卡迪恩又一次回憶起以前那腥風血雨的日子，那刀尖上打滾的生活。多少次在惡戰的血泊中死裡逃生的冒險者，不料卻將平靜地死在這異國他鄉斷頭台。這也許就是作為戰士最不甘心的事，戰場才是英雄的埋骨之地，如今心願未了、只恨惡魔仍未除盡……

不知是汗還是淚水迷糊了魯卡迪恩的雙眼，英雄淚不是為二十二歲之死而流，而是他血海深仇未報、消滅惡魔的壯志未酬……

抬頭望去。眼前看到的不再是人群，而是浮現出一張張臉孔：倫迪村的家人、最好的朋友哈繆爾、女巫金妮和白鴿精靈、覺醒者教團的朋友們……以及該滾回地獄老家的惡魔們的血盆大口……。

「行刑！」行刑官大喊！

永別了……魯卡迪恩突然覺得頸脖處一陣發麻……

脖子還連著頭嗎？

序章　流星雨呼喚惡魔裂縫

烈陽逐漸沉入了這片茂林山谷的盡頭。

在這盡頭除了像將熄餘火一般的殘陽外，還有一塊巨大無比的石碑。似乎已經無人記得這裡，更是無人記得這塊石碑被風蝕的文字都記載了些什麼內容。然而秘密埋藏得再深也會有萬古之人前來揭開這神秘。

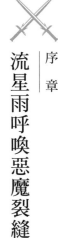

淒冷的月迅速占領夜空，一群身穿深色長袍的人影如鬼魅般聚集在這塊巨大的石碑前。這群人的眼睛都被黑布所遮擋了，但這網格小布並不會完全遮住他們的視線。十二個人影靜靜地在此靜候著，他們在等待自己主人的信號。而在不遠的地方同樣聚集著少數深色袍子的人影。其中一人手持提燈，這也是這片密林月夜中唯一的人造光源了。

「開始吧。」隨著一個蒼老卻有力的聲音，在光源處，依稀看見雙手高舉揮舞著一對牛角的一團模糊黑影，除了聲音的主人外，所有人都用雙手捂住了臉。他們先用右手捂住自己的雙

目，然後再用左手捂住了自己的鼻子和嘴。在這些人的手背上刻有奇怪的菱形烙印，而當他們用這樣的方式將自己的臉捂上後，這手背上的圖案組成了像是一隻眼睛一樣的符號。

看到不遠處的燈光熄滅，在巨石碑旁的十二個人突然有了動作。他們以石碑為中心環繞著跪下並且手心朝天張開了雙手，還將自己的額頭貼在了地面上。這些人幾乎同時開始呢喃了起來。他們的聲音本就渾濁，在黑布的遮掩下，這聲音更加的模糊不清。而在遠處的那蒼老聲音的主人卻聽得很清楚，這些人念誦著的彷彿就是他心靈深處所傳出的悼詞。

星海冥途啊！
喪音之鐘將再響徹，無暇之姿將會再臨。
如冥途所知，
聖邪魔萬物皆愚昧，唯有混沌得道冥途。
無上混沌啊！
我等在此向您祈喚，降下那恩澤之雨吧！

巨大石柱的岩石外殼在這陣陣咒語聲中開始龜裂，直到天色開始出現異象，一道無端的閃電徹底擊碎了龜裂的巨石，露出了潛藏於其中的晶體。原來這是被乾涸泥土包裹著的巨大晶石柱。

看到如此景象，那十二名祭祀者的咒語聲也逐漸嘹亮，隨著咒語聲，一道紅色的光柱從晶石朝天射去。這十二名祭祀者也不知接下來會發生什麼，但對於他們的主人而言似乎一切都在按著計畫進行。紅色的光柱如長槍破空，劃開厚重的積雲。石柱周圍的綠草也開始隨著大氣壓狂亂舞動，這就像是一名舞者在生命的盡頭搖擺出最後的舞姿。隨著一名祭祀者抬頭望向天空，他們才發現自己剛剛所進行的儀式究竟是何用意。

數顆隕石正以驚人的速度從天外降臨這片密林。它們已經突破了星球的表面，在空中變成了巨大的隕石火球。巨大壓力已經折斷了樹木，這十二名祭祀者被這氣壓壓在地面動彈不得。他們紛紛將頭轉向不遠處的主人。而主人卻冷冷說道：「這可不行。」

在不遠處，這些祭祀之人的主人熄滅了提燈。「既然加入了真實之眼，就應該好好地用你們的雙眼迎接所謂的末日。」老者的聲音似乎能夠跨越距離，無視周遭環境的噪音直達那十二人心裡。「放心，在你們被砸成肉醬之前，應該會先被燒死吧。」

那十二人最後甚至都無法流出絕望的淚水，他們眼球中的水分不是被隕石帶來的高溫給蒸發，就是因為魔力枯竭而萎縮。

隨著隕石落地，地動山搖，周遭大地砂石飛捲，盡數化作焦土。

而這些摧毀大地的隕石的其中一顆正巧不偏不倚地砸在那紅色的晶石上，煙塵漫天。

不久，祭壇前的隕石雨停了，燃燒起的煙霧和掀起的塵土也逐漸變小變淡，當煙塵散去後，倖存者慢吞吞地從躲避的地方出來，大家只見原本應該屹立巨石的位置現在被砸出了一個碎裂的深坑，一個接近菱形的長圓形深洞，加上土地上的裂痕導致原本應該是圓形的洞有上下尖尖的裂痕。

過了許久，黑色的粒子狀霧氣開始從這深坑中開始向外擴散。

「去看看。」老者將提燈再度點亮，將它交給了身邊的一名黑袍信徒。那名信徒用如鬼魅般的步伐移動到了深坑旁。他看著深坑中的裂縫睜大了眼睛，用接近癲狂的姿態大聲說：「是眼睛！真的是眼睛，就像祭壇上面的眼睛！就像是我們手上的眼睛！」

隕石落地燃燒的火光中，依稀彷彿看到倖存者說的無名石碑前的祭壇。在倖存者殘留的印象中，之前祭祀時祭壇上放著那被斬斷頭的牛有一隻腿彷彿還在抽動，血液混合著可能是其他不明動物的暗紅色的糊糊黏稠的液體，會順著石台周圍的凹槽流進一個形狀猶如眼睛、中間的瞳孔是太陽狀的圖騰中，血流終點正是眼睛中間瞳孔的部分，是一個圓形，刻有十二道光芒。當血流從圓形散到十二道光芒中時，一個血紅色的太陽，在眼睛中浮現。

倖存者內心還在咀嚼主人的名言，眼睛是通往迷離仙境的橋梁，是打開終末之門的鑰匙。主人對於眼睛的崇拜，似乎很想挖出每個人的眼睛奉獻給神，得到神囑的穿越三界的「真實之眼」。倖存者也很樂於貢獻出自己的眼睛，只是主人常說時機尚未來臨。看來十二名祭祀者是就是時機到了成就登仙之階，大家心裡竟然湧起一絲羨慕。

隕石雨橫掃之後，詭異的氣氛隨著末日般的火光燃盡。原本的牛血祭壇和尖晶巨石都被這個像眼睛一樣巨大的地下裂縫所取代，倖存著的黑衣人跟著主人和首徒圍在眼睛隕石裂縫旁邊，來不及哀悼被燒或砸死的十二名祭祀者，反而七嘴八舌地討論這個深不見底的深淵。

眼睛隕石裂縫中瀰漫出的黑霧，隱約似乎暗潮洶湧、窮目無法看清。

極目望向深淵，深淵卻回望！

本來在地底最深處隱隱流動的滾滾黑煙，眨眼功夫就來到大家的面前的地面上，眾人這才看出這片滾動的黑霧，其實並非黑霧，而是黑糊糊的一種生物，吸引人眼球的，是一顆顆灰黃的尖齒。

一群頭部長著小巧雙羊角，扁扁的臉、鼻孔大而朝天，像猴子的凹陷的臉和塌鼻子，長手長腳，有著一身又黑又硬的粗毛的惡魔，從裂縫中蜂擁而出，毫不猶豫地撲向裂縫旁邊的黑衣信徒。惡魔就像撕棉花一般將他撕碎，隨後大口啃食著他的血肉，猶如匕首般灰黃的牙齒瞬間被染成血紅……

第一章

荊棘雄鹿的顫慄

在惡魔裂縫前面，十二位祭祀者的主人拿著牛角向天呼喚和小惡魔從裂縫中飛出來的一幕，全部是在一片火焰中出現的。守在這片火焰前面觀看的，是歐斯維爾王國的國王艾爾瑟里克、王國大法師奧瑞斯德和他的學徒喬舒亞三人。

看著數以百計的小惡魔從裂縫中蜂擁而出，恣意蹂躪啃食現場黑衣信眾的那一幕景象，三人都嚇得目瞪口呆。儘管奧瑞斯德明知這段火焰是過去一個月前發生在黑森林祭壇與造成惡魔裂縫的事情，火焰畫面中也聽不見十二位祭祀者的咒語和信徒的慘叫聲，但光是驚心動魄無聲的影像，就連有「璐卡蒂亞第一魔法師」之稱的奧瑞斯德，臉上的肌肉都不由自主抽搐般亂跳，四肢也忍不住瑟瑟地抖個不停。

三人並不是在歐斯維爾王國王宮的主殿之中，而是在主殿旁邊一棟專門祭祀的殿堂中。

祭祀大堂有分好幾個殿堂，分為神祇殿、祖靈殿、靜修殿等。在神祇殿的正後面供奉著許多鑲崁著紅綠寶石眼睛的神祇神龕，有著五彩色帶華麗的衣服和神像莊嚴的臉龐，除了有鷹臉、虎臉等動物臉人身，也有象徵風雨雷電山川的神像。由於崇拜多神、萬物有靈，連神明臉上的多樣豐富表情、都非常豐潤的可看出衣著色彩，這民族有很豐富的想像力。

神壇中央突起一個大圓柱，柱上雕刻的主神，是長著一對荊棘般大鹿角的雄鹿，身型金黃色，底色基調全為綠色。

這個綠底金黃色荊棘雄鹿的圖騰，在旗幟上、窗戶、帳幔都隨處可見，這正是歐斯維爾王國的信仰所在。

神祇殿大堂中央的地面上，有一個正方形的火塘，國王艾爾瑟里克和奧瑞斯德三人就在這個火塘邊。

奧瑞斯德揮舞起左手，他在空氣中寫下了一道術式。奧瑞斯德面前的火塘空間扭曲了一下，一個被淡藍色靈光包裹著的像是一面透明的鏡子一樣的東西籠罩著整個火塘，接著出現另外一個空間的畫面，宛若用鳥的視角，從空中俯瞰整個惡魔裂縫。他左手在空中比劃的是最新創造的術式和將進行的儀式，利用時間和空間的黏連和轉移，能短暫地一窺過去、現在和未來。其實以他的法術能力並不需要這個火塘，這是為了在國王面前顯現的一個儀式感，所以藉用火塘作為一個媒介，只是連自己都沒有想到傳來的畫面如此震撼。

火塘中的火焰燃燒得非常猛烈，然而，這些火焰的燃燒卻寂然無聲，火焰中的畫面正停格在剛剛的惡魔裂縫上。這時，三人這才忍不住大口吸氣並小心喘氣，彷彿唯恐被小惡魔聽見一般。國王艾爾瑟里克得要抓住旁邊一把椅子的扶手才能站穩腳步。此外，沒有別的聲響，現場氣氛十分凝重！

火塘旁邊鑲著方形的大岩石，岩石的右邊放著一桶桶五顏六色的粉狀物，每個桶中都有一個長杓子，剛剛就是喬舒亞根據導師的口令，往火焰中投放了一些粉狀物，配合著奧瑞斯德的魔法，出現了過去一段時間、特定地點的畫面。

現在火焰中浮現出的畫面，有如正在放映一部影片，按下了暫停，正停止在惡魔裂縫上，還可以看到不斷從裂縫中湧出的小惡魔鮮紅色的舌頭和灰黃的牙齒對比！

喬舒亞明知道導師的強大魔法能看到過去和現在，仍會脫口提出一些無意義的問題：「導師，這是真的嗎？」喬舒亞已經跟著導師學了五年的魔法，但他一緊張時，五官會擠成一團，就像貓臉一樣。

奧瑞斯德並沒有回答喬舒亞的話，他正分心注意國王的表情和動作。

「國師，國師，末日浩劫來了，想想辦法？想想辦法……」國王艾爾瑟里克驚惶失措、心急如焚地來回踱步。國王快速移動的腳步聲在空洞的大殿激盪，焦躁的情緒感染到現場的其他人。

國王艾爾瑟里克身上金絲線繡的荊棘雄鹿圖騰長袍和袖口的流蘇隨著急促的走動，衣袂在空氣中飄動摩擦的聲音，就像指甲劃著玻璃般刺耳，讓大家都覺得難受又心浮氣躁。但艾爾瑟里克似乎停不下來，一邊走動還一邊嘆氣，不時喃喃自語，嘟噥著怎麼辦。

此時此刻，雖然沒有立即的危險，卻已到了國家危急存亡之秋，人民的生命、財產安全，甚至國之將亡、人類的世界將傾倒的局面即將來臨了！

奧瑞斯德靜默了彷佛一世紀之久，才緩緩地說道：「這回惡魔來勢洶洶，而且不只從一個裂縫中過來，我必須親自到現場去，才能封印！」

這時，奧瑞斯德已經壓抑住緊張與焦躁的心情，面容神態間都恢復了平日恬淡的神情，以從容的態勢回答國王。

艾爾瑟里克聽到奧瑞斯德信心十足的說法，以為奧瑞斯德已經想好了應對之策，情緒不再像沸騰的開水，呼吸間也平順了許多。

「現在王國中許多兵將都被派出去保護村民，就連翠冠騎士團也派出去了，我會向民間徵召一批會武術或懂魔法的冒險者，保護奧瑞斯德去惡魔裂縫，進行封印！」國王艾爾瑟里克深呼吸之後，總算能說完一句完整的話了。

希瓦隆德的世界中間層的璐卡蒂亞大陸上，分布許多國家和部落，都有各種的冒險者穿梭遊走，就像是雇傭兵一樣，成為一種職業，通常為皇親貴族或富人商隊所聘用作為保鑣或護院，也有類公會組織冒險者聯盟為這些人評級。

跨國境的冒險者聯盟以鐵、銅、銀、金、白金的金屬式分級制度來決定冒險者的強度。一般而言，金級的頂級冒險者，一個國家內僅會有數十人，銀級冒險者則約有數百人至千人不等。銅級冒險者所占比例應該最大，屬於普通冒險者所能達到的較好水準，傳說白金級冒險者在整個希瓦隆德的世界裡只有六十位左右。

希瓦隆德的世界分為三層結構，中層有五塊大陸，四片大洋，上層為眾神所在的天界，包含天界的九重山、世界樹之巔、菲路勒界河。下層為深淵、地獄與冥界等異界之地。而這次惡魔會打開裂縫來到人間，應該就是打通從下層到中層的結界。

奧瑞斯德在年少時期，曾經自魔法學校的師祖處得知：在很久很久以前，惡魔曾經打破三界的限制來到人間作亂，攪得人類天翻地覆死傷無數。此事還驚動了天界，後來是天界的神到人間協助趕走惡魔，世界才恢復了平衡。

神力傳說，已經在人間傳頌千年。

千年之前，神魔大戰時，天神發了很多神力，那些沒有擊中惡魔的餘力遺落在一些神魔大戰之處，如廢棄的神殿、幽暗的古堡、古墓或地窖、茂密的森林裡，這些地方或多或少都有些殘留的神力。多年來，很多冒險者企圖尋找這些神力，期望速成戰鬥力，達到一步登天的境界，但都沒有人找到。

希瓦隆德的世界中間層的璐卡蒂亞大陸上，是以丘陵環繞著中部的巨峰為主的區域，其環境適合大部分種族居住，也都居住在平原一帶，國與國之間都有丘陵、森林和河流，歐斯維爾王國在璐卡蒂亞大陸的偏北方，東面以平原為主，被長河分割為南北兩塊區域，都有一些部落和村莊群聚散布在森林和河流之間。

北部冰原常年處於極寒的冰雪世界，只有頑強的人類與冰獸等適應寒冷的種族生存。

西面的大陸的山對面的臨海處則是充滿著恐懼的邪惡的荒蠻之地，人稱黑暗大陸，各式各樣的黑暗神祇存在於這片大陸，當然這只是傳說，畢竟奧瑞斯德從來沒有翻越過西面大山，更不知西海岸有哪些黑暗神祇流連。

南面的大陸則處於常年的高溫與完全沙漠化的大陸，大部分沙漠和熱帶生物適合棲息在這片大陸上。

璐卡蒂亞大陸有約數十個國力不等的國家，其中包括平原中人類的帝國，森林中精靈的國度，以及矮人的地表下王國。

歐斯維爾王國是璐卡蒂亞大陸中最大的國家，這次惡魔從裂縫中侵襲，破壞了璐卡蒂亞大陸的平衡，奧瑞斯德憂心如焚，卻也覺得自己身負人類命運存亡的重擔！

國王匆匆離開祭祀大殿去安排招募協助奧瑞斯德封印的冒險者。

其實在過去的這一個月，各地已經陸續傳出小惡魔入侵的災情，國王派出軍隊到各處救援，成效不彰、傷亡慘重！

「導師，剛剛看到了過去，不知道現在受惡魔肆虐地方的狀況如何？」站在火塘旁的喬舒亞知道導師奧瑞斯德施術能看到過去、現在和未來。

奧瑞斯德緊閉雙唇，繼續指示喬舒亞灑出一種彩色的粉末，接著吐出一連串咒語。之前火燄中停格的畫面，又開始急速地移動，掃過森林池塘和草原，仍然在惡魔裂縫的附近，到達黑森林的盡頭，躍然眼前的是一片綠油油的草原，正上演著腥風血雨的惡戰。

就在祭壇平台前森林盡頭的平原上，一隊戰士正和惡魔兵纏鬥不休。

領頭的將軍騎著匹白馬，雄壯威武、英姿颯爽，銀白色鎧甲受到陽光的反射，如鏡面反射著閃爍。

喬舒亞很清楚地從火焰中看到白馬將軍年輕的臉英氣逼人，眼神清澈又充滿自信，揮舞著一把長槍，毫不畏懼地迎向他的敵人。

只見將軍左閃右避，手持一把長槍，腰裡別著一把匕首，挑死了一個小惡魔。另一個小惡魔又撲上來，撞掉了將軍的長槍，將軍連忙把匕首掏出來。這時來不及了，只見小惡魔的帶尖刺倒鉤的尾巴，無與倫比地快速飛過小惡魔的頭頂，轉瞬間穿透鎧甲，直直刺入將軍的心臟。

小惡魔刺入將軍心臟的尾巴還沒有來得及拔出來，將軍揮舞的匕首正趁勢落下來，鋒利邊緣掃過，立時斬斷惡魔的尾巴。這兩個動作前後只差幾秒，將軍揮斷惡魔尾巴的那瞬間，可能沒有想到尾尖已經刺入自己心臟。

失去意識的將軍向後倒下馬之前，斷掉的惡魔尾巴還在他的胸口顫抖著、抽動著。

正在此時，旁邊草叢竄出兩名黑衣尖帽蒙面人，在將軍身體還沒有落地前，一人一邊夾起將軍的臂膀，遁入草叢，只剩下他的坐騎還在原地驚惶踏步。

現場兵荒馬亂，沒有人注意到將軍落馬和失蹤！

在附近的山洞中，一身鎧甲的將軍躺在一塊暗紅色的發亮的石片上，他的胸口，還插著小惡魔的斷尾，斷尾還在做最後的抽動，一些血順著斷尾邊緣滲透出來，血量很少，但已經發黑了。將軍在斷尾刺入的當下就已經一命歸西了。

這片暗紅色石頭極薄，底下還有一塊更大的石頭。底下的大石灰撲撲的，看起來比較平常。相對來說，上面的薄片暗紅並發出亮光，足以顯示這塊石頭的質地非常細緻、特殊，似乎金屬成分含量很高！

主人站在將軍的身軀左側，在另一邊大約有十個黑衣人，這些人都是之前在黑森林祭壇前的倖存者。儘管在小惡魔的灰黃利齒下餘生，信徒們還是繼續跟著主人，並聽命把鎧甲將軍的身體帶回岩洞中。

鎧甲將軍的腳邊，放置了一個非常大的暗褐色銅鍋，要放下一個人不成問題，但湯裡不知放了什麼草藥，可能是烏黑腥臭的味道實在太臭了，黑衣人不但把面罩拉上來遮住鼻孔，也都儘量往鎧甲將軍左邊頭部的方向集中，讓爐子的周遭空了下來。

爐子開著小火，只有一個黑衣人拿著長棒子，不斷攪拌鍋中物，還一邊搖著頭，儘管黑布蒙住口鼻只露出眼睛，卻見眉眼皺成一團，可能臭得受不了。

岩洞很大，從洞的深處還傳來動物的嘶吼聲，伴著敲動鐵欄杆的聲音，聽聲音就知道關在洞深處肯定是一些毒蛇猛獸。

黑衣人陸陸續續捧來了九顆血淋淋的老虎頭，從血液的殷紅色來看是剛剛斬下來的新鮮的老虎頭。

老虎頭被輕輕地一個接一個放入大鍋中，只見一入湯鍋裡的老虎頭立即縮小成比拳頭大一點的小虎頭。

接著又放入剛被去頭去尾還在扭動的九段有鱗片的粗大蛇身。

最後放入鍋中的，則是一隻剛剛砍掉頭、斷頸處還血淋淋的獅子身體，由兩個黑衣人捧著倒立的獅身，把獅子頸部位置直直往下插入大鍋中。眾人還能看到獅子的尾巴還在空中拍打，感覺相當詭異。

完成野獸下湯鍋的儀式後，所有黑衣人都退到主人的對面，隔著中間放置鎧甲將軍的身體石台，面向主人的方向趴在地下，如同搖尾乞憐的狗趴著，等候主人摸頭。

主人捧著一個有巨大羊角的山羊頭，吟唱著另一種關於人與魔合體、長生不老的禱文：

遠離冥途之光
來吧！
賢者石上的將軍
肉身不朽
來吧！魔王
屬於您的夜宴
新鮮的肉體
是奉獻您的不死之軀
獻上全部的血　永生
榮耀我的生命

合而為一！合而為一！

念完禱文之後，主人換了一種咒語，邊念邊把山羊頭放在鎧甲將軍的頭上，用右手抓起將軍的匕首，先用左手拔起小惡魔的尾巴，丟到旁邊地上，同時毫無猶豫地用匕首刺入自己的心窩，整個人橫著趴在鎧甲將軍的身上，呈現一個十字型。

心臟對著心臟，血液對著血液。

主人的眼睛張得比平常大一倍，直勾勾地看著趴在地上的十個屬下。這些人都是他為魔王重生準備的可口點心。

主人的生命順著血流逐漸流到將軍胸口血槽時，他過往記憶片段正飛速的在眼前旋轉，他沒有後悔，因為他的心早已被魔王占據。魔王對於身為人時候的記憶不屑一顧，也不值得留念，只有在迴光返照的剎那間，主人本身的記憶短暫主宰他的身體：他回顧為人子女、為人父的幸福與驕傲。

主人呼出一口長長的氣，是擔任「真實之眼」教派主人的人生的最後嘆息：人類的生命有限，還要經歷各種磨難，身體逐漸衰老病痛，苦多於樂，無法超脫人的極限……。

魔王將成為永恆！

千年前神魔大戰，大魔王被天神封印在地底深處，直至今日都無法脫身。

當年大魔王的元靈碎成七片，散布在深山幽谷、惡潭險地。在努力修補元靈的千年之間，元靈碎片陸續占據到幾個人身上，各有不同的影響。但，只有在真實之眼教派主人身上的元靈碎片能發揮到最大的作用。

主人身上的元靈雖然僅是七分之一，但在借力使力下，呼喚流星雨撞出裂縫，於是魔界通往人界的封印再度被打開。雖然還沒有找回魔王的真身，卻也成就了將軍的不死之身，主人點點頭含著微笑似乎在說：值啊！

主人最後的容顏，臉上掛著一抹奇異的微笑，嘴角一邊上揚，一邊下垂，臉孔看起來有些扭曲，但微笑終歸還是微笑。

這是趴在地上抬頭瞻望主人容顏的屬下作為人類最後的想法。

儘管是出現在火燄中的異象，奧瑞斯德和喬舒亞看到這位邪教首領臨死前臉上似笑非笑的面容時，身上不由得起了陣陣雞皮疙瘩，好像在皮膚深層的肉裡發癢，卻搔不到癢處。這種讓人坐立難安的難受，如同明知即將大事發生，卻手足無措！

「天啊！大魔王要復活了嗎？誰能對抗呢？」喬舒亞低聲喊著，他所發出的每個字彷彿都去而複返，有如在縫合的嘴中悶著、烤著。

窗外的日光光線已經退去，祭祀大殿的大部分角落陷入沉沉的黑暗，大殿中並沒有燃起一支火把，只有中央火塘上閃爍的火光。火光在奧瑞斯德的臉上一明一滅，導師的臉似乎非常遙遠，又彷彿近在眼前，喬舒亞不免一陣冷顫，因為他從來沒有見過導師臉上的肌肉擠得這樣縱橫交錯，恐懼和悲哀交織，不見以往和藹可親的神情。

火焰中的畫面又停格了，停格在惡魔屬下的含著敬畏與恐懼的瞳孔中，喬舒亞才有機會連忙深呼吸幾口氣。

「咳！咳！」奧瑞斯德彷彿一口氣喘不過來，引發一陣咳喘。

奧瑞斯德調整了氣息後，才說：「別擔心，再厲害的生物都有天敵！」

「看得到我們嗎？我們的將來是如何？」等到導師喘氣緩和過來之後，喬舒亞又再問道。

「事不關己不亂！正統的魔法師在施魔法未來術時通常儘量不看自己的事，魔法對於過去和現在是非常的準確，因為是已經發生的事情，但對於未來的顯現則也是片段的，對於自身遭遇則是有衝突的。我們都不會因為出現在未來的預言，而改變我們的行動，該做的還是一定要去做。有些結果連自己都可以預期，根本不需要用到魔法，但魔法預言的未來會充滿變數，也會因為某些東西的出現，或是沒有出現，而對結果產生改變或影響，魔法對未來的探知術僅僅能供參考。」奧瑞斯德看著喬舒亞目瞪口呆的表情，認為學徒可能難以理解，他指示喬舒亞：「別想太多，剛剛灑入的粉的順序再倒著做一次。」

奧瑞斯德不反對看看未來，但他不會因為未來而改變犧牲自己拯救世界的決心。能夠成為王國的大法師，奧瑞斯德也歷經多次攻擊、政變、暗殺等等，但從來沒有像這次一樣充滿了無助之感。「即使困難重重，也要渡河到彼岸」，這是他的信念！

「再強的人也有弱點，看來可怕的大魔王也一定有他的弱點？也許傳說中的預言之子可以找到？」奧瑞斯德像是在對自己喃喃自語。

「預言之子是誰？」聽到新名詞喬舒亞忍不住又問。

「也許是一個人或者是一群人，先知說預言之子用天神之力趕走惡魔。嘿！喬舒亞！專心點，粉不要灑到外面。」

隨著奧瑞斯德揮舞起左手在空氣中寫下了另一道術式、念起新一輪的咒語，火焰中出現一個傾倒了一半的大殿，支撐住大殿的殘餘羅馬石柱上面斑斑點點的孔洞清晰可見，石柱有如被風蝕的泛黃且破損的很厲害，明顯歷經多少年代的洗禮，仍頑強的立在基石之上，似乎在笑傲人生的短暫。

在歪斜的大殿門口有一個石板上面寫著「鑰之神殿」。

有幾個穿著武士鎧甲，但面目模糊的人進入這個大殿。這群人穿的服裝不統一，雖然大都穿著騎士鎧甲，但衣衫不整、頭帽沒戴整齊，步履蹣跚，不太像是一個團或師的正統軍人或侍衛。

「這些人雖然穿的軍服，但，一點也不正統，好像是倉促集合的人。」喬舒亞說得貼切。

不久，又有幾個人跟在後面進入大堂，第二批進入的人身形臉龐則看的比較清楚，領先的是一位身披著狐狸毛的身形十分壯碩的戰士，第二位是拿著弓箭，遊俠裝扮的女孩，跟在她身旁是一位穿著黑色魔法師的道袍的年輕女性，穿著牧師袍的走在最後。

「導師，你看那位黑袍的魔法師，長得很像薇亞娜！」

奧瑞斯德沒有回答喬舒亞的問題，非常專注地看著火焰。

喬舒亞頓時心想，如果黑袍女是導師的另一個學徒薇亞娜的話，自己又在哪裡？他忙著找出現在畫面中的人，有沒有像是自己的人。

從奧瑞斯德對著火塘施法開始，火焰已經不是火焰！

喬舒亞看到過去未來的畫面，卻聽不見聲音，只能猜測這些畫面的意義。

他沒有想到，當第三波人進入鑰之神殿時，一名女性呼喊著前面領頭者時，一個聲音竟然清清楚楚地傳到奧瑞斯德和喬舒亞的耳中：「魯卡迪恩，等等我！」

只見一位濃眉大眼厚唇，神情有些憨厚的年輕人，穿著有青銅級肩章的冒險者服飾，轉頭回應呼喚他的女孩，這女孩也穿著冒險者服飾，一看就知道是青銅級冒險者。

這群人的其他幾位都是穿著冒險者服飾，看起來這是一群受過訓練的傭兵團隊。

「這女孩的聲音竟然可以穿透魔法、在時空裡跳躍！她肯定不是一般人！」奧瑞斯德看出這女孩很明顯不是純人類，而是有著龍族氣質的少女，在她的額頭和髮際線之間有一圈羽狀鱗紋。

「是的，我也聽到了。」喬舒亞嘖嘖稱奇：「太神奇了，怎麼會聽到聲音呢？這位魯卡迪恩又是誰？看穿著好像是青銅級冒險者！如果薇亞娜也在裡面的話，他就會和薇亞娜碰面。」

「喬舒亞，你總是想太多，專心點。」

奧瑞斯德和喬舒亞正在驚奇之際，這團火焰彷佛被風吹著走，穿過一段暗黑的走道，飛入一扇高聳的大門。經過的那扇大門，上面有幾個古字：「The Apocalypse Gate」匆匆映入眼簾。喬舒亞覺得自己就像是那團會跑的火團。雖然畫面一閃即逝，但卻令人心頭一緊，似乎感到不祥之兆，這個「終末之門」究竟在哪裡呢？

緊接著畫面跟著火焰進入一個大殿中，看大殿的風格，應該是鑰之神殿的延續，這個大殿沒有窗戶，應該在地下或山腹中。

大殿中有兩波人正在激烈戰鬥，喬舒亞看到裡面有些熟面孔，是剛剛進入鑰之神殿的前兩批人。

而正瘋狂戰鬥的人們，並沒有發現他們頭頂有人，原來是那位叫做魯卡迪恩的冒險者在他們的上方，正小心翼翼地趴伏在一個橫樑上面。

突然間，一件黑乎乎的東西飛起來，在戰鬥中的所有人都停下來了，不約而同開始伸手搶這件被拋來拋去的東西。

最後，這東西飛到房屋的橫樑旁邊，趴在橫樑上的年輕人魯卡迪恩，也騰起一隻手伸向空中，似乎也想要抓住那東西。

正在此時，國王剛好推門進到神祇殿中，中央火塘的火焰被開門時帶起的旋風打散了，原本的畫面頓時消失的無影無蹤。

「我已經下令貼出告示來召募冒險者，陪同奧瑞斯德前往惡魔裂縫。」國王話說到一半，才發現兩人表情都像剛被灌下毒藥，連忙改口問道：「怎麼啦？你們的表情那麼怪異，又看到什麼？還有比剛剛更糟的嗎？」

「不是的，因為施魔法太累了。陛下！」喬舒亞忙著解釋。

這時，奧瑞斯德已經疲憊不堪地癱坐在地上，也許是耗盡能量，再也無力施法。魔法師施未來術時是非常耗費體力和能力的。

這時，火焰已經回復到正常的模樣，也發出一些木材著火啪啪的聲響。

喬舒亞攙扶奧瑞斯德離開大殿時，兩人心中都浮現一個人的名字：「魯卡迪恩」。

第二章

誰在倫迪村放火？

晨曦的光線從洞口斜射進來，緩慢地爬到魯卡迪恩的身上，輕輕敲打了他的眼皮。

魯卡迪恩長舒一口氣後睜開眼睛，他坐起身來四處張望，一時間還不知自己為何竟然會睡在山洞中。

他看著旁邊一位年齡長他幾歲的黑衣黑髮女孩睡的正熟，還有兩隻白鴿精靈依偎著她。魯卡迪恩疑惑地瞪大了眼睛，直到他一頭撞向旁邊的石壁才將瞌睡趕走。他想起自己和這名黑髮的女孩昨夜從倫迪村亡命逃出，一路穿過夜晚漆黑的森林，被夜晚張牙舞爪的樹枝野草刮得傷痕累累，折騰了將近一整夜，才來到一處山洞。

魯卡迪恩回過頭來，這次他仔細打量了黑髮女孩。女孩有著烏黑的秀髮、深膚色的皮膚，兩扇烏黑的睫毛平靜躺著，神情恬淡舒適。魯卡迪恩看著女孩睡得如此安穩，不由自主的露出了微笑，可能這幾天累壞了，難得有個好夢，他決定還是先不要吵醒這位叫做金妮的年輕女巫。

魯卡迪恩獨自來到洞外，他找到了一片潭水，用冰冷的水洗了一把臉。魯卡迪恩是剛滿十四歲的年輕男孩，但他的身材健碩的已經長如同大人一般，要不是稚嫩的臉龐上還有幾粒雀斑，以及那尚未脫去童稚的眼神，還真猜不準年齡。

魯卡迪恩取回了自己睡前晾著的粗布衣服，這件衣服看起來很舊了。穿上身後如同在皮膚上抹上了一層碳灰，一邊衣角還有些燒焦痕跡，很像在火堆裡打滾過一樣，再加上樹枝草葉的刮痕，幾乎快要看不出原來的顏色了。

原本想要先鍛鍊一下，可剛擺開架勢，魯卡迪恩就感到肚子咕嚕咕嚕叫著，只能嘆了口氣。他決定先不要吵到金妮，自己去找點吃的再來。

魯卡迪恩一邊打著哈欠，一邊雙手張開伸了個懶腰，手伸到半空中還沒收回時，他的餘光瞥到一個令他難以置信的場景。

遠處，應該是迎著晨曦，在一片階梯式綠色田野中安寧甦醒的倫迪村，正要開始一天農活，遠望應是白色炊煙嫋嫋，輕柔婉約投入空中的景象。然而，此時此刻整個村莊竟然冒著火光、揚著濃濃的黑煙！

與其說是火，不如說像是餘燼的黑煙籠罩，倫迪村裡的火勢看起來已經燒過一段時間，能燒的已經燒完了，幾乎快要熄滅。

天啊！怎麼回事，都是黑煙?!魯卡迪恩不由自主地顫抖著。

怎麼是黑煙？平常燒飯時，只有一開始燒柴時有些黑煙，但大部分都是白煙啊！怎麼會那麼大的面積，全部都是黑煙呢？

難道是自己昨晚放的火，卻把整個村子都燒掉了嗎？但昨晚只是在一間久無人住的空屋裡放火，怎會燒了全村呢？

他開始忐忑不安，如果全村燒掉了，村裡的人是否逃得過這一劫呢？父母親和家人是否平安？

魯卡迪恩用最快的速度穿過森林，一路上顧不得鋒利的樹葉劃破他的皮膚，他跑啊跑，一路跌跌撞撞地跑回村莊。

魯卡迪恩從來沒見過如此景象，此時的倫迪村看起來家家戶戶都遭火神洗劫。從踏入倫迪村的那時開始，在路上就沒有遇過一個活人，魯卡迪恩整個心已經懸在空中，連大氣都不敢喘一下，心中萬分恐慌的自問，爸爸媽媽哥哥姐姐呢？

終於魯卡迪恩憑著印象找到了家門口，他呆在門口，不敢踏進一步。

魯卡迪恩家裡本來是有兩排房子以及前後院、起居室餐廳和四個房間，如今，在起居室的大門口，只剩下焦黑的柱子，和部分殘留在屋頂上沒有燒完的瓦片。

生理上的饑餓和乾渴已然抵不住震驚與悲哀，最重要的是足以淹沒理智的悔恨如浪潮般淹沒了他，占據了魯卡迪恩全部的思緒。

魯卡迪恩開始回憶。昨天晚上，前來報訊的女巫師金妮被村民們認為是先前襲擊過周圍村子的黑袍巫師會的同夥，村民們認為金妮是來刺探他們村子情況的。因為金妮帶來的資訊是說惡魔即將襲來，請村子的人趕緊離開這樣的說詞。一想到周圍幾個村子的下場，年長的村民們被恐懼之火亂了心靈，他們將金妮綁上了柴薪，預備要執行私刑燒死她，魯卡迪恩為了救這個無辜的女孩，在村子南面的空屋裡放了一把火，利用火勢引開村民後，他和兩隻白鴿精靈，合力把金妮從堆滿柴薪上的柱子救下來。

他背著被下了迷藥的金妮，又跌又撞地跑過森林，逃到附近的山洞，直到魯卡迪恩因守夜累垮了，才瞇一下眼，豈料才睡不久，就被早晨的陽光敲著他的眼皮叫醒。

難道自己為了救個陌生人，不但賠了全村的人命、房屋、財產，還賠上自己的至親？這是他必須付出的代價？還是對他的懲罰？

魯卡迪恩內心萬般恐懼是自己放的火釀成大災，所以他在自家屋子前面不由自主地腿軟，跪了下來，竟然不敢往焦黑冒煙的屋子裡走近察看一步。

從屋後走出兩名熟悉的鄰居，臉上的表情和肢體動作卻是他從來沒有見過的樣子，走路顛顛簸簸，整個人畏畏縮縮，恐懼、驚愕和臉上的皺紋一起扭動。

「以為你也死了！」鄰居突然冒出這句話。

「怎，怎，怎麼了？」魯卡迪恩突然覺得喉嚨卡住了，吐不出一句完整的話。

鄰居沒有回答，拿著一塊布，進入魯卡迪恩家中，幫忙拖出他父親的燒黑的遺體，放在呆怔住的魯卡迪恩面前。

他整個人嚇傻了，這個……面前的這具焦黑的遺骸是……是父親？見到了自己父親的遺骸後，魯卡迪恩即使不願相信，他的情緒也瞬間崩潰了。

「都是我害的！」他呼天搶地哭喊著：「都是我害的！」

魯卡迪恩看到他父親的那一剎那，好像有隻無形的手抓起他的胃狠狠地擠壓蹂躪，從原本的位置一直擠壓到口腔，一股酸楚味張牙舞爪在喉嚨裡翻滾，他雙手緊握拳頭按住胸口拼命想壓回嘔吐感，但是最終沒能忍住，蹲在地上乾嘔起來，但是他的肚子裡完全沒東西，只能吐出來又酸又臭的苦水。

另一方面，他恨自己，這具焦屍是自己的親人啊！為什麼不能避免這種嘔吐的反應？

他更恨的，是他昨晚為什麼想到這種放火去救金妮的點子，害得全村人遭殃！

排山倒海的悔恨瞬間淹沒他的整個人，他覺得眼前一陣發黑，到底是因為肚子餓極了？還是因為強烈的情緒的反應？他雙手撐著地面喘氣，鄰居也沒有催他，只在一旁靜靜地等待，讓時間的流淌，清洗他的傷口。

頭腦中萬千針刺到沒有感覺了，麻木成一棵樹，魯卡迪恩只覺得整個人錯亂了，掙扎著想爬得起來，他很想昏過去，讓思想跳過這一段痛苦的過程，但是他告訴自己，絕對不能夠昏過去，也真的沒有辦法失去理智，他一定要去找到每一個親人，他可能是他們最後的依靠了。

魯卡迪恩用力按住糾結的胃，這是他成長以來第一次有整個胃在翻轉打滾的想跳出自己的喉嚨，甚至他覺得肉體上更痛一點，也許能夠壓過精神上的痛。

「天破了一個洞，黑雲落到地上成為火球，一群怪物不知道從哪冒了出來，鄰居們有的被燒死了！有的被怪物吞食了……楊卡還沒被撕成碎片的時候指著這些怪物說：『是惡魔真的是惡魔！』我們不該懷疑那個小姑娘的……」鄰居的聲音非常平淡空洞，每個字都很輕，彷佛從很遙遠飄過來，但這些字句，敲進魯卡迪恩的腦海，攪拌、沸騰！

「惡……惡魔？」

魯卡迪恩長那麼大，只在牧師楊卡那裡聽說過遠古時代惡魔侵襲璐卡蒂亞大陸的故事。這一切對他來說是多麼的虛幻縹緲。

「我的家人也是被惡魔害死的？」

「是的，全村都是，村長、教堂的牧師也都是。」

鄰居說的時候，面無表情，好像在說別人家的事情，這是悲哀到了極點，已經悲無可悲了！

「是惡魔……惡魔……」魯卡迪恩無意識地重複這幾個字。

竟然是惡魔，第一個念頭竟然是：還好不是他放的火，還好是惡魔燒的。

接著又想到，有什麼差別呢？一樣都家破人亡了！

無論如何，他的罪惡感稍稍減輕一點。

「是惡魔？是金妮說的惡魔？」金妮說的果然是真的。

他救金妮並不是因為相信她的話，而是因為金妮是他帶進村的，他不能讓金妮因為村民們的莫名恐慌而燒死她，他有責任給金妮一個交代。

父親死了，母親呢？他開始到處張望找母親的身影。

鄰居又從房子裡搬出兩具焦屍，是母親還是姐姐？他分辨不出。

人燒焦後，水分蒸發了，變得很輕、很輕，四肢都蜷曲著，整個人縮小了一圈，看不出是男是女，但是因為幾片殘存的衣角黏在骨頭上，他知道其中一具是哥哥，一具應是姐姐。

其實他用一塊布自己就可以抱起家人，但他就是動不了。整個人世間再也沒有血濃於水的親人。

鄰居已經離開，去忙著收拾自己家裡的殘破。

不行！還沒有找到母親！

魯卡迪恩硬撐著爬起來，屋子裡面看起來已經沒有屍體了，他踉蹌地繞到後院。

在後院，魯卡迪恩找到了抱著一根曬衣服的柱子的母親，母親的面容已毫無血色，僅一息尚存。

母親看到他，痛苦扭曲的臉上突然有一絲笑容如曇花般陡然綻放。痛和笑，本來是兩種表情，痛苦的皺紋撕裂著母親的臉，看到魯卡迪恩毫髮未損，安慰的微笑如漣漪擴散，覆蓋住部分痛苦的紋路，詭異的神情割鋸著魯卡迪恩的心。

魯卡迪恩連忙上前抱住母親，母親好輕，這時他才驚愕發現母親膝部以下鮮血淋漓又空蕩蕩的，兩邊的小腿和腳都不見了！

「我房間床底下，有一個竹盒，裡面有你的身世訊息……」母親似乎憋著一口氣硬撐著，等著對他說這句遺言，還沒說完話就斷氣了。

魯卡迪恩抱著母親殘存的上半身坐在地上，這時真的一無所有了，他哭不出來，所有的親人都死了，為何他不在場？為何當家人遇到危難他去救別人？無邊無際的自責蔓延壓垮了他。

不知過了多久，鄰居過來把他母親和其他家人放在一起，找到一塊還算乾淨的布先蓋著。有人把他拉起來，餵他水喝，讓他吃點東西，他完全沒有抗拒，任人擺布，有如行屍走肉。

火勢已經完全熄了，倖存的村民才陸續出現，拍拍他，抱抱他，一個個又走了，家家戶戶都要重新收拾，沒有人能停留在他的身邊安慰他。

突然之間，他想到母親遺言，跳起來，只能在灰燼中尋找殘留下的東西。這場大火幾乎吞蝕家裡所有，連床都不見了，何況竹盒。

從早到晚都在灰燼中找尋挖掘，希望能夠多找到一些曾經與家人共同生活的片段記憶，哪怕是父親在他小時候雕刻給他的玩具騎士兵，或是任何能提醒自己家人回憶的東西。

當一無所有時，任何擁有，都是一種奢侈！

幾乎沒有看到完整的東西，連床都已經燒成灰燼，在母親房間原本是床位置的灰燼中，他找到一個圓形石頭，用粗布擦了一下黏在上面的焦黑物質，發現上面有一個小洞，洗乾淨以後左右細看，這似乎是十分普通的黑灰色石頭，比較特別的是上面自然鑲嵌有白色的紋路，一條橫紋一條豎紋交叉，好像一個聖徽。

魯卡迪恩找了一根繩子穿過石頭上的小洞，成為一條項圈，掛在脖子上，留作紀念，當石頭掛在脖子上時，這顆石頭的十字字型是上面比下面的短一點。

村中剩下唯一完整的建築是老教堂，這時尖頂的教堂空蕩蕩的，日光透著五色窗灑下來不同的顏色，以往魯卡迪恩最喜歡教堂的長拱型窗戶，這次心底不由憎恨起來，美麗聖潔的顏色原來會隨著心情變化。

楊卡牧師已經不在了，村民勉強把找到的被褥等東西放在教堂大殿裡打著地鋪。

倖存的村民們在教堂後墓園裡用木頭刻好一個個墓碑，集體辦好親人喪事之後，每個人心頭浮上的沉重是，未來將何去何從？

魯卡迪恩在曬衣架上找了一條母親的長褲，收集一些麥桔杆扎成兩束，後院找到母親兩隻鞋子，擦擦乾淨，做成兩隻假腿和母親的身體綁在一起，這樣比較符合母親生前的樣子。

坐在親人們的墳前，失落感也排山倒海地襲來，他已經一無所有，連一個說話的對象都沒有。前幾天跟哥哥姐姐們吵架、和父母親頂嘴，突然覺得非常的珍貴又記憶猶新，讓他不斷地回想、再回想，直到這些記憶更加清楚鏤刻在腦海，再也不可能被忘記。

沒有任何的機會向家人說愛你和道別，魯卡迪恩又再一次，忍不住地摸了一下脖子上面掛著的石頭。母親最後的遺言，身世的訊息全部都付之一炬，魯卡迪恩根本不在乎自己身世，這輩子他只認定這個家就是親人。

摸著這塊石頭，魯卡迪恩煩躁的心，逐漸地安定下來，無關身世的訊息，最重要的是，母親給他的唯一遺物有一種療癒！

他第一次感覺到，原來悲傷哀痛的情緒竟然能夠讓心絞痛、腸胃翻滾、腦袋紊亂，整個人好像錯位的狀況。

白天都在挖掘，直到找不出完整的東西，看來這裡不能住了。

到這時，他才首次想起前來預警的金妮，還在山洞裡養傷，還好兩隻白鴿精靈陪著她，應該會叼一些果子給她吃。

魯卡迪恩想到女巫金妮，不禁苦笑，平靜的歲月就在遇到金妮的那一天發生天翻地覆的變化，真的令人匪夷所思……

✕✕✕

魯卡迪恩在森林中的樹屋裡慵懶地躺著，什麼事也不想做，光是看著窗外天空雲朵的變化，就可看一整天。

外面風和日麗，暖暖的風透過樹屋的窗戶中擠進小小樹屋裡，他不由自主地打起瞌睡，兩隻白鴿精靈在他的旁邊嘰嘰喳喳，好像在討論什麼天下大事，停不下來。

魯卡迪恩早就發現兩隻白鴿精靈長得不一樣，一隻鳥嘴短，眼睛圓，很可愛，他叫這隻「圓眼」。

另外一隻鳥嘴尖而長，眼睛也細長秀氣，頭頂上生了一小撮雜色毛，遠看倒有點像小小的皇冠，很有幾分氣質和氣勢，所以叫「公主」。

魯卡迪恩也發現，如果兩隻白鴿在吵架，圓眼的氣勢總是輸過公主。

突然間，兩隻白鴿安靜下來，好像在側耳傾聽什麼。

「怎麼啦！有事嗎？」

「跟我走！跟我走！」白鴿對他搖擺著頭，他感覺到白鴿是在對他說，請跟著白鴿去一個地方。

走到森林的另一頭，一位黑色頭髮，深膚色，棕色眼珠，看起來比魯卡迪恩大不了幾歲的女子，靠在一棵大樹旁邊，好像受傷了。

「我在召喚精靈。」她指了指白鴿：「你是誰？」

「白鴿是我的朋友，我是魯卡迪恩，住在附近的村子裡，就在森林的另一邊。妳受傷了嗎？」

「不很嚴重，一點點皮外傷，可以幫我找點吃的嗎？又餓又累，走不動了。」

魯卡迪恩連忙要白鴿去找點吃的果子過來。

「妳能召喚精靈，妳是……女巫？」魯卡迪恩問。

「我是金妮，來自兩個山頭之外的法奧村。」

「妳看起來不像是女巫！」魯卡迪恩說：「我沒有看到掃帚和黑色的大盤帽？」

「我的村子昨天被惡魔襲擊，雖然我們村裡都會使用法術，但是惡魔來的太多、太快，抵擋不住。」女巫金妮忍住淚水，哽咽地說：「可能只有我逃出來。」

魯卡迪恩不知道如何安慰金妮，兩人靜默了好一會兒。

金妮低頭看了一下自己的裙子，兩邊的黑髮遮住半邊臉，黑色的袍子上面都是塵土與草葉，她用手撥開頭髮、整理了頭髮，拍了拍衣服，抖出幾片草葉，模樣看起來還是很狼狽。

「你們村子裡也要小心，提早防範，惡魔也可能隨時會到。」

「我帶妳回村子裡，有東西吃，也可以警告大家！」

金妮吃了白鴿精靈帶來的莓果，喝了一些魯卡迪恩用葉子裝回來的溪水，似乎有了點力氣，於是跟著魯卡迪恩到村裡。

魯卡迪恩擔心惡魔來襲，決定把金妮直接帶到族長家，不料一進村子，大家看到一個陌生年輕女子和魯卡迪恩一起進來，紛紛圍了過來。

在族長家門口的曬谷場，金妮對著圍過來的村民訴說她村子裡的遭遇。

「這次惡魔來勢洶洶、前所未見，我們整個村的人都會巫術，還是被殺害吞食，你們一定要小心防範！」

為了證明自己會法術，金妮折下庭院中間大樹的一根樹枝，念了幾句咒語，接著坐上樹枝，在族長家前面的曬穀場上空繞行中間的大樹一圈。

聽到金妮說會有惡魔來襲，族長口中唯唯諾諾，先安頓金妮梳洗，換了一套乾淨的衣服，並且請她和魯卡迪恩一起吃晚餐。

見多識廣的族長，立即猜到金妮的來歷，應該是來自北方的法奧村的女巫。

族長的心跳隨著他的回憶不由自主加快，在知道金妮是女巫的剎那間，年少時的荒唐歲月就像牛反哺一樣，讓他回味無窮。

小時候，族長常聽到大人們嚇小孩：「不聽話，女巫會吃小孩！」長輩說，有些女巫專門拐小孩子、把孩子賣到黑暗之地或南洋之邊。

但這些都不是族長心跳歡呼的原因。

年輕時，族長在外地還曾經參加幾次的「獵巫行動」，那年頭很流行「獵殺女巫」，大家認為女巫是魔鬼的使者，用鐵絲或鐵環銬著手腳，鞭打、潑水，扒光女巫的衣服，在她們身上找尋魔鬼的印記。找到一塊胎記或黑斑，大夥兒會興奮地狂叫。最後的儀式把女巫綁在柱子上用火燒，是整個晚上的高潮，獵人們圍在正燃燒的女巫的火炬旁邊喝酒唱歌，是宴會的餘興節目。如今想來當時的興奮還帶有點罪惡感，因為族長並不知道這些被燒死的女子是否真是女巫，或者是否做過傷天害理的壞事。

村裡沒有人知道族長年輕時也曾荒唐過，連他的夫人和孩子都不知道他有這段經歷。不過，現階段就算他想要燒死這個女巫金妮，回味一下年少輕狂的荒唐經歷，也得看看村民大家的意見。

族長從屋子閣樓裡找出一個滿是灰塵的皮箱，儘管最初有些猶豫，但最終還是打開了。

藏在皮箱的最底下，是當年獵巫行動留下的紀念，那是泡過一種特殊藥水的一束虎尾草，聽說可以針對女巫的法術進行短暫的封印。

他當時為了避邪而留作紀念，沒有想到如今可能要派上用場。

把金妮送到客房休息，魯卡迪恩被父母接回家裡之後，族長把村長和村中長輩集合起來召開臨時會議。

本次會議的主題是：要不要相信「**會法術的女巫**」？

倫迪村的村民們意見分成正反兩派。

「她很可憐，家人都死光了！」

「是啊！看她說話非常誠懇，我相信她的話。」

「她說惡魔來侵，我們一定要注意防範。」

同情金妮的大有人在，並提醒村長要開始防範惡魔。

反對派的人火力全開：

「她一定是來探虛實，也許金妮村根本沒有毀村。」

「世界上哪有惡魔？她一定另有圖謀？」

「也許她才是惡魔的化身！」

「她會巫術對我們是個威脅。」有人這麼說，正中村長的下懷，因為他把本次的議題取名為會法術的女巫，就是要讓大家對於巫術產生威脅感。

「她這次接到的任務是拐女孩，所以我們的魯卡迪恩才沒有被她拐走？」

「或是她不是想拐一個小孩，而是許多小孩！」

原本大家七嘴八舌討論，剛開始正反兩邊意見支持的人數不相上下，可能倫迪村平靜和無聊實在太久了，眾人好像說故事接力賽一樣，想像力變化成一個個妖怪魔咒。

「長輩說魔鬼夜宴時，女巫會準備一個大鍋，把小孩燉湯來給惡魔吃。」

「該死的！她身上一定有惡魔印記。」

「可惡！把她綁起來拷問她，看她究竟想幹什麼？」

「嚇死人？煮小孩？村長……村長，我們要行動，不能等她來煮我們小孩！」

自從煮小孩給惡魔吃這個說法一出來，村民的情緒炸鍋了，對金妮的敵意好像會傳染般，越來越多的人贊成要對付金妮了。

「直接燒死她！」、「燒死她！」

民意，是會渲染、誇大、容易操控的、可利用的。

族長心想，不知現在看燒金妮的畫面，是否會和年輕時一樣的興奮？

「最近其他村子都遇到黑袍巫師的襲擊，我們不知道她是否是這些人的同路人？總之，來路不明的女巫，誰知道她在算計什麼。」族長看起來非常開明地順應民意：「好的，我們先把她綁起來，打她幾鞭，看她會不會招供來此的真正用意。」

金妮張開棕色的眼眸，意識還沒完全恢復，起初以為還在前面一個噩夢的續集中，她不斷地掙扎，想要清醒過來，但自己的雙手雙腳卻動彈不得，甚至任何法術都無法施展。

原來是痛醒的，皮鞭不斷地打在她的身上。

有人在吆喝！在叫些什麼呢？

不是做夢！她轉頭看去，發現自己被綁在一根柱子上，手腳除了被麻繩綁住之外，上面還被纏上一圈奇特的乾枯的鼠尾草。

一股淡淡的藥香味傳來，金妮聞到鼠尾草上不屬於鼠尾草的味道，這是一種泡過藥水的鼠尾草。

頓時她的心情有如從高樹上墜落，莫非這就是以前母親告訴她的巫術剋星？

金妮向四周望去，這裡不是客房，不知何時她被轉移地方，肯定是在吃飯時就被下藥了。

「該死的女巫，妳來我們村裡是想要做什麼？」

「騙子！妖女！幫黑袍壞巫師來探路嗎？」

「幫惡魔找小孩嗎？」

一張張村民惡狠狠的臉在金妮眼前咆哮，和剛才她進入村子看到那些一張張老實和善的臉迥然不同。

我做了什麼？為什麼想要燒死我？金妮心中的恐懼滋長，蓋過氣憤。

倫迪村的廣場，堆的高高的柴薪，搭著木頭架子，中間有一個十字形木頭的柱子在上面，女巫金妮被綁在柱子上，接下來村長手持火炬要點燃這木架，村民預備動用私刑要燒死威脅到村民的女巫。

沒有比這更慘的，法奧村被小惡魔占領，家破人亡，逃亡過來還被下藥、鞭打，即將被燒死，金妮心痛極了，才十八歲，人生還沒有開始，就面臨一生的終點！

與此同時，白鴿精靈找到魯卡迪恩，在他的耳邊著急得上蹦下跳著叫著，翅膀急促拍打，羽毛還落下來一兩根。

才剛睡著的魯卡迪恩被吵醒時還迷迷糊糊的，等到發現白鴿的狀況不對，想著可能金妮出了狀況，頓時清醒的跳下床來。

父母不讓他出門，也不肯告訴他發生了什麼事。

魯卡迪恩偷偷地從窗戶爬到窗外的樹上，再順著樹幹爬下來，到處找尋金妮的下落，他不敢去問族長。

「哼！族長肯定與這事脫不了關係。」他好像說給白鴿聽，白鴿精靈一直在他的頭頂上方徘徊。

魯卡迪恩看到廣場上有人提著火把、人頭攢動的模樣，但被人群擋住，他遠遠的看到一根柱子把金妮高高掛起。

看來村民們要對金妮動用私刑了，怎樣才能救金妮呢？

「如果不是遇到我，金妮也不會有這種下場，我不能讓她因我而死。」魯卡迪恩對兩隻白鴿精靈說。

情急之下，魯卡迪恩想起村子裡有一間空屋，很久都沒有人住，被村民當作倉庫，村民們把一些捨不得丟的東西，放在裡面，久而久之，這空屋裡面什麼都有，平常是村中小孩玩尋寶遊戲的好去處。

魯卡迪恩進到空屋，找到火種，還找到一把短刀，他把短刀插在腰際，毫不猶豫地點燃火種，把空屋燒起來了。

「失火了！大家來救火啊！」當火光冒出空屋的窗戶，魯卡迪恩已經跑到廣場在人群的後面叫著。

頓時，大家都跑回家拿水桶救火，村長也趕過去指揮撲滅火災。

魯卡迪恩跑到金妮旁邊時，只見她鮮血淋漓，手腳被反綁在木樁上面，腳下都是木柴，一看就知道她的命運已經被倫迪村判了火刑。

兩隻白鴿飛下來分別去咬金妮手上的鼠尾草。魯卡迪恩趕快先把金妮腳下的纏著麻繩的鼠尾草挑開。

當鼠尾草一拿掉，原本綁著金妮的繩子就自動鬆開了。

魯卡迪恩連忙背起金妮，往森林深處奔跑，兩隻白鴿精靈忽前忽後地跟著他飛。魯卡迪恩知道森林邊緣的山脈底下有一個岩洞，是他的秘密基地，他從來沒有帶同伴們去過。

第三章

進入哈繆爾的意識

樹蔭下，微風輕撫著魯卡迪恩的身體，他卻覺得那陣風好像能穿透過他的心靈，就像三年前和哈繆爾分離痛苦的重現。三年前與小飛龍哈繆爾分別的情景歷歷在目，當時他的心猶如被撕開一個巨大的裂縫，冰冷的風似乎穿透他的內心，發出空洞而響亮的聲音。

在倫迪村教堂墓園，剛剛處理完父母親的後事，魯卡迪恩坐在樹蔭下，陷入沉思。他望著微風搖擺的樹葉，聆聽著鳥兒的歌唱和蟲鳴，看著青草歡快地搖曳。然而，他的心中充滿了不平之氣。整個村莊遭受了小惡魔毀滅性的侵襲，所有親人都在此次浩劫中離世，但世界的運轉卻依然毫不停歇。

他想起如今仍在山洞中陪伴女巫金妮的白鴿精靈圓眼和公主，牠們成為了魯卡迪恩最好的朋友。有了牠們的照顧，魯卡迪恩稍感安心，因為白鴿精靈會陪伴金妮，保證她的安全。如果金妮有任何問題，牠們會飛快地前來告知魯卡迪恩。

白鴿精靈是與哈繆爾一同認識的好友，魯卡迪恩回想起當年馬戲團來到村裡，帶來了那隻改變他生命的突變龍——哈繆爾。讓他無憂無慮、純真快樂的童年中，第一次感受到了失去心愛之物的痛苦。

✕✕✕

三年前，倫迪村裡來了一個馬戲團，他們帶著一列裝滿各種動物的木籠子的車子，搭起了各種大小的帳篷，給村子帶來前所未有的熱鬧和活力。

原本這個馬戲團並不打算經過倫迪村，但因為走錯了路，索性決定在村裡演幾場，並讓村民通知附近其他村子的人前來觀看。

對於魯卡迪恩和他的同伴們來說，這是他們有生以來第一次參與嘉年華會。倫迪村一直都是一個寧靜、純真的小農村，馬戲團的到來彷彿為這裡注入了新鮮的活力。每個人每天都在談論馬戲團的各種表演，而對於那些在村子裡度過一生，從未見過外面世界的人們來說，更是與奮得無以復加。而對於魯卡迪恩和他的夥伴們這群在山野裡野慣了的農村小孩，簡直成了他們生命中的頭等大事。

他們每天從早到晚都在馬戲團的動物欄前玩耍，但馴獸師總是出來驅趕，以免孩子們讓野獸們感到不安。然而，魯卡迪恩和同伴們總是找到機會去逗弄一個名叫哈繆爾的小飛龍。儘管哈繆爾並不會真的飛，但牠看起來非常可愛。牠是一種名叫偽龍的生物，就像是迷你的巨龍，有著小小的翅膀，身體呈現灰色。哈繆爾的外形有些像蜥蜴，嘴裡長著像鋸齒一樣鋒利的牙齒，背部有一排鋸齒狀的軟墊一直延伸到尾巴，還有一對看起來像是還沒長好的幼嫩翅膀。

魯卡迪恩觀察到馴獸師訓練哈繆爾跳火圈，他擔心哈繆爾在表演時會被火灼傷，因為牠的背部鱗片似乎很柔軟，不知是否能夠抵禦高溫。他曾偷偷看過哈繆爾練習跳火圈，但哈繆爾跳得並不高，只能飛到一個人的高度。

有一天，馴獸師不在時，魯卡迪恩和同伴們決定逗弄哈繆爾。他們打開了哈繆爾的籠子，哈繆爾迅速跑了出來，逕自向村後跑去，夥伴們嚇得紛紛跑回家，只有魯卡迪恩緊追不捨。哈繆爾跑到一個幾乎廢棄的井邊，可能是聞到水的氣味，想要喝水。魯卡迪恩追上去時，哈繆爾突然跳上井邊往下看，魯卡迪恩緊隨其後，結果都跌入了井中。

井底的水池中，魯卡迪恩發現哈繆爾非常驚恐，牠在水中拍打著，看起來不太會游泳，可能從來沒有接觸過水池。對於這個在河裡玩耍長大的野孩子魯卡迪恩來說，游泳是家常便飯，他的游泳技巧非常高超。

魯卡迪恩發現井底水池旁有一個大岩洞，可能因為這口井離村子較遠，村民已經搬走，所以井底廢棄不用，而岩洞和水池連為一體。魯卡迪恩迅速將哈繆爾救起，並放到岩洞旁邊的空地上。哈繆爾剛開始十分驚慌失措，拼命掙扎，魯卡迪恩緊緊抱住牠，並輕拍牠的背，哈繆爾逐漸平靜下來，發出吱吱唧唧的聲音。魯卡迪恩和哈繆爾不斷地用手勢交流，雖然他不瞭解哈繆爾的語言，但卻逐漸有了心意相通的感覺。

他覺得哈繆爾來歷不簡單，因為哈繆爾表現得非常聰明，完全能理解他的話，並學著說一些簡單的詞語。雖然他不瞭解哈繆爾的語言，但似乎兩者之間建立了一種特殊的默契。熟悉後，哈繆爾喜歡站在魯卡迪恩的肩膀上，用後爪抓住他的肩膀，看起來像一隻老鷹蹲在他肩上。

在井裡這幾天的相處，有時，哈繆爾還會舔魯卡迪恩的耳朵，魯卡迪恩覺得很癢，但也很幸福，彷彿哈繆爾在傳遞一種友好契約的資訊，於是他也會回以同樣的動作，彷彿回應哈繆爾的情感：「永恆的友誼」。

魯卡迪恩也發現哈繆爾的右前腳尾指斷了一截，但似乎並不痛苦，他會溫柔地摸著這截斷指，哈繆爾會發出呼嚕聲，讓魯卡迪恩感覺牠並不受傷，傷口早已癒合。

有一次，魯卡迪恩抱著哈繆爾睡著了。在夢中，他突然感覺自己在水中游泳，游得非常自如，盡情地在涼涼的水中翻滾、衝刺。然而，當他上岸後，驚訝地發現躺在地上的竟然是他自己！原來，他似乎進入了哈繆爾的意識，體會到了牠游泳的感覺，甚至看到了牠所看到的一切。

醒來後，哈繆爾睜大眼睛看著他，還甩著身上的水珠。魯卡迪恩突然明白，剛才他並沒有真正睡著，而是進入了哈繆爾的意識，體驗了游泳的感受。哈繆爾游泳的技巧非常高超，幾乎比魯卡迪恩還要靈活，甚至在游泳比賽中超越了他，他心想，畢竟哈繆爾應該是屬於龍類生物的。哈繆爾年紀小，又是從空中跌落黑暗的井中，第一次接觸水，一時受到驚嚇，才驚慌失措。等到熟悉後，冷靜下來，天賦能力回來，立時如蛟龍入水。

魯卡迪恩和哈繆爾的友誼越發深厚，兩者似乎心有靈犀，彼此間的默契與感情日漸加深。這段時間，魯卡迪恩和哈繆爾建立了一種特殊的「連線」，無需在睡眠狀態下，他們可以隨時進入彼此的意識中，分享彼此的想法和感受。這種聯繫讓他們能夠互相瞭解，彷彿成為了彼此的親人和朋友。魯卡迪恩透過哈繆爾學會了感知其他動物的想法，儘管動物的叫聲看似簡單，但通過音量、表情和動作，他能夠感受到動物們內含的情感和思想。

在井底的日子裡，魯卡迪恩交了很多新朋友，井底裡的各種動物開始和他一起歡唱跳躍，包括星塵蟾，一種身上覆蓋著微小的星塵顆粒、閃耀著星星般微光的蟾蜍；藏在陰影中，就幾乎看不見牠們身影的幽影蝰蛇；以及身體覆蓋著晶瑩剔透的水晶鱗片的魔晶地鼠和白鴿。儘管被困在井中，但魯卡迪恩並不感到無聊，他開心地和這些新朋友一起度過每一天，忘記了家人的擔憂，直到馬戲團主找上門，才讓他們瞭解外面的世界發生了巨變。

馬戲團主來到魯卡迪恩的家中，指責他偷走了「偽龍」並逃走，要他家人賠償。魯卡迪恩的父母親為了他的安危與馬戲團主爭執不休。鬧到駐城裡的官員前來調解，得知魯卡迪恩是去追尋「偽龍」而失蹤後，這才組成了搜救隊。起初，搜救隊找錯了方向，但最終有村民發現井底傳來聲音，才終於找到了魯卡迪恩和哈繆爾。

魯卡迪恩的家人看到他平安無恙，欣喜若狂，同時也感謝哈繆爾為他帶來的幸運和保護。

「我要哈繆爾！我就是要哈繆爾！」在馬戲團要走的前一天，魯卡迪恩的父母拗不住他的要求，去向馬戲團的團主商量想把「哈繆爾」留下。

「這隻突變龍非常珍貴，我才剛買到不久，正在訓練牠跳火圈和雜耍，當初賣家說牠是一位老魔法師養的蜥蜴所生的蛋孵化，老魔法師死後，他把這隻剛出生的突變的蜥蜴賣給我，牠剛來時生病的奄奄一息，一丁點大小，我花了好大功夫才救回牠，牠還沒開始幫我賺錢呢。」馬戲團團主解釋。

面對團主開出的天價：「十個金幣」，魯卡迪恩的父母無奈，他們根本無法支付這樣的高價。

馬戲團最終還是離開了，魯卡迪恩與哈繆爾的「連線」逐漸淡去，最後完全失去了聯繫。他才明白，距離的遙遠讓他們失去了那種特殊的感應。

這是魯卡迪恩有生以來第一次，覺得心裡好像被什麼東西敲掉一塊。心中空蕩蕩的，彷彿有一個洞被風吹過會發出空空的回音。

從那一天開始，魯卡迪恩逐漸感覺與村裡其他同伴之間有了距離，他開始覺得這些同齡的玩伴們相當幼稚，他們不再像從前一樣親近。

這些年來，兩隻白鴿經常會來找他，嘰嘰喳喳地，偶爾魔晶地鼠也會出現，幫他帶來新鮮的馬鈴薯。這段悠閒的歲月一直持續到女巫的出現，從此寧靜的日子結束了。

在教堂墓園中告別了父母和親人之後，魯卡迪恩對倫迪村做最後的巡禮，他坐在村口的石階上，依依不捨地凝視著這片從小長大的地方。他開始思考著自己的未來，意識到自己的能力遠遠不足以對抗小惡魔，更遑論復仇了。他迫切地想知道如何增強自己的實力，是否要向女巫學習魔法，抑或前往魔法學院尋求更深的修行。然而，魔法學院的所在卻是個謎團，他需要踏上一段未知的冒險之旅，去尋找屬於自己的力量和答案。

第四章

封印惡魔裂縫

在歐斯維爾王國風息堡的颶風門前面，幾乎整個堡壘的侍從們都在這裡牽著馬匹，恭候著那些大陸最優秀的冒險者和雇傭兵們。

歐斯維爾王國這幾天非常忙碌，這次國王艾爾瑟里克徵召志願冒險者加入，涵蓋各種級別的冒險者都紛紛應徵而來。國王親自指派金級和白金級別的冒險者，他們的任務是陪同保護王國大法師奧瑞斯德前去封印惡魔裂縫，這是最為重要且危險的使命。

同時，銀級冒險者被指派配合軍隊前往攻擊小惡魔肆虐之地，銅級冒險者支援後勤，而鐵級冒險者則參與開礦、運輸以及協助傷兵轉移等後勤任務，確保整個行動的順利進行。

金級和白金級別的冒險者共五十八位組成的隊伍，將會跟隨王國大法師奧瑞斯德還有他最優秀的兩名學生一起去嘗試封印位於黑森林的惡魔裂縫。

參加這次遠征的所有人都把此視為無上的榮譽，甚至有些冒險者認為僅憑能與奧瑞斯德一起同行就是一件能光宗耀祖的任務。而對奧瑞斯德師徒們來說，這是極其危險，也必須要完成的使命。

對於此次的行動，整個歐斯維爾王國也是經過了最快速的籌備。不過即便如此，大法師奧瑞斯德內心還是對行動是否能成功保持高度的懷疑，或者說他毫無把握。近日的沉默寡言也是奧瑞斯德用來掩飾心虛的一種表現。整個王國都將資源和希望傾注於這次遠征，這讓奧瑞斯德承受著這一生中最沉重的壓力，而這壓力令馬背上的他彷彿要被頭頂的藍天壓成肉泥。一個多月前的一些記憶在奧瑞斯德的腦海中閃過，記得那時在王國圖書室中奧瑞斯德正與自己的兩名徒弟尋找著對付惡魔侵襲的對策。

為了尋找封印惡魔裂縫所需的方法和材料，奧瑞斯德帶著喬舒亞和薇亞娜在王宮圖書館的書庫中大海撈針般地探尋古老的知識。奧瑞斯德被那些不同的封印儀式的術式構成和不同術式所需的不同儀式材料，搞得差點顧不了形象想要說出詛咒的詞彙。

圖書室中央因為魔力而維持浮動旋轉的渾天儀，精準地預告了每一次陽光繞過斜頂射進窗內的時機。

當陽光穿過最後一扇窗戶後，就預示著黑夜即將來臨。也宣告了他們在這浩瀚書海中花費又一日，一籌莫展。

宮女進來點亮桌上的油燈和牆壁上的火炬，使得藏書庫的大殿裡頓時燈火通明，然而大家的心情依然沉重。

終於，在一本古魔法書中，薇亞娜發現了一段描述百千年前神選的十二勇士帶領人類聯軍與惡魔領主正面對抗的典籍。

奧瑞斯德迫不及待地喊道：「趕快拿給我看！」

薇亞娜小心翼翼地取出書本：「導師，小心！這本書的年代太久遠了，絹紙都發黑了，非常脆弱，紙頁邊角有些化成粉了，還是您過來看看吧！」

奧瑞斯德仔細閱讀了典籍中這段重要的文字。這段文字記錄了偉大神祇火神伊格尼用自己的神焰熔化了似乎是念作梅托拉靈石的一種石頭，在偉大神祇塔格海姆的幫助下鑄成了箭矢，並由偉大神祇露娜拉射向裂隙，最終將所謂的終末之門封閉。象徵深淵的黑霧散去，陽光照在色彩繽紛的梅托拉靈石封印處遍地耀光，反射出七彩流光，迎來重生喜悅。

聽到神焰聖火融化了梅托拉靈石，「梅托拉石」這個名字，喬舒亞陷入深思，他臉上的五官擠成一團，看起來更像隻貓。

「導師，這裡提到聖火和叫做梅托拉的靈石，梅托拉靈石是什麼？」薇亞娜睜大眼睛，好奇地問道。

「梅托拉靈石？梅托拉？」喬舒亞拍著頭、跺著腳說：「我怎會忘記？我怎能忘記呢！」他突然想起自己的家鄉，位於王國北邊梅托拉山旁邊的村子裡，原來那座山就因盛產梅托拉石而得名。

喬舒亞興奮地說道：「我家鄉的山裡盛產這種石頭，當地人在挖坑的時候偶爾會開採出一種很難加工的原石，後來有個石匠說這種石頭是精金石，裡面有一股特殊的能量，普通的工具無法加工。這種閃著七彩的光芒的石頭，摩擦後可以吸住紙片、灰塵、樹葉草屑，因為顏色很多樣，我們村裡的婦女把它做成項鍊飾品來裝飾，據說可以帶來好運！」喬舒亞好像覺得自己已經建立了一番功勞，在導師面前顯得自信滿滿，說話聲音高亢而興奮。

喬舒亞興奮地從衣領裡拉出一條繩子，掛著一顆一半紅色一半綠色的石頭，自豪地說是母親送他的護身符，叫瓜石，因顏色像綠皮紅肉的瓜而得名。「這可是導師幫我做過魔法的護身符！」

「真的？我從來沒有聽說過這種可以帶來好運的靈石？」薇亞娜第一次看到喬舒亞的護身符，好奇地說。

喬舒亞順勢嘲笑薇亞娜：「妳整天悶在房子裡，當然沒見過這麼神奇的東西！」

奧瑞斯德聽到古書裡提到聖火一詞後，叮嚀兩人：「快去找一下有沒有關於聖火的記載？很久之前，曾看過聖火傳說。」

「好的。」薇亞娜和喬舒亞異口同聲地答應道。

薇亞娜找到了古籍中的聖火傳說。此時，窗外早起的鳥兒已經開始嘰嘰喳喳，十分吵鬧地鳴叫著，晨曦爬上窗紙，他們不知不覺又工作了一整夜。

「神選的勇士來到了先民之地，她斬下一根永恆聖樹的枝幹，將其與被祝福的晶石一起製成了一根權杖——瑞亞爾之杖。先民之主，用權杖焚盡了島嶼的黑暗。」薇亞娜眼前一亮，她看向自己的導師：「導師，我記得您曾說您的導師是……是先民？」

奧瑞斯德也想起了自己的導師正是這片大陸為數不多的沒有隨族群遷移到艾文斯特帝國的先民，同時也是格莱里斯王國魔法學院的院長。要是說起先民的東西，那這位百歲精靈必然瞭解。「伴我去傳送池。」

「喬舒亞，你立即到梅托拉山開礦處，負責收集梅托拉石，越多越好，我會請國王派一隊兵協助你，因為我不知道有多少惡魔裂縫要封印，我去找魔法學院院長請教關於聖火的事情。」奧瑞斯德決定展開行動。

薇亞娜看著自己的導師，她從未在這個時而嚴肅時而玩世不恭，彷彿無敵了半個世紀的老魔法師眼中見到過這樣的神色。

奧瑞斯德的眼中此時充滿著堅毅和對挑戰的渴望。

在薇亞娜的陪伴下，他們來到了整個歐斯維爾僅奧瑞斯德一人能使用的超大型儀式法術祭壇——傳送池。在極強大的魔力流轉下，奧瑞斯德能通過這片池水，足足有五十萬升水的水池穿梭到任何在這璐卡蒂亞大陸上他已知的地方。只是這樣的法術需要耗費相當多的稀有施法材料，不過沒有比這更好的能夠悄聲無息的進入他國的辦法了。

一陣馬蹄聲將奧瑞斯德的思緒拉回了當下。奧瑞斯德又看了一眼馬鞍側面懸掛著的皮質儲物袋。這裡裝著的就是那傳說記載的由烈火之神伊格尼在先民之土，也就是如今的艾文斯特帝國所創造的永燃聖火之神器——伊格瑞亞爾之杖，和艾奧尼克斯護符，以及一卷古老泛黃的卷軸。

奧瑞斯德從他的先民導師手裡接過瑞亞爾權杖前，甚至一度以為這就是一根胳膊長度的腐朽的爛木頭。直到他握住法杖的那一剎那，他感受到了這法杖中極為強大的力量，只有權杖的頂端，嵌入那顆紅色的大寶石，才讓整個法杖看起來才像個權杖。這個紅色的寶石就是「被祝福的晶石」？看樣子，神祇伊格尼是將注入了自己力量的符文石徹底磨碎，注入進了這精靈聖樹樹枝的每一處凹陷和縫隙。

奧瑞斯德不禁想起了源自他導師的教誨：「魔法，即為創造的藝術。」

喚醒奧瑞斯德的那匹馬不是別人的，正是奧瑞斯德的首席弟子喬舒亞。喬舒亞朝自己的導師以及薇亞娜還有奧瑞斯德左側的一名騎士點了點頭，像是在表示自己那一頭的事辦妥當了。

在收到了喬舒亞的信號後，奧瑞斯德左側的那名騎士策馬緩步走到喬舒亞的馬匹身旁，並且調轉馬頭正視著整個正處於預備中的遠征隊伍，他身後的城門也緩緩升起。

「出征！」隨著隊長斯卡文迪爵士高舉著有上古神器之稱的寶劍——光耀神劍一聲令下。隊伍由緩慢開始變得急促，轟鳴的馬蹄井然有序地踏出颶風門。

幾乎每個人在穿過大門時都抬頭看向微風與守護之神贊提婭的浮雕。他們都在心中祈禱任務能夠順利成功，也祈禱著自己能夠平安歸來。當然也不缺那嫉惡如仇者，不論生死，只想能多殺一隻惡魔是一隻，每個人的胸腔中都熱血沸騰。

到達黑森林惡魔裂縫的前夕，在這片刻寧靜的時分，奧瑞斯德和兩個徒弟坐在野外火堆前，他拿出了皮袋中的法杖，指著兩根法杖向兩人解釋：瑞亞爾之杖和艾奧尼克斯護符之間有輕微的吸力，手持瑞亞爾之杖可以將艾奧尼克斯護符吸引起來，但兩者可以輕易的分開，這只是一種不是很強大的吸附力。

「只要瑞亞爾之杖和艾奧尼克斯護符交叉，對著梅托拉靈石，催動魔法咒語，瑞亞爾之杖會噴出白色的聖火，這聖火可以燒熔梅托拉靈石……」奧瑞斯德對著兩位學徒介紹法杖的奧秘。

「卷軸的使用說明提到，瑞亞爾之杖在一次火力全開的使用噴出聖火之後，必須要休整七天，才能再度使用，你們在旁邊守護，務必讓我能一次施法就把這個大裂縫封印，否則還必須等七天再用。」奧瑞斯德他打開滾動卷軸告訴學徒說，這個法術很耗體力，施法者需要全神貫注，才能達到最大的效果：「這卷軸上記載著啟動瑞亞爾之杖噴射聖火的咒語！」

「太神奇了！竟然沒有想到瑞亞爾之杖是魔法學院鎮校之寶！真希望去魔法學院學習，那些咒語都是魔法文字寫成的，我們還完全看不懂。」喬舒亞感嘆。

「導師懂就足夠了！我們不知何時才能學會上面的魔法文字？」薇亞娜神情略微靦腆的說。

這時，喬舒亞把一小袋梅托拉靈石和一個草葉球編的手環送給薇亞娜：「這是我剛學會的魔法，用一些草葉編織而成，用在逃生時往後一丟，背後的草叢就會移位，迷惑後面追擊的敵人，爭取一點逃走的時間，給妳多一點保護。」喬舒亞細心地解釋。

「哼！導師的法力如此高強，根本不需要用到逃生法術？」薇亞娜嘴上說著，卻將手環接過來戴到自己手腕上：「不過，您也是一番好意，既然是喬舒亞送給我的，我自然會珍惜。」她笑容可掬，欣然接受這份禮物。

⚔ ⚔ ⚔

黑森林祭壇的裂縫是最大的惡魔裂縫。

遠征隊從赫納山谷再次出發，過了三個小時，他們已經進入了黑森林了。按照計畫，附近駐防部隊和一些被雇傭的冒險者吸引了絕大部分留在此地的惡魔們的注意力。那些留在森林中四處徘徊的落單惡魔也被隊伍中的冒險者用秘銀製成的箭矢射穿了笨重的腦袋。

隊伍即將穿過茂密的樹林，在前方那是成片層次錯落的焦土。隊長斯卡文迪下令讓所有人將馬匹的眼睛給蒙上。接下來的衝鋒路上，不能讓戰馬因為任何的突發情況而受驚。

奧瑞斯德在馬背上揮舞起左手，他在空氣中寫下了一道術式。只見奧瑞斯德面前的空間扭曲了一下，一個被淡藍色靈光包裹著的像是一面半透明的鏡子一樣的東西憑空出現了。而這鏡子中所見的並不是奧瑞斯德的倒映，而更像是一隻鳥的視角下的惡魔裂縫。可見那深不見底的裂縫中不斷有黑色霧氣噴出，而那些小惡魔也是源源不斷的從裂隙中向外爬出來。

斯卡文迪見到這景象露出了凝重的表情，他知道這最後的衝鋒必定會承受相當嚴重的損失。事到如今，只能將希望寄託於喬舒亞的計畫了。

喬舒亞先前在奧瑞斯德的命令下在王城礦坑中收集了一批梅托拉靈石，只是喬舒亞必須解決一個問題，那就是如何將這些原石運輸到黑森林惡魔裂縫……

「喬舒亞，就是現在。」奧瑞斯德等到了一個惡魔們正密集聚攏的時機，向喬舒亞命令道。

喬舒亞輕聲吟唱了一小段咒語，他舞動的手指上彙聚了魔法的力量。一道藍色火焰狀氣流隨著喬舒亞高舉地指尖斜著朝天射去。眾人都不明白這是在幹什麼，甚至有人擔心這個舉動會暴露遠征隊現在的位置。而正當他們疑惑時，天空中出現了一個大洞。

薇亞娜一眼就認出了那是空間魔法，她震驚又帶著興奮看向喬舒亞，此時喬舒亞也露出了得意的笑臉。似乎在說著：「論創造，我可不輸給妳！」

而那天空中的洞裡，巨大的圓形石塊從裡面投射出來，這弧線被計算的十分完美。巨石精準地砸在了裂縫之上。那些聚集在一起的小惡魔直接變成了肉泥。

「王國法師閣下。」斯卡文迪看向奧瑞斯德，在等待著他的決定。

「下令衝鋒吧，指揮官。」奧瑞斯德左手拉緊韁繩，右手緊握權杖。

「勇士們，讓這些雜碎滾回他們的深淵老家就此一舉！不要害怕那些雜碎，不要害怕死亡！十二神注視著我們！英雄們衝鋒！」在斯卡文迪衝鋒陷陣的號令下，遠征隊衝出樹林帶，直奔裂縫而去。

在空中的魔法洞消散前，又一批梅托拉靈石製成的炮彈射了過來。那些小惡魔們都被這些巨石的巨大黑影嚇得四散而逃。

喬舒亞一直用自己的法術操控著這些正在下落的巨石周圍的空氣流動。在他的算計下，這批石頭落下後正好能填餘下的裂隙。

正在此時，奧瑞斯德等人已經出了森林，到達惡魔裂縫的前面。他立即雙手持著瑞亞爾之杖和艾奧尼克斯護符交叉，並把瑞亞爾之杖的上的紅寶石對準了梅托拉靈石，開始念咒語……
金和白金冒險者在奧瑞斯德身後一層層保護，抵擋前來挑釁的小惡魔，以便爭取時間，讓奧瑞斯德可以順利地封印。
不久，瑞亞爾之杖上頭上的紅寶石發出璀璨的紅光，魔法讓四面八方的能量粒子滙聚起來，先是出現一道淡淡的微光，光芒越來越強，最終噴射出幾近白色的聖火。奧瑞斯德把聖火對準落在裂縫四周的梅托拉靈石，控制住梅托拉靈石後，並隨著瑞亞爾之杖的擺動移動方向，塊狀的梅托拉靈石有如被白色聖火的火焰吸引住逐漸融化，把惡魔裂縫填滿。
第一次見到導師施展雄偉的大法術，兩個學徒看得目瞪口呆。
剛填滿裂縫的梅托拉靈石還沒有乾，而，突然一聲巨響……
飛沙走石之後，只聽見周圍到處都是來自遠征隊隊員們的慘叫聲。喬舒亞只覺得雙耳劇烈疼痛還伴隨著強烈的耳鳴，用手一摸竟然是血。他回頭看到薇亞娜和自己的師傅就在自己後方不遠處，而斯卡文迪爵士正高舉著光耀神劍。光耀神劍朝前揮舞，一道劍痕劈開了前方的塵霧。看到塵霧中的身影後，喬舒亞嚇的差點從馬背上摔了下去……
奧瑞斯德的身後發出一陣陣喧嘩，一個騎著一頭有九個虎頭蛇頸的異獸的鎧甲將軍出現，這名鎧甲將軍的頭部長了兩個大的山羊角，比小惡魔們的小羊角大上許多，一看就知道是惡魔將軍出現了。

來者不善！

九個虎頭蛇頸的異獸，從來沒有人見過，看到雖然比真正老虎頭縮小約三分之一的虎頭，發出的虎嘯聲音，仍然剛勁勇猛，不時露出兩顆大虎牙，如果被咬到……

惡魔將軍一現身，這些保護奧瑞斯德的白金冒險者四個人圍攻牠一個，一位強悍的白金冒險者使出的劍，快速地一一刺向惡魔將軍，一位使用長槍的白金冒險者迅速地一槍槍刺向惡魔，另一位白金冒險者用魔法法杖發出削鐵如泥的白光一輪輪地攻向惡魔將軍，還有一位白金冒險者一發十把連環飛刀，破空飛向惡魔將軍，其他周邊的弓箭手們發的箭如急雨般撲撲而下，只見惡魔將軍把手一揮淩空劃一個圈，一個發出藍白光的磁場隱約罩住惡魔將軍和虎頭坐騎周身，這些刀劍魔法白光彷彿遇到一個透明的屏障，所有攻擊的力量和武器都被透明光罩擋掉了。

惡魔將軍手中抓的一把長柄帶鉤的大型鐮刀，是冒險者從來沒有見過的武器，只見這把鐮刀揮舞的非常霸氣，左一挑右一挑，就挑死了兩名白金冒險者。

眾人還得要小心惡魔將軍的坐騎，其中一名白金冒險者被老虎頭咬住手臂不放，只見老虎頭一扭，硬生生的把白金冒險者的那條手臂扯下，白金冒險者另一隻手抱著斷臂傷口，痛得在地上打滾。

九虎頭坐騎一個旋身，惡魔將軍配合著坐騎轉身，又是一記鐮刀下去，挑死另一名白金冒險者，每次揮動鐮刀都掀起一陣血雨。

一場血肉橫飛的硬仗，白金冒險者有被虎頭咬掉脖子、手臂、小腿，肢體、頭顱濺血飛舞，或是被惡魔將軍的長柄鐮刀刺入心臟，血還來不及噴出、來不及哀嚎，就一命嗚呼。

這群大陸上最強悍的白金冒險者所圍成的封鎖線，碰到惡魔將軍的鐮刀及虎頭，竟然像是落葉一般的不堪一擊。

這邊奧瑞斯德剛剛才把裂縫填滿，臉和脖子部分因為魔法力竭而起了一些結晶，還沒有來得及轉身，惡魔將軍已經來到他的身後，鐮刀以迅雷閃電般速度對準他背部心臟的部位砍了一刀，得手後立即轉頭離開。

惡魔將軍已經算準了牠的敵人必死無疑，頭也不回地驅趕坐騎繼續向前，在滾滾塵埃中消失了蹤影。

剎那間的事，奧瑞斯德旁邊的兩個學徒完全來不及應變，眼睜睜地看著惡魔將軍的鐮刀砍到導師的背心，鮮血向後狂噴，奧瑞斯德順著力道正先往前倒，鐮刀拉走後，又要往後倒時，薇亞娜和喬舒亞從驚訝呆愣中醒過來，連忙把導師扶住。

背後被砍一刀，奧瑞斯德狂噴一口鮮血，昏了過去，薇亞娜和喬舒亞忙著把導師扶到旁邊。

喬舒亞立即把掛在自己脖子上的紅綠色梅托拉石護身符扯下來，塞入導師的背部傷口中，念出一段咒語。

當初奧瑞斯德幫喬舒亞的護身符施過魔法，不料這個護身符首次啟用，竟然是用在奧瑞斯德後背的傷口上。

見血稍微止住後，喬舒亞撕下自己衣服上的兩塊長布條，捆住導師的傷口纏到胸前兩圈扎好，並抓起瑞亞爾之杖和艾奧尼克斯護符交給薇亞娜。

只知奧瑞斯德受了重傷，也不知是否還活著，眼見追兵將至，薇亞娜連忙背著導師一顛一跛地半跑起來，另一手抓著連在一起的瑞亞爾之杖和艾奧尼克斯護符。

喬舒亞因為施展空間魔法移動梅托拉靈石，體力同樣幾乎耗盡，無法再施展空間魔法送走導師和薇亞娜，只能催她趕快跑，自己在後面阻擋追兵。

喬舒亞深知薇亞娜跟在導師旁邊只有一年時間，只學了第一階段魔法，即是盲盒辨物、手指識字和移動器物的基礎，還沒開始學第二層的法術咒語，沒學過攻擊的魔法，加上導師受了重傷，她只能逃。

「往西跑，到魔法學院，找導師的導師！」喬舒亞急切地喊著，「還有，記著這個名字，魯卡迪恩，和妳的未來有關。」

喬舒亞邊喊一邊用魔法和追過來的小惡魔們廝殺著，圍著他的惡魔越來越多……

「什麼？……未來？」薇亞娜只聽到魯卡迪恩這個名字，其他都沒有聽清楚，就已經背著導師跑入草叢中。

兩名小惡魔看見薇亞娜，眼珠亂轉、滴著口水，繞過喬舒亞和其他惡魔的戰鬥，追著薇亞娜的腳步。

情急之下，薇亞娜把草葉球手環往後一丟，後面的草叢移過來擋住薇亞娜跑過的路，頓時兩名小惡魔迷失了方向。

穿過草叢，薇亞娜找了車隊留在森林邊緣的一匹馬，連忙把奧瑞斯德抱上馬，自己也跳上去，沒命地往西逃去。

「導師，您一定要撐著，我們現在趕去魔法學院！」

奧瑞斯德趴在馬上，完全沒有任何反應。

薇亞娜從來沒有去過魔法學院，以前隱約聽導師奧瑞斯德提起過，魔法學院車站好像在拉拉山附近半山上，有通往魔法學院的「車站」，聽說是一棵千年的大榕樹，會有飛馬精靈拉著車來接送。

「兩隻白色的飛馬，長得真是非常的高俊，一飛沖天，馬車裡的藍絲絨坐墊非常的柔軟，就算有些碰撞也很舒服。」薇亞娜在策馬狂奔，腦袋中卻浮現奧瑞斯德的說法。

到了拉拉山下，那匹馬已經跑到口吐白沫倒下來，再也跑不動了。

薇亞娜也不管奧瑞斯德是否還活著，背起導師、拿著瑞亞爾之杖繼續往山上跑。

跑到一處三叉路口，薇亞娜停了下來，到底是要走哪條路？

正愁找不到魔法學院的車站時，薇亞娜手裡拿著的瑞亞爾之杖微微地顫動著。

薇亞娜把拿著瑞亞爾之杖的手放輕鬆，只見瑞亞爾之杖上頭的紅寶石微微的向右邊歪去。

「是的，魔法學院就是瑞亞爾之杖的家，這裡離家近了，肯定會帶路的。」薇亞娜也不知道說給誰聽，反正老馬也會識途，走右邊，肯定沒有錯。

薇亞娜喘著氣、爬著山，終於看到一棵年代久遠的大榕樹，樹葉樹枝濃密的像一個大傘，有很多氣根垂到地面。

薇亞娜先放下奧瑞斯德，拉起一根氣根纏在奧瑞斯德身上，又拉起一根纏在瑞亞爾之杖上面，最後拉起一根用自己雙手夾住，心中默念要去魔法學院……

不久，薇亞娜聽到一陣馬蹄聲由空中傳來，心裡才在想，空中怎麼會有馬蹄聲音，面前就出現了高俊的飛馬拉著像南瓜一樣的馬車。

薇亞娜抱著奧瑞斯德上了馬車，她看一眼奧瑞斯德臉色慘白、唇色發黑，她不敢去探導師的鼻息。

坐在南瓜馬車裡藍絲絨的坐墊上，輕微地搖搖晃晃，她已經累壞了，立刻昏睡過去。

薇亞娜醒來時，是躺在一個有四根大柱子的床上，她想起奧瑞斯德不知怎樣了，叫著導師。

沒有聽見奧瑞斯德的回音，卻走進來一個女孩對薇亞娜說，這裡是魔法學院，院長請她過去。

薇亞娜連魔法學院的校門是什麼樣子都沒有見到，已經躺在床上昏睡了一天一夜，而她的導師奧瑞斯德不知狀況如何？惡魔將軍的那一刀正中背心，看來導師凶多吉少，甚至有可能中刀已時經身亡。

不敢多想，薇亞娜連忙起身梳洗，換了女孩準備好給她的乾淨衣服。

「奧瑞斯德原本是不可能活下來的，因為他的心脈已經被刺斷了，但奇特的是，有一顆紅綠色的靈石塞入他的傷口，不但血止住了，還把他了心脈暫時沾黏起來，只剩一口氣來這裡，這世界沒有人能救他，幸虧遇到我，所以他活下來了。」白鬍子白頭髮白皮膚白衣服，眼珠像深海的寶藍色的院長——亞爾文德爾奧斯魔法學院大魔導師夏瑪爾斯，和藹地看著薇亞娜說。

沒有想到奧瑞斯德幫喬舒亞灌入魔法護身符的瓜石，沒有救到喬舒亞，卻救了他自己。

想起喬舒亞生死未卜，薇亞娜頓時焦急上了眉頭！

「我可以看看導師嗎？」

院長以為薇亞娜的滿臉憂愁是為了導師。

「可以，但是他傷得很重，還不太能說話，可能要閉關休養好幾個月。好在他已經過了危險期，沒有性命之憂。」院長欣慰地說：「還好，最大的惡魔裂縫被他封印了。」

「我可以陪著照顧導師嗎？有什麼事是我可以做的嗎？」

「他受了重傷，有專門的人來照顧。院長打量著薇亞娜說：「這學期要開學了，妳就在學校裡學習魔法，正好等他康復，也不浪費時間。況且，在逃命時妳能顧到導師，又能帶回我們的鎮校之寶——瑞亞爾之杖，也是被挑選的人啊！妳有妳的使命。」

薇亞娜看著躺在床氣息如絲的奧瑞斯德，哽咽地問著：

「導師你怎樣了？還好嗎？可以說話嗎？」薇亞娜看著奧瑞斯德無法對焦的眼睛。

「魯卡迪恩？魯卡迪恩？」奧瑞斯德像是無意識地或是喃喃自語地念著一個人的名字。

「導師，魯卡迪恩是誰？」

奧瑞斯德傷得太重，還沒有來得及說話，又昏過去了。

薇亞娜想起逃亡時，喬舒亞曾經要她記住魯卡迪恩這個名字，現在導師在半昏迷狀態還念著這個人的名字，她抬眼看著院長，閃著疑問。

院長湛藍如海的藍眼睛眨了眨，沒有回答。

第五章

魔法學院的藍色漩渦

亞爾文德爾奧斯魔法學院的開學典禮上，眾人聚集在台下，聆聽著學院院長夏瑪爾斯的演講，他的深海寶藍色眼珠閃爍著智慧的光芒。薇亞娜也成為了學徒，她將在奧瑞斯德養傷期間，在學院中學習魔法。

院長夏瑪爾斯的話語充滿了魔力，學徒們聚精會神地傾聽，卻似乎有一股吸引力讓他們不敢直視這位深具威嚴的魔導師，彷彿被一股深不見底的漩渦吸引。

「在魔法的世界裡，沒有絕對的權力，只有責任與智慧。施法者必須明白自己的使命與目標，不被貪婪和虛榮所蒙蔽。魔法的力量需用以造福世界，維護公平與正義。

「因此，魔法是一種內心的修練，是對自然法則的尊重，是對智慧和謙遜的追求。在魔法的道路上，我們必須謙虛而堅定，勇敢而謹慎，始終保持對大自然的敬畏之心。

「學徒們，魔法的理解與法術的施展，是一段充滿挑戰與奇跡的旅程。首先，你們必須拋開浮躁和急功近利的心態，魔法不是速成的技能，而是需要深沉耐心的修練。

理解魔法的第一步，是對自然和元素的敬畏，包含風雨雷電山川河流和任何形式的生命，就是一種感知的力量。觀察大自然的律動與變化，洞察萬物間的聯繫與共生。只有對自然的謙遜與敬畏，才能領略到魔法的真諦。」院長頓了頓，深藍眼眸掃視全場。

這番話引起了學員們的好奇心，大家對魔法的真諦充滿了興趣。大多數學徒們只是將一些法術作為生活的工具，魔法用於搬運重物，或是用於獵殺魔物的武器，從未深思地考慮過魔法的本質。

台下的薇亞娜也跟著院長的視線，掃視著在場的學員們，男女都有，人數不多，只有二十多人，年紀和她差不多，約十歲到十五歲左右。

「終有一日，當我們觸及魔法的真諦，融匯於自然之道，我們將成為宇宙的衛士，守護著生靈與世界的和平與繁榮。這才是魔法真正的意義與目標，也是我魔法學院一直傳承的價值觀。在我們追求知識的旅途中，魔法將是我們永恆的夥伴與引路人。」院長的話語時隱時現，彷彿舞動著誘人的魔法。

在聽到有關黑魔法的話題時，每個人都非常專注，全神貫注地傾聽院長的解說。

璐卡蒂亞大陸上的絕大部分國家都將其視為禁忌，都避之不談。但院長不管，作為這世上唯一接近半神的存在，他無需去理會那些世俗凡人如何想。眼下，能夠幫助大講堂裡端坐的那些年輕人理解何為魔法、秩序、何為混沌，才是當務之急。院長清楚，講堂裡的這些學生可能有一大半會死在與惡魔還有混沌勢力抗爭的過程中。所以院長認為，他們更應該知己知彼。

「當你們在構建法術的術式時，術式的結構越純粹，越接近萬物的本質，就越容易組合出實用強大的法術。當你掌握法術本質了之後，剩下的就是想像力的問題。」

對於白魔法和黑魔法的差別，相較於白魔法，大家其實對於黑魔法更加的好奇。不過還是有對知識十分渴求的學生勇於舉起手提問。

「院長，我們是否能得知這兩股流轉的力量的源頭是哪裡，又或者說這兩股力量是如何產生的？」

院長在這名學生問到一半時就在臉上露出了頗有玩味的笑容。太多人問過相關的問題了。這個學院裡的所有教授幾乎都問過也正在探尋這個問題，那位歐斯維爾王國大法師奧瑞斯德也曾經在講堂上這麼問過。更早之前，院長最喜愛的弟子也這麼問過。

「你所問的這個問題，是每一名有理想有抱負的魔法師願意花費畢生的時間去追求的答案。這也是對魔法根源的研究，最簡單一句話，使用存乎一心。你們應該知道這樣的人或許在我這小廟裡當教師，也可能被十二神教指為異端，又或許索性創立了一個為害世人的邪教。當然，也許你們也能回到自己的祖國去當個王國大法師。」院長最後這一句顯然是開玩笑的。大講堂裡的也有學生聽過院長講述了十幾遍奧瑞斯德年輕時在魔導學院學習的事蹟。有的學生被逗笑了，有的學生則是很認真的開始思考自己未來的道路。

薇亞娜聽著夏瑪爾斯的解說，腦海中湧現起在王宮裡的日子。奧瑞斯德那時聞風便知雨，還常常借鴿子傳遞資訊。導師也提及有些魔法師會用烏鴉去探聽消息，訓練老鷹或貓頭鷹作為空中的戰鬥士等等。

她卻沒有注意到院長的話被一隻飛入講堂的金絲雀所打斷了。這隻金絲雀是院長自行創造的魔造物，它們看上去就和真的動物一樣，在學院四周徘徊著。在學生毫無察覺的情況下，院長在講堂留下了自己的分身，本體已經通過空間魔法來到亞爾文德爾奧斯魔法學院的貴賓醫務室。他正非常關心的注視著剛剛脫離險境的奧瑞斯德。

在魔法學院的第二天，院長找薇亞娜單獨談話，旨在為她安排未來的學習課程。院長詢問她跟著導師學到了什麼。

「我已完成對新手學徒階段的學習，準備進入初級學徒，並且開始學習一些一環、二環的法術。」薇亞娜深諳法術的學習根據劃分為多個階段，她在導師身邊學習了一年多，已經成功完成了新手學徒階段，正準備掌握初級學徒的一環法術的學習，包括火球術、魔法飛彈以及偵測魔法等一環法術。

在新手學徒階段，她學習基礎的魔法理論和術語，熟悉魔法的基本原理和使用魔法道具。

薇亞娜魔法理論有所造詣，並且已經嘗試在魔法卷軸上面仿照一些高級法師的魔法公式，撰寫一些非常人所能理解的新公式，院長認為薇亞娜將來會是魔法學院的可塑之才，便加快了後續的魔法學習課程，提前教授她三環法術以及高階的魔法理論和歷史，讓讓她更加瞭解魔法的起源和發展。

緊接著是學習「移動器物」，這需要經過長時間的練習，讓杯子、刀叉等能夠在空中懸浮。這些都是為了培養學員的靈巧與控制力。

在某一天，學習魔法貴族歷史時，薇亞娜詢問了她心中長久以來的疑問。

「院長，您見多識廣，不知您是否認識一位姓氏叫格蘭特的中年人？就如同這本書中所提到的這個家族。」

「我知道格蘭特家族，他們是一家擁有悠久歷史的魔法家族吧？」

「不，他不是魔法家族的人，是一個中年鐵匠。」

「哦，魔法的領域廣闊無邊。他是一名高等法師還是通靈師術士？在我們學校，主要培養法師，其他領域的瞭解有限。如果妳沒有更多線索，我可以從我一些老朋友那為妳打聽一下。」

「好的！非常感謝院長！」

以前在歐斯維爾王國時，導師常常要應對國王的諮詢和處理國家事務，非常忙碌，只有偶爾有空的時候，他才能指導薇亞娜學習一些基礎的魔法。因此，薇亞娜反而和喬舒亞相處的時間較多，對於魔法師的不同領域並不甚瞭解，從未問及導師有關父親的事情。

但如今奧瑞斯德在魔法學院養傷，她卻因此有機會在正統的魔法學院中學習按部就班的魔法課程。

在魔法學院學習兩年多，薇亞娜曾多次去探望奧瑞斯德，她深知來自惡魔的傷害是多麼難以治癒的魔法詛咒。

一次教導中，院長大魔導師夏瑪爾斯親自考察了薇亞娜的魔法實力。

「妳的眼睛？」院長夏瑪爾斯注視著薇亞娜，表情複雜。

「我的眼睛有問題嗎？」薇亞娜睜大藍色的眼睛，凝視著夏瑪爾斯湛藍的眼珠。

「當妳施展魔法時，妳的眼睛散發冰藍色的光芒，瞳孔呈現冰裂紋型，這是格蘭特家族獨特的特徵。之前妳提到的那位名叫格蘭特的打鐵匠，難道妳真的是古老魔法世家格蘭特家族的後人？但妳之前卻完全不會魔法？」院長夏瑪爾斯的語氣充滿疑惑。

「父親從來沒有說過，而且祖母因為魔法而死得很慘。我親眼目睹過，但祖母從未告知過我有關家族歷史的事情。」薇亞娜被自己眼睛的情況嚇到了。

「那麼可能是了。格蘭特家族本身是古老的魔法貴族，是冰魔與人類的後裔。我也認識妳的祖母，聽說妳的祖先之中好幾代之前，有人試圖召喚惡魔，結果被成功召喚於世的惡魔所侵染。妳的祖母可能為控制不住應了死亡的宿命。我猜想可能祖母不希望妳的父親學習魔法，她希望子孫能過上普通人的生活，所以沒有告訴妳家族歷史。」院長夏瑪爾斯解釋。

「難道我擁有冰魔的血統？」薇亞娜驚訝地問道。

「不過也不必過分擔心，經過了好多代，妳的祖父和母親都是一般人，魔界的血脈早已稀釋。而且妳身上並沒有明顯的惡魔角印記，對吧？」院長夏瑪爾斯試探性地問。

「沒有，我今天才第一次聽說格蘭特家族的事情。」薇亞娜急忙搖頭，試圖消除內心的不安。

「我想妳不必過度擔心妳的父親，他可能只是去找妳們家族的其他人了。妳還是專心學習魔法吧。」院長注意到薇亞娜的小動作，誤以為她在擔心父親。

薇亞娜生活在人類的世界，對於突然得知自己擁有冰魔血統感到不安。她不想因為這個原因受到任何特殊對待，影響她的未來。被院長發現她的血統問題，讓她下定決心，不會再讓別人知道這個事實。

除此之外，她還有一個不安的原因，那就是她說謊。在她的胸口有一個星星的胎記，小時候母親曾數過，是一個六角星形。因此，她的父母都親切地稱呼她為小星星。

然而長大後，她擔心別人發現胸口上的六角星形胎記會聯想到奇怪的事情，所以從不穿低胸的衣服。薇亞娜開始擔憂起來，難道在頭上長的角是小惡魔，而在身體上的是惡魔之星？或許這是遺傳了幾代的血統？這些疑問讓她頭痛不已。

然而，薇亞娜下定決心，她是人類，她是一個普通的人類。她要戰勝體內的魔性，堅定地走上自己的道路，不受血統的束縛。她發誓要成為一名出色的魔法師，用自己的力量守護家園和所愛之人。

╳╳╳

院長終於宣布，奧瑞斯德的傷勢已經痊癒。由於歐斯維爾國王一直沒有消息，大學徒喬舒亞的下落也不明，所以奧瑞斯德決定先回王宮查看國王的情況。

臨行前，關於薇亞娜未來的安排和計畫，奧瑞斯德和院長夏瑪爾斯進行了一番討論。

「我想讓薇亞娜去找我的另一個學徒喬舒亞。他在封印惡魔裂縫後失蹤，至今生死不明。」奧瑞斯德說道。

「是否要讓薇亞娜去找預言之子，並幫助他進行飛升儀式？」院長也很看好薇亞娜的潛力。

「關於預言之子的傳說，具體情況如何？」奧瑞斯德詢問他的導師。

「先知曾經預言，在亂世末日的時刻，會出現一個拯救人類的人。傳說中，這個人是天神之子。不過，究竟預言之子是否為傳說中的天神之子，我並不清楚。」院長面露難色，思索著說道：「根據你和惡魔將軍交手的經驗，雖然牠是趁你耗盡封印之力背後偷襲，但就算你直接面對牠，以現在惡魔將軍的能力，就算我們兩人聯手都難以抵抗，唯有找到這些天神之力，才有希望。」

「您想讓薇亞娜去尋找和協助預言之子，但您不是告訴我她有冰惡魔的血統嗎？」奧瑞斯德有些疑惑。

「是的，當初我一見到她就有些懷疑她不是一般人。她的眼睛特別深邃，鼻樑又高又尖，皮膚發白有些透明感，長相與眾不同。最明顯的是，在施展魔法時，她的眼睛瞳孔會散發出藍色冰裂紋的光芒。」院長回答：「你和她相處的時間比我還久，對她的看法如何？」

「如果想要瞭解敵人，必須站在他的角度和立場來看事情，才能知己知彼。有魔界血統，薇亞娜會比我們更容易瞭解惡魔將軍，更有機會生存。」奧瑞斯德堅定地說道：「想要贏不是只憑力量，這是對她的考驗，雖然她有魔界血統，我相信她的人性會戰勝魔性。」

「我也相信她能夠做到。」院長育人無數，能看出哪個學生最有潛力。他說：「這兩年來，她的學習能力超強，進步神速，是年輕一代中最有潛力的學生之一。」

「不管多遙遠的冒險，踏出的第一步才是最重要的。」院長和奧瑞斯德都認同讓薇亞娜出去歷練，獲得天神之力，為打擊惡魔盡一份力。

奧瑞斯德交代薇亞娜去找尋喬舒亞並進行歷練，並提醒她千萬不要勉強自己去殺惡魔。

在臨別前一晚，院長當著奧瑞斯德的面，拿出瑞亞爾之杖，拉起薇亞娜的手，用瑞亞爾之杖上面的紅寶石在她的手臂上劃上一道血痕。

「千年前神魔大戰時，瑞亞爾之杖曾經飲過惡魔的血。」院長說道：「從現在開始，妳是覺醒者，妳必須通過歷練，才能往更高的階層。妳的覺醒之力，在於找到千年前神魔大戰時流落在神殿古堡裡的力量，這樣妳才能更上一層。妳可以隨意使用覺醒能力，但必須注意，如果要到更高一層，會經歷一次試煉，從無中生有，可能會失去所有的力量，脫胎換骨，超越人性進入半神的階段！」院長繼續解釋：「妳最大的任務是找到預言之子。或許進入半神階段會應驗在預言之子身上。總之，掃蕩惡魔是我們的終極目標。」

院長的話帶著玄機，薇亞娜參透不了其中的涵義。誰是預言之子？難道就是魯卡迪恩嗎？或許到時候就會知道了。她不敢再多問，任務太重，好像全世界的重擔都壓在她身上。薇亞娜一緊張又開始頻繁地眨眼。

薇亞娜通過院長的協助和瑞亞爾之杖的加持，不知不覺中，已經穿越了覺醒者資格的入門第一階段，成為了一名初級覺醒者。

在魔法學院的這段時間裡，院長通過長時間的觀察，以及當初背著導師逃離惡魔追捕，帶回瑞亞爾之杖的機緣，選擇了她作為唯一的人選，認為她未來能夠走出不同的位面，有潛力完成自我飛升。

薇亞娜看著手臂上的血痕一直向上蔓延，她捲起袖子，感覺到這道痕劃過肩膀時有些刺痛。這種痲痲的痛感一直延伸到胸前的星星胎記處才停止。她面帶驚恐地看著院長。

「別擔心，這是覺醒之痕。當妳在戰鬥時，如果使用魔法，這道痕會發出光芒。」院長解釋道：「另外，這個瑞亞爾之杖和魔法三角鐵妳帶著，碰到強敵時再拿出來使用。這兩樣都是有年代和來歷的法器，務必收好。」

看到院長非常大方的把鎮校之寶瑞亞爾之杖交給薇亞娜，奧瑞斯德滿含疑問的看了他的先民導師一眼。緊接著，他收到導師眼神傳來的訊息：與其把這個法杖放在學校裡邊給大家瞻仰和驚嘆，不如讓這寶物能夠發揮更實質的效果。

「導師！您在昏迷期間，曾經說魯卡迪恩這個名字，這是怎麼回事？他是預言之子嗎？」薇亞娜忍了兩年，終於在即將分別時問出了這個問題。

「我在魔法未來探知術中，曾經看到過這個人並聽到他的名字。只知道他很重要，但不能確定魯卡迪恩就是預言之子。妳也知道，魔法探知術對於過去和現在很準確，對於未來的預言充滿變數。但我相信妳一定會遇到預言之子，也會遇到魯卡迪恩。」奧瑞斯德回答。

薇亞娜帶著一個黑色的布袋子，裡面裝著院長送的瑞亞爾之杖、三角鐵以及她的其他武器法器，她稱之為次元口袋。

踏出校門時，薇亞娜手臂上的那道疤痕仍有些刺痛，而院長的話一直在她耳邊迴響著：

「跟隨微光前行吧。」

第六章

銀鷲堡裡的死靈

在一個白色的城堡前，平坦的草原上幾隻芬露絲棉羊正在吃草。幾片白雲在湛藍天空微步，一切都顯得風和日麗、祥和安寧。

一群飛行靈鳶從北向南飛過天空，牠們擁有藍色的羽毛，羽翼寬大，在高空飛行的軌跡會產生亮綠色的光芒。但當牠們經過銀鷲堡上空時，一道可怕的光束從雲端射下，幾乎瞬間將飛行靈鳶變成白骨。牠們在毫不知情的狀態下，還保留了幾秒鐘的飛行姿態，骨架才紛紛落下，直到跌到地上，碰撞成根根白骨！

在光束射出的雲端，出現了一個黑色漩渦。漩渦逐漸擴大，從天空深處向銀鷲堡上方蔓延，最終幾個小惡魔從漩渦中探出頭來，旋轉著懸浮在空中，然後牠們向城堡撲去。

城堡由上而下逐漸從潔白變成黑色，黑霧繼續蔓延到草原上，綠樹和青草立刻枯黃凋零。草原上的芬露絲棉羊抬頭感受到異變，金黃色的眼睛以及寶石般耀眼的羊毛被黑霧所籠罩，但還沒來得及反應，也變成了白骨。

城堡旁邊一圈原本清澈見底的護城河，在黑霧的侵襲下，水也變成了濃綠色，看不到底部。水中的魚類生物也翻起白肚皮，水如同靜止一般沒有流動了。

與此同時，黑霧也來到了城堡門口士兵們的附近，在他們抬頭仰望的瞬間，小惡魔們迅速地割下了他們的腦袋，並將他們化成白骨。

「趕快離開這裡吧，我的大人！」禁衛軍隊長苦勸城主要逃命，城主在寶座上不肯離開，他拒絕離開城堡，決意與城堡共存亡。他拿出兩箱金幣和一把長劍交給隊長，囑託他前往永刻村，將這些東西轉交給村長，特別是那把長劍，家族的傳家寶，絕不能落入惡魔手中。隊長只得聽從城主的吩咐，悄悄從城堡的小門逃出。

城堡大門打開，小惡魔們手裡翻著士兵們的屍骨，在惡魔將軍來到門口時，才整齊地排列在門口。

「你有我要的東西，藏在你的靈魂裡……人類……」這隻惡魔緩緩地說道，牠面前的人類顫抖著從寶座上站起，拔出腰間的長劍，將劍對著比他體型大兩倍的冰藍色惡魔。

城主將手中的劍直刺向惡魔將軍的胸膛，但惡魔將軍左手向上一握，釋放出一股黑暗霧氣將城主罩住，並讓獵物緩緩地飛到自己的面前，隨後惡魔將軍將手上的鐮刀交給旁邊侍奉牠的惡魔隨從，將自己的右手刺入城主的心臟位置，青色筋脈從刺入的位置迅速擴散到城主全身。城主的眼睛被紅色血絲占領，彷彿被黑暗力量控制著。

隨著城主的淪陷，整個銀鷲堡都被黑氣籠罩，毫無生機，城堡淪陷，成為惡魔將軍的領地。黑暗的力量占據了這片土地，一切都陷入了絕望的境地。

真實之眼教的教主為了迎合大魔王的要求，已經獻上了第一個流落在這片大陸上的七分之一元靈碎片。如今來到了銀鷲堡，惡魔將軍也已經奪回了牠的第二個七分之一元靈碎片。

千年前，大魔王統領著小惡魔們穿越裂縫來到這片陌生的領域。相較於牠們原本居住的地方，這裡簡直是天堂般的存在，充滿了豐富的資源。大魔王發現這裡遍地都是「食物」，而這裡的生物自稱為人類，他們擁有一種珍貴的東西，稱為靈魂。這些靈魂非常容易被取得、禁錮與駕馭，讓大魔王感到十分滿足。

在這片陌生的領域，大魔王第一次體驗到音樂的美妙、舞蹈的優雅、美酒的芬芳以及佳餚的美味。牠陶醉在人界的快活享樂中，對這裡的一切都感到著迷。然而，就在牠沉浸在快樂中的時候，眾神出現在人界，試圖驅趕牠們回到原來的地方。

在千年前的神魔大戰中，大魔王與眾神進行了多次慘烈的戰鬥。這裡的銀鷲堡成為了他們的戰場之一。在這些戰鬥中，大魔王的元靈遭受重創，破碎成了七片，散落在這片土地上。牠被眾神擊敗時，原始的軀體被封印在裂縫最深處。而牠的手下小惡魔們也幾乎被全部消滅，只有極少數僥倖逃脫，趁著裂縫被封印的時機逃離了銀鷲堡。

千年後，真實之眼教派的首領受到大魔王七分之一元靈的影響，召喚隕石雨擊出惡魔裂縫，釋放地底的小惡魔，並利用七分之一的元靈碎片製造出惡魔將軍。

惡魔將軍曾嘗試通過召喚城主的祖靈尋找牠七分之一元靈的具體所在，才得知另七分之一隱藏在城主的靈魂深處。至於其他的部分，由於範圍過於廣闊，無法準確感應到元靈的位置，只有獲得更為確切的資訊，才能施展出霹靂手段。

此時，大魔王化身為將軍的軀體，在銀鷲堡內城主身體中找到了第二個七分之一的元靈。惡魔將軍的身體外觀開始出現顯著的變化，牠的手腳之間長出肉蹼，指尖的指甲變得又粗又厚，頭上的巨大羊角冒了出來，肌肉凸起近乎石化，背上像蝙蝠的巨大翅膀展開後，可以御風飛翔。儘管牠還未完全恢復到原本的實力，但已經能夠啟動肌肉中的細胞和結構，通過吞食人類的血肉和靈魂獲取更多能量，並逐漸恢復原本的模樣。

「還剩下七分之五！」牠指揮小惡魔前去千年前曾與眾神戰鬥過的地方尋找元靈的下落。

「所有美好的事物終將結束……」

第七章

邂逅酒店的受害者

在這片常綠喬木中，矗立著一棟建築，是中世紀風格、尖頂斜肩的原木獨棟房屋，它是方圓十里地唯一的酒館。大門前懸掛著一塊粗帆布招牌，上面寫著「邂逅」，迎著風輕輕招手，引誘著路過的旅人駐足。儘管帆布邊已經破舊起毛，但這破損彷彿讓看到它的旅人都感受到一陣暖意，顯示這裡有熱湯暖酒。

推開酒館的百葉木門，一股熱鬧的氣氛撲面而來。各種氣味交織在一起，烤馬鈴薯香、各式香料的芬芳，酒香與煙味混合著汗味和炭火的氣息，以及淡淡的煤煙彌漫在空氣中，似乎掩蓋了一些細節，讓整個酒館顯得微暗。土黃到發黑的裝潢顯示著這個酒館的悠久歷史，而且似乎是一個以男性為主宰的世界。

在這個充滿男性陽剛氣息的酒館裡，一位身穿寬大黑袍黑帽的年輕女子，疲憊地踏入這裡。她是從魔法學校離開後，四處打聽尋找喬舒亞下落的魔法師薇亞娜。她獨自來到這家酒館，一個人占了一張桌子，點了一瓶酒和兩樣小菜。

儘管她的身著寬大的黑袍遮住了身形，但纖細的身材、連衣帽半掩的白皙透亮膚色和精緻突出的五官，無法掩蓋她年輕美麗的特質。酒館裡的其他客人紛紛投來好奇的目光，因為薇亞娜是這裡唯一的女客。

雖然她的出現有些突兀，但薇亞娜的目的是找到喬舒亞，她神態從容在這個男性聚集的酒館裡尋找線索。這個小酒館成為了她新的開始，也許就在這裡，她將會邂逅她尋找的答案和新的冒險。

一名身著騎士鎧甲的戰士走進酒館，環顧了一眼幾乎坐滿的客人，目光突然被一身黑衣中透著白皙肌膚的薇亞娜所吸引。他毫不猶豫地走到薇亞娜所坐的桌子邊，坐了下來。

他是雷歐斯，穿著一套由黑色碎布覆蓋著的騎士鎧甲，攜帶一把古樸的大劍。儘管體格魁梧，但他臉上的容貌卻像神殿裡的雕像一樣有種高貴的氣質。與之前在戰場上所見戰士們的粗獷形象相比，他卻多了一份精緻和溫柔，使得薇亞娜一見便對他產生好感。

雷歐斯提到他十五歲就上了戰場，為了自己的王國進行了多次征戰，消滅擾亂王國安寧的魔獸。在一場戰鬥中，他意外掉入懸崖，進入了某個地下城，並首次接觸到了聖遺物。

與薇亞娜在魔法學校的幾年相比，他的故事更加精彩。薇亞娜是一個很好的傾聽者，她多年的訓練和對隱藏冰魔血脈的擔憂使她養成了小心謹慎的習慣，因此她從不輕易向別人透露自己的故事。

雷歐斯並未透露自己是王子的身分，在十多歲時就歷經了一系列的劫難，也隱瞞宮庭恩怨糾紛的逃亡生涯，隱姓埋名依附冒險者，最終成為冒險者中赫赫有名的存在。

與薇亞娜在酒館相遇，成為了雷歐斯生命中最黑暗時期之後的轉捩點。他恢復了自信、灑脫和幽默，與薇亞娜一見如故，整個吃飯過程中，幾乎都是他在說話，幸好薇亞娜對他的聒噪並不覺得厭煩。兩人在酒館中度過了愉快的時光，彼此心裡都有了深刻的印象。

正當薇亞娜和雷歐斯在酒館聊得起勁時，門口進來一名穿著傭兵裝的魁梧男子，擋住了陽光和後面的人。這位傭兵沒有戴頭盔，剃著光頭，只留了一個小辮子在腦後，整個頭顱顯得十分飽滿。他臉上深深的法令紋和兇神惡煞的模樣讓人感到畏懼。

在他後面，還有一名男子扶著一位年輕的女子走進了酒館。這名男子和先前進來的傭兵裝束相似，看起來目光淩厲，透著殺氣。而被扶著進來的女子面色蒼白，四肢無力，顯得十分虛弱。她的眼睛如同河流般清澈，有著像扇形般的長睫毛，脖子和四肢都很細長，下巴很尖，儘管戴著的帽子看不到耳部形狀，但還是有精靈的特質，給人一種神秘的感覺。她身穿羽狀流蘇的衣服，看起來像遊俠，但並沒有很正式的制服，讓人無法確定她的身分。

看到扶她進來的傭兵態度有些強硬，明顯兩人之間關係不尋常。女子看起來虛弱無力，動作勉強，好像被這兩名傭兵脅迫著。這讓在場的人都覺得情況有些古怪，而那兩名傭兵似乎對此毫不在意，大搖大擺地走進了酒館。

先前進來的傭兵一雙銳利的眼睛掃視著整個廳內的酒客，發現沒有空桌後，走到一個火爐旁的農民裝扮的客人桌前站著，目光炯炯有神地盯著他們。

坐這桌的兩人被嚇到，怕惹上這兩個兇惡的傭兵，立即結帳離開。酒館老闆連忙收拾桌子，讓三人坐下。

傭兵們坐下前，把身邊的東西放到桌上。兩把長劍、一把銀色的長弓和裝箭的背袋，以及一個粗麻布袋子，上面用錦繩封口。這個粗麻布袋子看起來可以裝下一支短劍或匕首。

眾人對那個袋子產生了好奇心，因為看似粗魯的傭兵卻小心翼翼地將其放在桌上，沒有發出一絲聲響。這個舉動讓人們覺得裡面肯定裝著什麼珍貴的東西。

其中一名傭兵高聲喊道：「來一瓶酒，還有什麼熱菜、熱湯或捲餅，快點！我們還要趕路！」另一名傭兵也滿臉威嚴地環顧四周。

眾人的目光轉向被扶著進來的女精靈身上，但那兩名傭兵的兇狠眼神掃視著每個人，讓大家不敢直視。於是大家轉過頭，繼續吃喝，不敢再過多打量他們。

雷歐斯想要出手幫助，但薇亞娜按住了他的手，示意他冷靜。她對雷歐斯低聲說：「這兩個人如此囂張，直接帶人進來，肯定有些本事，我們先觀察一下。」

這時，一桌坐著兩名獵人裝扮的壯碩男子站起身，走到傭兵桌前，指著女精靈問道：「妳是和他們一起的嗎？」

第一個進門的傭兵沒有多言，直接站起來，用拳頭回應。他左手一個勾拳，一揮就擊中其中一名獵人，獵人的頭向右側扭動，鼻血噴湧而出，倒地不起。另一個獵人退後兩步，驚恐地扶起他的朋友，然後整桌人立時靜悄悄地離開了。

服務生送來一碗熱湯，傭兵正在說話沒有注意，手一揮不小心將熱湯潑到女精靈的手上。服務生連忙詢問她是否被燙傷，手疼不疼。女精靈抬頭卻往雷歐斯和薇亞娜方向看了他倆一眼，眼神似乎帶有些哀求，但隨後又低下頭，彷彿什麼都沒發生。

「好了，你可以忙你的了，沒什麼事！」傭兵立即打發走了服務生，繼續吃喝。此時，其他人陸續離開，酒館只剩下兩桌人。

薇亞娜終於忍不住出手了。她沾了一點酒，隔空對著兩名傭兵的酒杯點了一下。一雙看不見的法術之手乘著他們不注意，從空中滴入了酒杯，兩名傭兵喝完酒後，似乎立即醉了，他們倒在桌上睡著了。

「這是法術附魔，我給他們的酒加了些好東西，他們至少要睡上大半天才能醒來。我們有足夠時間了，先把那位精靈找過來聊聊。」薇亞娜解釋道。

薇亞娜對兩名傭兵施了一點小法術——醉酒術，讓他們喝下一杯酒等於喝了五十杯。

「年輕的女士，妳的朋友喝醉了，可能要睡很久，別急著離開，請過來談談！」雷歐斯走向女精靈說道。

「謝謝你們，我看到你的朋友對他們施了法術！」女精靈感激地說。

「我是雷歐斯，她是魔法師薇亞娜。」騎士非常紳士的做出自我介紹。

「我是伊德嘉爾，如你們所見，我是一名很少見的精靈。」伊德嘉爾摘下帽子，露出了尖尖的精靈耳朵：「還有，我已經兩百歲了。」

聽到伊德嘉爾的自我介紹，雷歐斯和薇亞娜都感到非常驚訝。兩百歲的精靈的長相，在人類的眼中看起來卻是非常年輕，但她的氣質和舉止透露出一種古老而沉靜的氣息。

當伊德嘉爾用粗麻布袋裡的不明物品分別觸碰兩名傭兵的頭頂後，她的狀態迅速改變，原本體態和氣息有氣無力卻似乎立即恢復生機。雷歐斯關切地詢問她手臂被湯燙到是否受傷，但她神秘地告訴他和薇亞娜，自己喪失了痛感，這是和惡魔打交道的後遺症。

雷歐斯和薇亞娜對伊德嘉爾的故事非常感興趣，並從故事中得知她要找回自己被惡魔奪走的部分靈魂。惡魔派了兩名聽信惡魔誘惑的人類傭兵來押送她，但幸運的是，雷歐斯和薇亞娜的到來幫助她擺脫了困境。

伊德嘉爾舉起弓箭，向雷歐斯和薇亞娜表示這是她的慣用武器。隨後，她搖動了一下那個裝著不知何物的粗麻布袋子，但沒有打開來。

「看來妳是位了不起的弓箭手！」雷歐斯讚嘆道。「而且妳的故事很複雜，我們很樂意聽聽妳的經歷，或許我們能夠提供幫助。」

薇亞娜點頭附和：「沒錯，我們可能能夠幫妳找回妳的靈魂，或者至少提供一些幫助。在這個陌生的領域，我們可以彼此支援。」

伊德嘉爾微笑著點頭，感激地看著雷歐斯和薇亞娜：「謝謝你們的好意，這次遇到你們，對我來說是個奇妙的緣分。」

伊德嘉爾繼續訴說著自己的故事，在很久以前，她與自己的好友在森林重逢，但不幸的是，好友遭遇了一隻奇美拉的襲擊，奄奄一息。在危急時刻，一個神秘的人出現了，雖然長相像人類，但卻有著異樣的氣息。伊德嘉爾懇求他救她的好友，而神秘人卻提出條件：如果伊德嘉爾願意將自己的靈魂交給他，他將會救回好友。但在此之前，他會先奪取一部分伊德嘉爾的靈魂，直到實現了所有承諾後，她就必須聽命於他。由於當時情況緊急，伊德嘉爾根本來不及考慮後果，為了拯救好友，便毫不猶豫地答應了。

雷歐斯眉頭緊皺，問：「妳成功救回了好友嗎？」

伊德嘉爾嘆了口氣，回答道：「或許當時有機會，但最終還是失敗了。我並不清楚那個神秘人是如何奪取我靈魂的，但似乎他必須得到我的自願，才能拿走全部。不過，這也導致我喪失了痛覺。還好他沒有取走我全部的靈魂，否則，我會變成一個無靈魂的墮落者。」

薇亞娜安慰地說：「別擔心，惡魔通常渴望吞噬人類的靈魂，以增強自己的力量。他取走其中靈魂的一部分，妳就會失去一種感知能力，對每個人來說可能不同。妳喪失的是痛覺，若他奪走全部，妳將成為行屍走肉，完全失去心智，成為他的奴僕，就像那兩個趴在桌上的人一樣。」

雷歐斯看著趴在桌上的兩人，輕聲對薇亞娜說：「我以為施展魔法需要念咒語，或使用裝著火蜥蜴、雞蛇獸血液的小黑瓶？」

「魔法源自生活，吸取自風雨雷電山川塵雪，所用的物品都源自大自然，不僅如此，還包括空間取物，轉移其他空間的能量。比如我眼前有酒，我就能向這個液體施法，增加醉酒的效果。再使用魔法之手，將酒滴入目標的酒杯裡面，魔法之手就像是使用自己額外的手一樣，可以遠端操控物體或施加力量的法術。」魔法師薇亞娜解釋。

「好了，我們不要偏離原來的話題了！」薇亞娜瞥了雷歐斯一眼，然後轉向伊德嘉爾：「目前我出來探索世界，也願意陪著妳一起尋找妳失去的那部分靈魂。而且每消滅一個惡魔，我們都會獲得更多力量。」她緊握拳頭，充滿決心。

雷歐斯非常誠懇地對伊德嘉爾說：「如果大家只為自己而不團結，我們的世界就會毀滅。現在我們正好有機會去冒險，我們會保護妳的。」

「謝謝你們，但是為什麼最近會有那麼多惡魔呢？」伊德嘉爾問。

「因為地上出現了一個裂縫，惡魔從另外一個世界來到了我們這個世界！牠們為了活下去，就要吃掉人類的靈魂！」一個陌生的聲音說道。

三人專注地對話，沒有注意到一個悄無聲息的人突然出現在他們身邊。他穿著的衣服似乎會變色，剛才好像融入了牆壁一般。等他拉了一張椅子坐到三人這桌，眾人才發現他穿著一身黑色小圓白領的牧師服裝，看得出這個人是位聖職者。

「我是格林福德，我的服飾代表我的職業。」穿著牧師袍聖職者格林福德慢慢地介紹自己：「因為神犯了一個錯誤，導致三界出現了裂縫，失去了平衡，所以最近湧過來惡魔特別多。我們必須靠著自己來剷除這些危害人類世界的惡魔！」

「神犯了什麼錯誤？為何天上地下會出現裂縫？惡魔為什麼會從裂縫中到這裡？惡魔為何要吃人的靈魂？你的教團是什麼？還有……。」伊德嘉爾繼續追問。

格林福德打斷精靈的一連串問號：「妳真是一個好奇寶寶，這故事太長了，以後妳會慢慢知道。至於教團嘛，就是以剷除惡魔為己任，拯救人類於水火中！」

「我還指望靠你們呢！我的人類朋友們。」伊德嘉爾皺起眉頭苦笑著。

「千萬別看輕自己。這位魔法師剛好能施展魔法讓這些人醉酒！這位騎士也擁有卓越的劍術。妳之前所遇到的任何事、包含不幸的事都是一種歷練，一種能讓妳成長飛升的機會！儘管過程中會有痛苦、不捨、悔恨等負面的情緒，但這些都將成為妳自我提升的墊腳石。尤其是現在惡魔已經侵門踏戶，吞噬人類，人類正面臨存亡的最後關頭，總要有人出來拯救人類！」看來格林福德在旁邊觀察已久，如今一有機會就會發揮身為傳教者的訓練有素的遊說能力！

「說到這裡，既然你去過這麼多地方，是否聽過一位名叫魯卡迪恩的年輕人嗎？」薇亞娜想到導師的交代打聽預言之子的事情。

「沒有。」三人異口同聲地回答。

「妳要找著這位魯卡迪恩和妳有何關聯呢？」雷歐斯對薇亞娜頗有好感，有些緊張地望著薇亞娜，似乎他在擔心魯卡迪恩是薇亞娜的情人。

「我這趟下山前，導師說魯卡迪恩出現在魔法的未來探索術中，有可能是傳說中的預言之子，可能和我們未來的除魔之路有關聯，要我尋找他的下落並協助他。」薇亞娜坦然地說。

「什麼是預言之子？」伊德嘉爾再次追問。

「我也聽說過，數百年前，先知曾有預言，在人類歷經劫難時，天神會派他的兒子到凡間拯救人類，神之子會帶領一批選中的人，斬殺妖魔，還給人間一個清靜。總之，這類天神之子或是預言之子的說法，我的導師牧師大人也常常掛在嘴邊。」雷歐斯邊思考邊回答。

「你的教團也在尋找預言之子？」伊德嘉爾繼續詢問聖職者。

「是的，我們也希望能夠找到預言之子，但並不知道魯卡迪恩這個名字！」格林福德點頭表示同意。

隨後，格林福德的目光移到放在桌上的一柄大劍，他突然睜大了眼睛：「你這把劍來自萊克塞爾王國，是萊克塞爾高級騎士大劍，被譽為不斷之劍。」這把銀白色的大劍設計簡潔，沒有過多的裝飾與花紋，完美體現了萊克塞爾王國的鍛造技術。

「是的，希望能用這把劍飲惡魔血！」雷歐斯很高興有人認出他的大劍，豪氣地說。

「惡魔已經來了，你會有很多機會的！」格林福德誠懇地說。

在這個動盪的亂世中，薇亞娜感覺這次的遭遇是一次給她歷練的機會。她說：「不要問為什麼，已經是事實時，要問如何解決問題！斬妖除魔本來就是我輩的職責，有志同道合者總比一個人單打獨鬥要強。」

薇亞娜轉向伊德嘉爾問道：「妳知道他們要帶妳去哪裡嗎？」

伊德嘉爾搖搖頭，髮辮跟著左右甩著：「好像是他們頭領占領的一個村莊。其實我不清楚，剛才我沒有力氣注意。」

薇亞娜想到一個辦法，睜大了眼睛：「伊德嘉爾還是假裝沒力氣的被兩人押著走，我們跟在他們的身後，看看他們去到哪裡。我們趁機會去看看是否有機會救其他人，或是斬殺惡魔。」

雷歐斯和格林福德都贊成薇亞娜的想法，默契似乎已經在幾人之間培養出來。伊德嘉爾歪著頭思考著，露出純真年輕的表情，脫下帽子後露出尖尖的耳朵，她的半精靈的血統顯得特別明顯。

靜默片刻後，伊德嘉爾堅定地看著眾人說：「好的，我願意假裝仍然被他們控制著，跟他們去看看他們到底要去哪裡！」她轉變得如此迅速，從被挾持的被害者變成了臥底。

說完之後，伊德嘉爾走到後面的廚房，用麵粉把臉塗白，拿出粗麻布袋裡面的器物，向大家展示了這一塊透明無瑕的水晶做的號角，解釋說這是一個匕首。另外從廚房拿來一把刀子，捲入粗麻布包中，放回原來桌上的位置。

眾人對這塊水晶號角充滿好奇，但伊德嘉爾並沒有透露寶貝的來歷，直接把水晶號角藏在腰間，只是說以後再告訴他們。隨後，她回到原位，躺在桌上假裝睡著。

一種悲壯的情懷開始在這幾人之間流竄，眾人默默準備迎接未知的挑戰。

此時，整個酒館裡只剩下他們這兩桌客人。

格林福德和雷歐斯先行走出邂逅酒館大門，留下薇亞娜在最後。她用手指淩空點了一下醉倒在桌上的兩名傭兵，解除了他們的魔法。兩名傭兵醒來後感到疲倦和酸痛，催促著伊德嘉爾吃東西，因為還得趕路。伊德嘉爾假裝揉著眼睛醒來。

薇亞娜準備離開酒館，用魔法解除兩名傭兵的醉酒術後，突然暈眩，昏倒在地上。雷歐斯聽到聲響回頭一看，發現薇亞娜倒在地上，趕緊扶起她並讓她坐在門外的椅子上休息。

格林福德用權杖縮小成小棒子，在水中攪拌了一下給薇亞娜喝，原來牧師的權杖也有治療效果。雷歐斯找酒館老闆拿毛巾讓她敷臉，幫她恢復了一些。薇亞娜苦笑著解釋可能是喝多了。

看到伊德嘉爾被傭兵帶走後，薇亞娜掙扎地站起來，想著需要特別注意一些魔法的禁忌，要是自己足夠強大就不會倒下了。

第八章

永刻村的倒數計時

伊德嘉爾偽裝繼續被綁架，兩名傭兵押解著她離開邂逅酒店，沒過多久，他們進入一個由九重葛花朵形成拱門的村子。

雷歐斯、薇亞娜、格林福德暗中跟蹤，預備一探惡魔墮落者的巢穴。

「這個村子，『永刻村』旁還刻有一行小字：『倒數計時』，非常特別，不知道有何意義？」雷歐斯指著村門口的木牌好奇地問道，其他人也轉向看著村莊的木牌。

格林福德也好奇地說：「不知道是什麼時間開始倒數計時？」

從遠處望向九重葛門後的方向，樹叢遮住了他們的視線，但仍然有幾縷黑煙在空中繚繞，與家家戶戶的白色炊煙截然不同。這些黑煙是樹木和房屋燃燒後留下的，顯然不久前，這個村莊經歷了一場浩劫！

正在大家討論的時候，旁邊的樹叢中傳來踩斷樹枝的聲響，雷歐斯反應最快，身手敏捷地衝進去，抓住了一位穿著粗布農服的村民。從他的衣服上可以看出，他似乎經歷過火焰的洗禮，布料上滿是洞，頭髮也被火燒過，但幸好並沒有受傷。

「你是這村子的人嗎？還有其他人還活著嗎？」雷歐斯問道。

「大人！惡魔來襲時，我正在村門口附近，來自銀鷲堡的一名騎士救了我，讓我先跑，村裡還有家人和財產，我沒跑遠，只在附近等著，等到他們離開後，我想回家看看。」村民帶著一絲惶恐回答說：「這個村子的村長和附近的銀鷲堡城主有親戚關係，聽說銀鷲堡那邊也遇到了麻煩，那位騎士是從銀鷲堡逃出來的，前一天晚上來到我們村子。」

「銀鷲堡在哪兒？」薇亞娜好奇地問。

「離這兒不遠，往北走，穿過一座山就到了。如果走懸崖下去，穿過邪惡森林會更近，不過很少有人敢進邪惡森林，大家都是繞道走，多一天的行程。」村民的神色有些慌張。

「帶我們進村子吧，村長家在哪裡？」雷歐斯說。

「村長家在一進村門右轉，一直往前走，第一棟在左邊。」村民指了指方向。「大人，你們去，我就不要去了吧？」村民還是有些恐懼地說。

「不行，你一定要帶路。你不是想看看自己家的狀況嗎？」雷歐斯帶著一絲霸氣說。

「好吧！」村民勉強答應：「我幫你們，但有一個請求，銀鷲堡的騎士帶了很多金銀財寶，能否挑一件給我？」

「沒問題，只要你幫助我們，我們會給你報酬。」雷歐斯特意降低了聲音，溫柔地回答。

薇亞娜和格林福德也點頭表示同意，願意給予村民報酬。

於是，村民帶著三人進入村子，順著他指的方向走。不久後，他們發現一個人躺在柱子旁邊的地上。這個人穿著騎士裝，傷口血淋淋的已經發黑，皮膚呈現灰白色，看起來已經沒有氣息了。

村民嘆了口氣說：「就是這位騎士大人，兩天前從銀鷲堡穿過森林邊緣來的，他帶來了銀鷲堡已被惡魔攻陷的消息。當時他騎著馬，帶著好幾包看起來很重的東西，搬進了村長家——銀鷲堡城主舅舅的白色莊園。」

薇亞娜和格林福德繞行騎士的屍體一圈，格林福德蹲下來檢查，薇亞娜看到騎士的手緊緊握著什麼東西，想去搬開他的手，卻被一股莫名的力量彈開。雷歐斯也試圖扳動騎士的手，卻同樣被彈開。他們都對這個奇怪現象感到驚異。

格林福德按住死者的頭，輕聲禱告，並告訴死者，他已經離開人世。然後，他再次打開騎士的手時，騎士的手變得柔軟了。

「難道你也會魔法？」雷歐斯好奇地問。

「這不是魔法，人死後屍體會僵直，這叫做僵直性僵直，在瞬間的死亡時，往往死者不知道自己已經死亡，而且他的靈魂被惡魔取走，所以你們碰到會彈開，而我告訴他說他在人間的任務已經完成，所以他的手就放下了。」格林福德解釋。

騎士的手中緊握著一樣東西，格林福德扳開來看才知道是一塊連著頭皮的毛髮，毛髮又粗又短又硬，格林福德覺得不像人類的頭皮。他仔細查看騎士的手指，發現指甲中也殘留著毛髮。接著，他察看了騎士的頭部，發現騎士的頭皮完整無缺，沒有任何缺口，他說：「這塊頭皮肯定是從兇手的頭上抓下來的。」

格林福德把那塊頭皮裝進一個布袋裡封好：「應該是惡魔的頭皮，不知道有何作用，你先收著。」說著，他把布袋交給薇亞娜。

薇亞娜接過頭皮，並將其放入她的百寶袋中，自信地說：「肯定有用！一會兒我查閱一下我的藏書庫！」她指了指自己的腦袋。

「這名騎士雖然渾身傷痕累累，但都沒有致命的傷，他的死因應該是被惡魔之火所傷。你們看，他左胸口的衣服有一個燒灼成洞的痕跡，可以看到他胸口焦黑的面積萎縮，比他的拳頭大一點。」格林福德一邊撥開他的衣服查看胸口，一邊比劃著他的拳頭說：「人的拳頭有多大，心臟有多大！看他胸口焦黑低陷的模樣，他的心臟應該被惡魔用火烤著吃了！」

雷歐斯和薇亞娜聽後，驚愕地張大口。一股噁心的感覺湧上喉嚨，比看到屍體還可怕。原來惡魔「喜歡」吃「烤熟的心」！

「別去想了，前面的路還很長呢！」格林福德目光銳利地掃視眾人，說話十分淩厲：「這才剛剛開始！」

雷歐斯顯得很堅定：「你小看我了，我見過的場面多了。」

薇亞娜一貫幽默地自嘲：「謝謝你看得起我，我也想嘗嘗看烤人心的滋味呢！」

三人招呼著站在遠處、面帶恐慌之色的村民，一起穿過花園，來到一座白色莊園的門口，帶路的村民說這裡就是村長的家。

雷歐斯、薇亞娜和格林福德一到門口，立刻迎來了六名臉色發黑、神情呆滯的村民，他們衝了過來。雷歐斯一人對付六人，把他們都擊倒。帶路的村民躲得遠遠的說：「這些本來都是我們村裡的人。」

希利歐斯率先進入莊園房舍，迎面遇到幾個散兵游勇，不敵雷歐斯的武力，直到之前在邂逅酒館裡遇到的兩名傭兵出現，又展開一番激戰，這兩名傭兵最終也被雷歐斯擊敗。

薇亞娜進入大廳，發現伊德嘉爾昏睡在一張長椅上。將她喚醒後，她才知道一進入村長家她又被傭兵下了藥迷昏了。

「莊園裡面沒有什麼特別，聽說惡魔將軍已經離開，銀鷲堡已經被惡魔占領，城主也變成惡魔了。我們先去村長家的墓園，聽說有好東西藏在裡面，有人設了魔法障礙，這兩個小嘍囉只知道通關密語，不知道開門的密碼，所以我們要非常小心。」伊德嘉爾在昏迷前聽到的只是片段資訊。

雷歐斯一行人繞到莊園的後面，穿過一條鋪滿青石的小徑，來到墓園的前面。墓園的建築只有一層在地面，地下不知道有幾層，兩扇木門緊閉著，也沒有上鎖，一推就開了。這家族墓園看起來相當普通，表面上沒有什麼特別的機關或魔法，但大家還是小心謹慎。畢竟無論是機關還是隱藏了魔法，外表是看不出來的。

推開墓園平房的木門之後，迎面映入眼簾的是一個巨大的石頭，就像玄關照壁一樣矗立在面前，這塊大石頭一面平整如鏡子般光滑，另一面則非常粗糙，石皮表面有著粗糙的紋路。在鏡子一面的最上方，用紅色顏料塗上了幾個字：「我是誰？」每一個人看到這些字時，立刻陷入回憶中，呆立著，思緒被帶回到過去最遺憾的事情上……一陣詭異的氛圍彌漫開來，似乎這塊石頭蘊含著某種神秘的力量。

✕✕✕

薇亞娜頓時陷入回憶的深淵醒不過來：

薇亞娜從不知道自家和魔法有關，她父親是打鐵匠，每逢冬天，爐火旁非常溫暖，父親會讓她坐在一旁烤火。父親休息時，會教她一些有關打鐵的知識。打鐵鍋底下的砧子有兩個尖尖的東西，父親告訴她，老家叫羊角砧，城裡面叫做牛角砧，在製作彎曲的農具或彎刀時用來轉移炙熱的鐵塊的方向。

六年前薇亞娜的祖母因為中了黑魔法，整個人血肉好像都被吸乾了，父親非常氣憤，想要去學魔法報仇而離家出走，母親一度憂鬱，薇亞娜出去尋找父親，原本平靜的家因此四分五裂。

薇亞娜在城裡流浪，餐風露宿，期間被小魔女騙去當女僕，直到四季更迭，她年長些，才體驗到自己上當了，一直沒有父親的消息，她遂決定回家。

家裡依然骯髒不堪，桌上、地上都是一層厚厚的灰塵，似乎很久沒有人住過了。鄰居見到她的出現，走過來告知薇亞娜母親的死訊：「妳走後沒多久，河裡浮出了妳母親的屍體！我們大家湊錢將她葬了。」他隨後又提及父親：「這些年沒人見過妳父親。」

薇亞娜心亂如麻，眼淚卻怎麼也流不出來。母親是自殺？還是意外落水？沒有人知曉。

「聽說落水自殺的人，習慣把外套和鞋子脫在岸上，妳母親的衣服和鞋子都在水中，應該是去河邊喝水，不慎落水而亡。」鄰居試圖安慰。

兩年的流浪與幫傭，她長高長大了，也更加堅強。祭拜過母親後，看到父親留下的一些存貨，思索再三，決定重新開起打鐵鋪！

美麗的小姑娘，薇亞娜，霧霾藍眼珠深邃閃亮，高挺的鼻樑和細緻透亮的白皙皮膚令人讚嘆。在火爐邊工作，她的臉被火烤得紅撲撲的，看起來格外可愛。金色的頭髮在汗水中泛著光，每次她揮下鐵錘，火光四射，展現出力與美的完美結合，如一幅絕美而生動的圖畫。

打鐵舖因薇亞娜的年輕貌美和獨特技藝，生意越來越興隆，直到遇到奧瑞斯德，拜他為師而離開家鄉。

薇亞娜這幾年的經歷排山倒海的向她襲來：沒有機會見到母親最後一面，母親的死因是自殺還是意外落水，她感覺自己也如同被母親帶入水中，無法呼吸、喘不過氣，悔恨與遺憾襲上心頭，就像是一波接著一波的海浪淹沒了她，往下沉、飄向水底的深處……

伊德嘉爾童年的不幸與最悔恨的回憶：

伊德嘉爾的童年遭遇充滿了悲傷和挑戰。她是人類與精靈的混血兒，出生後身體虛弱，多病纏身。為了拯救她的生命，母親犧牲了自己的精靈生命之珠，為她注入三百年的生命能量。

跟隨悲傷的父親返回人類世界。在人類的世界，伊德嘉爾因為明顯的精靈特徵遭到欺凌，父親對失去母親的悲痛難以自拔，無法關注她的需求。遭受孤獨和欺凌的她，在一次受傷害後決定離家出走，可惜再也沒有見到父親最後一面。

對人類世界的失望，讓伊德嘉爾選擇回到精靈的世界，投入守護納塔瓦族的行列，接受導師恩尼亞利特的訓練。

伊德嘉爾在守護的日子裡變得成熟，然而在平靜的生活了一百年之後，不祥的預言籠罩著整個璐卡蒂亞大陸。精靈族長的預言指引著她，要她獨自踏上旅途，去尋找惡魔入侵的根源。她憑藉自身敏銳的嗅覺和與動物交流的天賦，踏入了廣袤的密谷森林。在她的冒險途中，她偶然遇到小時候的玩伴，但可悲的是，玩伴已經受傷嚴重。

她為了拯救最好的朋友和對抗惡魔，但沒料到惡魔為了奪取她的靈魂一路追蹤到精靈森林。導師恩尼亞利特為了保護她，在生命之樹下與惡魔展開慘烈的戰鬥，並喪失了「守護者之號角」——那隻連著匕首的水晶號角。伊德嘉爾目睹著導師被惡魔殺害，童年時的好友也死在生命之樹底下。

伊德嘉爾回想導師恩尼亞利特為了拯救她而壯烈地死在生命之樹底下的情景。她的心中充滿了巨大的遺憾和內疚。

格林福德最害怕關於饑餓與絕望的回憶：

格林福德他拼命地扭動肚子上的皮，試圖抑制住饑餓感。好幾天沒吃過東西，母親貧病交迫，他陷入了極度的饑餓與絕望之中。眼前是一個剛出爐烤麵包的鋪子，誘人的香氣撲鼻而來，但他卻身無分文，只能躲在牆角等待著撿拾麵包屑的機會。

一名女人買了麵包，他緊跟在後，希望能從她手中爭取到一口。但發現女人並沒有直接打開來吃，於是他失望地放棄了。

回到原來的地方，又有一名男子買了麵包。他看著男子一邊走一邊吃著乾麵包，咬了幾口後將剩下的丟在地上。格林福德急忙撿起那些碎片，匆忙塞進口中，渴望多得到一點食物。他緊追不捨，直到從地上撿起了好幾塊乾麵包碎片，然後匆匆回家。

家，只是一間破草屋，簡陋而貧困，草編的窗戶擋不住寒風。母親躺在草屋裡，已經失去了生命的氣息。

他心急如焚，將剩下的乾麵包皮塞進母親的口中，想盡力讓她有些東西可吃。但他母親已經餓死。他用盡力氣呼喚著母親，但她的身體冰涼僵硬，像路邊堅硬的石板，無論他如何搖動她都沒有動。

格林福德深深後悔自己先吃了乾麵包，如果他先回來，或許母親還能有一點食物，也許她就不會餓死了。

悔恨和悲痛交織在一起，讓格林福德搥胸頓足，淚如泉湧，感到內心的痛楚無法言喻。他懷念著過去與母親在一起的日子，但現在只剩下無盡的遺憾和無法挽回的悔恨。

⚔ ⚔ ⚔

雷歐斯掙扎在死亡與背叛的慘痛回憶：

雷歐斯的生命歷程充滿了苦難與戰鬥。作為萊克塞爾王國的第五王子，他從十五歲起就被捲入戰爭的漩渦，多次為了國家征戰卡蘭塔尼亞。在戰場上，他飽受折磨，曾在堆積如山的軍人屍體中醒來，與擾亂王國的魔獸戰鬥中被利爪抓傷，更有一次在戰鬥中從懸崖墜落，傷痕累累，身上新傷舊疤交織。

然而，他的痛苦並未止步於戰場。在王族王子之間的權力鬥爭中，被第二王子與惡魔領主拉茲爾陷害，被迫殺害了萊克塞爾的王儲第一王子，遭到國王的追殺。為了逃離萊克塞爾國，他與無數追兵進行了血戰，逃亡、激戰成了他生活的常態。

雷歐斯加入冒險者團隊之後，為了金錢和生存而為他人服務，他才得以稍微安穩地睡上一覺。在一次偶遇，他結識了薇亞娜等人，點燃了他覺醒的意識。他初次領悟到了對抗惡魔、守護人類的責任。

雷歐斯逐漸感到自己有了使命，不再局限於王族權力鬥爭和國家利益之爭。他渴望找到值得信任的夥伴，一起探尋傳說中覺醒者的力量，誓要將惡魔驅逐出人間。這個志向賦予了他的生命新的意義和方向，讓他認識到生命中存在更重要的事情，超越了權謀與戰爭，讓他追尋真正有意義的生活目標。

這名騎士注視著石頭鏡面，那裡映現出他過去十年的慘烈回憶。回憶中，他經歷了無數的腥風血雨，浴血奮戰，無家可歸，生死懸於一線，頻遭追殺與逃亡。他不得不踏著別人的白骨和親朋好友的血肉才能存活下來。儘管他作為王子地位顯赫，但命運對他卻極為殘酷，那些在戰場上倒下的戰友，那些背叛的盟友，還有那些逝去的親人，淚水湧上眼眶，無法抑制，遭受著別人無法理解的痛苦和壓力……。

帶路的村民看到眾人都中了鏡石上的魔法，都完全陷入了回憶生命中最悲慘時刻的樣子，進入了現實與虛幻交錯的境界，無法清醒。村民趁機想要偷走伊德嘉爾藏在腰間的寶貝。他拉扯著麻布袋，拿出水晶匕首，卻在碰到水晶匕首時，手好像被電到，一時間拿不住水晶匕首，結果水晶匕首掉落並砸到了伊德嘉爾的腳，同時也解除了伊德嘉爾所中的魔法。

從伊德嘉爾中魔法到被水晶匕首打醒過來，只是一瞬間，但伊德嘉爾卻彷彿重新經歷了一次前半生最悲慘的歲月，後悔和遺憾之事都變得更加真切，強烈的痛苦幾乎讓她無法承受，就在她陷入絕望之時，彷彿要追隨母親哀怨的目光進入光之隧道，突然一陣電擊般的刺激傳遍全身。她猛然驚醒，卻未曾察覺自己滿臉淚痕。

環顧四周，伊德嘉爾發現其他人臉上都淚流滿面，顯然他們仍然沉浸在悲傷遺憾的回憶之中，無法清醒。她深知若繼續陷入這種狀態，可能會傷害自己，她要趕快行動來保護自己和夥伴。

首先，她將村民綁起來，防止他再次妄圖傷害大家。然後，她迅速用水晶匕首的水晶握柄輕敲三位同伴的頭部，希望能喚醒他們。

「醒醒！」伊德嘉爾搖著雷歐斯等人說。「醒醒！」

眾人漸漸清醒過來，環顧四周。

「奇怪，為什麼我們四個人都中招，村民卻沒事？」雷歐斯把村民之前從他口袋偷走的財物放回自己的口袋，困惑地說道。

「那還用問啊，肯定是惡魔的嘍囉！」伊德嘉爾斷定地說。

「各位大人，我和惡魔無關，我只是想要點錢重建家園，請原諒我，我會繼續帶路。」帶路的村民向大家求饒，並說明他不受到鏡石的魔法影響是因為多次幫村長到過這裡面拿東西。

薇亞娜搖晃著腦袋試圖讓自己清醒，並解釋說：「看來村長使用的魔法應該屬於幻術學派，而鏡石上留下的魔法則是一種心靈幻覺，也被稱為魅影幻覺。每個人所感受到的幻覺都是獨特的，它會通過放大內心悔恨與痛苦的地方，讓每個人心中的痛苦相乘並無限擴大。由於每個人的感受力和抵抗力都不同，當痛苦擴張到一定程度時，就會讓人崩潰，甚至自暴自棄。這種手法是最可怕的，能讓人毫不察覺地陷入絕境，殺人於無形。」

「為什麼惡魔沒有進入這個墓室呢？裡面不是有金銀財寶嗎？」伊德嘉爾問道。

「惡魔對人間的財物沒有興趣，你們忘記了嗎？他們只對人類的心有興趣！」格林福德回答道：「尋求金銀珠寶的肯定是那些惡魔的幫兇！」

眾人帶著那位帶路的村民，繞過鏡石後，走下一層樓梯，又穿過一個通道，來到另一個墓門前。在這個墓門前，伊德嘉爾等人感受到了一股凜冽的氣息，似乎更加接近了真相的所在。

大家對於如何開啟這個墓門感到困惑不解，伊德嘉爾注意到墓門上有一個轉盤，上面刻有一到十二的數字，類似時鐘的刻度，最上方是XII，右邊從I開始到最左邊是XI，但只有一根指標，指向VI位置，即六點鐘的位置。

「為什麼有I到XII的刻度？」、「如果弄錯了會發生什麼事？」、「你們村長的吉祥數字是什麼？」眾人紛紛發問，帶路村民的頭搖個不停，對這些問題毫無所知。

大家都不敢隨意動那個轉盤。

「對了，你們村門口永刻村名牌旁那行小字：『倒數計時』是什麼意思？為何會出現這樣的一行字？」薇亞娜試著換個角度問道。

「這是村長經常說的話，他說，人一出生後，就是開始倒數計時，所以要大家快樂地過一生。」

「如果I是出生，XII是走完一生，XI是最後的倒數計時，那到底要選I、XI還是XII呢？或者不一定在刻度中？」薇亞娜沉思著搖了搖頭。

眾人繼續爭論，都很擔心選錯可能引發的陷阱或其他意外。

就在眾人討論的時候，薇雅娜，這個有著強迫症的女孩，習慣將物品整整齊齊地擺放，要求一絲不苟。她注意到墓門上的數字XI（十一）有點歪斜，她忍不住伸手去把它扶正，這一動作讓所有人都驚呆了，眾人都想制止她，擔心會觸發陷阱，但來不及了。眾人立刻全神戒備，準備應對可能射出的暗箭或其他陷阱。然而，當字扶正後，眾人靜默聆聽，牆壁裡傳來一陣機器齒輪的聲音，這扇門竟然緩慢地向內推開了。咔！咔！咔！這陣齒輪轉動的聲音宛如天籟般悅耳……

門開了……

一行人進入了個房間，發現地上擺放著六箱金幣和一個麻布袋。

「這幾個箱子都是陸續由銀鷲堡運來的，原來真的是金幣。」帶路村民說：「大人，我帶路有功，你們答應要給我報酬。」

「當然，你抓一把金幣走，能抓多少就給你多少！」伊德嘉爾答應了。

然而，村民卻表示只想要旁邊一個麻布袋。眾人被他的話吸引，好奇地詢問麻布袋裡是什麼。

「只是一把劍，我想留一個防身武器。」帶路村民解釋道。

雷歐斯上前抓起麻布袋，抽出裡面的東西，果然是一把樣式古樸的長劍！

「大人，您已經有那樣一把非常棒的大劍了。」帶路村民指著雷歐斯的劍提醒道。雷歐斯點頭，他腰間佩戴著萊克塞爾高級騎士大劍，是一把非常棒的武器。

「我是戰士，你是村民，你要什麼劍？」雷歐斯拒絕了他的請求，把劍裝回麻布袋放在身後。

村民氣憤地吹了聲口哨，頓時湧進十名小惡魔，將雷歐斯等人團團圍住。原來帶路村民是惡魔的嘍囉，幫小惡魔收集人間特殊的寶貝。

小惡魔進來後，帶路村民竟然成為領頭的惡魔，頭上有兩隻小羊角，身上的鎧甲發出森冷白光，看起來是小惡魔的小頭目。

一場惡戰開始了！

帶路村民終於現出了真面目，牠之前用一種異能吸收村民的身體和記憶，變成了惡魔的嘍囉。牠首先發動攻擊欲撞向雷歐斯，而雷歐斯右手揮舞著萊克塞爾高級騎士大劍砍向小惡魔，劍身碰觸到小惡魔頭目的鎧甲時，眾人只聽到「咔嚓」一聲，萊克塞爾高級騎士大劍居然斷成兩截！

這把被譽為「不斷之劍」的萊克塞爾高級騎士劍，其劍的韌性與鋒利度可說是當代頂級的鍛造技術。

眾人都震驚了，沒想到這把劍居然斷了！小惡魔頭目的鎧甲比其他小惡魔還要堅不可摧，甚至不斷之劍也斷了。小惡魔依然頂著頭上的小羊角向雷歐斯衝來，雷歐斯急忙放下斷劍，從麻布袋裡拔出那把古樸的長劍，然後毫不猶豫地刺向小惡魔。

驚人的一幕出現了，劍輕鬆穿透小惡魔的鎧甲，正中牠的心臟。接著，一道藍光從刺入的傷口處迅速蔓延，彷彿電流一樣，順著劍往上，瞬間傳至雷歐斯手中，再沿著他的手臂擴散到肩膀，最終刺痛傳至他胸口。

雷歐斯呆立片刻，望著自己的手腕，但手上並未流血，取而代之的是一道藍色火焰般的傷痕，形狀像火苗，起初粗大而醒目，後來逐漸變淡，但卻會永遠印在他的手臂上，無法消失。

中劍的小惡魔頭目倒在地上，大家隨後忙著打敗其他小惡魔。

薇亞娜走上前，緊緊抓住雷歐斯的手，仔細觀察著。其他人也圍了過來。

「這是覺醒者之痕，你成為了覺醒者。這道藍色火焰痕將來會在你使用法術或者武力時放出不同的光芒，而這光芒會因人而異。」薇亞娜解釋道，並展示著自己手臂上的藍色火焰。

伊德嘉爾好奇地問：「那覺醒者之痕是什麼意思？為什麼妳會成為覺醒者呢？」

「導師告訴我，千年之前，神魔有一場大戰，神力落到人間後並未散去。大惡魔將軍的元靈被天神震碎成許多片，其中一些伴隨的神力也出現在人間。獲得這些神力，就能控制惡魔將軍的魔力。」薇亞娜回答。

「原來吸收了神力或魔力就叫做覺醒力？」伊德嘉爾問。

除了藍色火焰之痕外，當雷歐斯將劍刺入小惡魔心臟時，他感到伴隨著藍色火焰還有一股能量順著劍身湧入他的體內，頓時全身充滿力量。

「這真是一把好劍！」雷歐斯讀出劍柄上的字：「覺醒之劍！」

「這難道真的是天神遺留下來的劍？看起來好像有上千年的歷史！」格林福德專注地觀察

著這把劍，說道：「或許這把劍原本並沒有那麼特別。可能只是曾經用來砍過惡魔，留下了一些元靈碎片或神力，所以一進入密室，小惡魔就能感知到劍上的靈力殘留。哦！我明白了，原來這把劍是惡魔剋星，所以他們才想要搶奪它！」

「這把劍已經失傳多年，竟然落入銀鷲堡城主之手。偽裝村民的小惡魔頭目之前說，在惡魔進攻銀鷲堡前，城主將金幣和寶劍先送到村長家中保存。」薇亞娜補充道。

「太好了！在我萊克塞爾不斷之大劍斷掉的時候，我真的心痛了好一陣子。沒想到這一次竟因禍得福，不僅得到了一把寶劍，還成為覺醒者了！」雷歐斯開懷大笑，這十年的流浪生涯似乎讓他很少有此刻。

「驅逐消滅這些來襲的惡魔的使命。」雷歐斯環視眾人，向大家說道：「這是一條有開始，但不知何時才能結束的路。」

「我沒意見，但我曾經親眼見過惡魔將軍，真的是太可怕了！」每次談及惡魔將軍，薇亞娜仍心有餘悸：「雖然學了幾年的魔法，但若單獨面對惡魔將軍，我絕對無法獲勝。」

「是的，聽說北邊整個法奧村都被惡魔滅村了，看來會魔法或是懂巫術未必能對付大惡魔。」伊德嘉爾點頭附和。

「你們這些人，還沒開始就認輸，不較量一番，怎能先弱了自己的氣勢！」雷歐斯堅決反駁。

「他光是出場的氣勢，就已經讓人嚇破膽了。」薇亞娜搖著頭，臉上流露出一絲不相信的神情：「我導師是王國大法師，卻被惡魔將軍一下刺中背心。當然，不可否認當時導師正在施法封印惡魔裂縫，對方趁隙攻擊。但是，當時光看著一群高級冒險者圍攻惡魔將軍，轉眼間高級冒險者全部被殺！」

儘管眾人中只有薇亞娜和惡魔將軍打過照面，提到當時非常驚險的場面，但因為沒有實際遇到過，眾人也無法真正去想像惡魔將軍的可怕之處。不過，大家都有共識，先四處尋找覺醒者之力，累積自身實力，再去邪惡森林和銀鷲堡找惡魔將軍一決生死。這是個既危險又充滿希望的計畫，他們意識到這個道路不會輕鬆，但這正是他們作為覺醒者的責任和使命。

第九章

魯卡迪恩魔口餘生

父母和家人長眠在教堂的墓園裡，倫迪村再無牽掛。魯卡迪恩準備離開倫迪村，身上裝滿了能找到的家當，他要去山洞裡看望金妮。走到村莊門口，他回頭望了一眼焦黑破敗的村舍，從未離開過的故鄉，如今卻已成了無所留戀之地。

陽光明媚，微風穿過樹葉，麥田波浪起伏，發出摩擦聲。鳥鳴蟲鳴依舊，就像平日裡他和夥伴們一起玩耍、掏鳥窩、抓兔子的時光。有幾個村民決定等麥子收割後再離開，但對魯卡迪恩來說，倫迪村已經沒有值得牽掛的人。

他想最後巡禮一番，因為這一次離去，不知何時能再回故里。然而，他發現倫迪村的標誌已經不見了，感到難過。

突然，一群烏黑的東西竄出來，飛快地擋住了他的去路。這是全身黑褐色粗皮的動物，四隻腳，像人一樣用後腳站立，紅光閃爍的眼睛和兩個小山羊角，讓他認出了這是女巫金妮口中的小惡魔。

被這些小惡魔團團圍住，魯卡迪恩感到不寒而慄。他試圖扔給一個小惡魔一包乾糧，小惡魔迅速接過，拿起來聞了一下，沒有肉味，就往地上一丟。他想呼救，心中焦急，但又明白無人能聽見。倫迪村已經空蕩蕩，剩下的幾個村民也無法對抗這群小惡魔。

小惡魔撲向他，他雖然打算反抗，但內心感到絕望而閉上眼睛。魯卡迪恩感到一陣大風刮過，耳邊傳來咻咻破風的聲音之後，反而有重的東西落到地上的聲音，原來是突然有箭射中了撲向他的小惡魔。

四個人騎著馬急速趕來，兩男兩女，其中一位是手持弓箭的年輕女子。

緊接著，另一個小惡魔也倒下了，被箭射中。魯卡迪恩詫異地看著面前的場景，年輕女子的箭救了他一命。

騎在馬上的弓箭手已經搭好箭，當她看見小惡魔跳起來時，她毫不猶豫地射出一支箭，正中小惡魔的背心。

弓箭手接近魯卡迪恩，再次射出一箭，但這次小惡魔們有了準備，沒有被擊中。小惡魔們發覺更強大的對手來到了他們身後，便顧不上眼前這個軟弱的男孩，轉身面對新的威脅。

四個人從馬上跳下來，魯卡迪恩首先注意到穿著遊俠裝扮背著弓箭的伊德嘉爾，其次是一身盔甲的雷歐斯，最後是穿著牧師袍的格林福德和黑色斗篷的魔法師薇亞娜。

儘管危機尚未解除，但魯卡迪恩不願逃走，格林福德和薇亞娜站在他身旁觀察，似乎習慣由戰士雷歐斯和伊德嘉爾先出面與惡魔戰鬥。雷歐斯揮舞著手中的巨劍，一個轉身利用大劍的重量在空中畫出一道圓形的軌跡，隨後三個小惡魔都被斬成了兩段。

伊德嘉爾作為弓箭手已經搭好箭，將兩名跑來接應的小惡魔射殺。

隨著危機解除，四個人發現魯卡迪恩並沒有畏懼和逃跑，對這個有膽識的年輕人很是欣賞。

格林福德問他：「你怎麼一個人在這裡？村裡沒有其他人嗎？」

「這是倫迪村，我成長的地方。惡魔已經來過，大部分人都死了，剩下的村民大多都離開了，我也正要離開，沒想到竟然遇到……」魯卡迪恩說的時候，感覺這場變故已經很遙遠，其實才剛發生。

伊德嘉爾最想知道的是：「你的父母和家人呢？還有其他親人嗎？」

「他們都死了，我剛剛親手埋葬了他們。」魯卡迪恩低著頭說。

格林福德繼續問：「你年紀還小，有地方去嗎？有什麼打算？」

魯卡迪恩好奇地看著他們穿著不同職業的衣服，於是他反問：「你們四個人的組合有些奇特，為何會走在一起？」

雷歐斯解釋道：「我們來自不同地區，但有著共同的目標，你剛剛也看到了。我們的目標就是將惡魔趕回他們自己的深淵，但現在只遇到了這些小雜兵，背後還有更兇殘的大惡魔。我們要尋找神之力。雖然你年紀小，但你表現出勇氣和膽量。或許你可以考慮加入我們的隊伍？」

雷歐斯繼續介紹說，伊德嘉爾是遊俠，格林福德是聖職者，薇亞娜則是魔法師。

「剛剛看到你以一人能敵三個惡魔，太厲害了。我希望將來也能像你一樣。你是戰士嗎？」魯卡迪恩羨慕地看著雷歐斯。

「我曾經是戰士，現在是是更為高階的勇士職業，只要能努力地活下來，是誰都會變強的。」雷歐斯帶著苦笑地說。

隨後，雷歐斯簡要地介紹了其他幾位隊員，並解釋大家在邂逅酒館相遇後的奇遇冒險，多次合作斬殺惡魔，讓大家彼此之間產生深厚情感，便長期組成冒險者小隊。

看到弓箭手伊德嘉爾去拾回那些射出去的箭，魯卡迪恩趕快去幫忙拔箭、找箭，並把箭上的血跡擦乾還給伊德嘉爾。

中箭的小惡魔還沒有死透，在箭矢拔下來的當下，手腳依舊顫抖著，這位少年居然還敢去小惡魔胸前拔出箭來。

雷歐斯觀察到在與小惡魔戰鬥時，魯卡迪恩非但沒有趁機逃走，之後還能幫忙拔箭，可見這小年輕膽識過人，也是個可造之材，雖然穿著破爛的粗布衣服，難掩其少年英氣，想要邀請他加入覺醒者。

「我非常想要加入你們，可我朋友受傷，我必須先去照顧。」魯卡迪恩以還要去救朋友為由，沒有同意和覺醒者眾人一起行動。

之前女巫金妮的遭遇，可說慘不忍睹，不但家破人亡，也幾乎活活被燒死，所以魯卡迪恩不敢告訴任何人關於金妮女巫的身分，儘管在他的救命恩人面前，但他還是留一個心眼，言談中諸多保留。

「需要我們協助嗎？你朋友受傷，我可是醫生。」格林福德說。

「我的朋友已經醫治了，沒有生命危險，只剩下一些外傷還沒有痊癒，我必須去照顧。」魯卡迪恩對眾人說：「感謝救命之恩。」

「好吧，既然你有地方可以去，我們就此分別，希望將來有機會再碰面。」格林福德拿出一罐可治療刀傷外傷的藥膏給魯卡迪恩。

魯卡迪恩雖然很羨慕戰士雷歐斯高明的劍術、弓箭手伊德嘉爾的靈活和迅捷，看到魔法師薇亞娜的神秘和格林福德的和藹可親，很想和他們一起行動，但是，魯卡迪恩想起好朋友白鴿精靈還在山洞幫忙照顧金妮，他只好拒絕覺醒者教團眾人的好意，告別他的救命恩人。

四人都沒有問魯卡迪恩的名字。

魔法師薇亞娜並不知道她遇見了導師口中的火焰預言中的魯卡迪恩。

這時的魯卡迪恩才不過十四歲，魔法師薇亞娜也完全不曾想到這位面容悲淒、衣衫襤褸的小青年有可能是預言之子？

第十章

女巫召喚祖靈

魯卡迪恩和薇亞娜等人分開後，他小心翼翼地穿過森林，生怕還有小惡魔的餘孽找他麻煩。他一路上都非常警惕地觀察著四周的情況，生死存亡的關頭讓他吸取了血淋淋的教訓，所以回到金妮所藏身的山洞，竟然比平常花了兩倍的時間。

從倫迪村回到女巫的藏身處岩洞，要經過大片的森林，而這個以前經常玩耍，非常熟悉的森林，對於魯卡迪恩來說已經變得陌生。才不過才分別兩天，童年時光如今已然遙遠到山的另一邊，以前在樹幹上刻的字、爬在樹頭搗的鳥窩、灌木叢裡可以摘來吃的莓果、無聊時在岩石上刮出圖案的青苔、在小水塘逗弄的蝌蚪，都成為記憶中的過往。

突然面臨悲歡離合的打擊，讓他整個人的心境瞬間蒼老起來。玩樂已經遠離，必須思考如何活下去、為家人報仇、如何對抗這些入侵者？才是日後生存的意義所在。

到了山洞口，他突然感到膽怯，竟不敢踏入山洞，想到要是金妮不在了，他該怎麼辦？這念頭頓時讓他不寒而慄，步伐變得艱難沉重。

這時，兩團白糊糊的東西突然由洞裡飛出，迅速衝到他的眼前，原來是白鴿精靈，感覺到他回來了，非常興奮地猛衝出來，差點撞到他的身上。

這時金妮也小跑步出山洞，看到魯卡迪恩，非常高興地跳上來摟住他的脖子。

金妮睡醒之後沒有看到魯卡迪恩，非常擔憂不安。現在看到魯卡迪恩毫髮無損地站她的眼前，她才鬆了一口氣，放開他後，一下子站不住，跌坐到地上。

金妮看起來精神還不錯，傷口部分都已經癒合，看來白鴿精靈把她照顧得很好。

魯卡迪恩告訴金妮，惡魔摧毀了倫迪村……。

金妮不斷的嘆氣，現在兩人同病相憐，都成為人間孤兒，失去家人的庇護和依靠。

魯卡迪恩想到自己是否應該去學習魔法，於是向金妮詢問有關去魔法學校的事情。

「有件事一直想問妳，女巫和魔法師究竟有何不同？為何女巫會受到獵巫或被燒死？而相對來說，魔法師卻似乎比較受到尊重？」魯卡迪恩好奇地問道。

「女巫們的魔法是世襲的，就像母系社會，傳給女兒的比較多，但也有傳給家中的舅舅。然而，由於是家族傳承，難免有私心自用、良莠不齊的情況。社會上有一些人自稱女巫，但實際上是假冒或是被魔法學校淘汰的退學生冒充。從前的確發生過拐賣小孩、燒死女巫的事件，女巫家族也有壞了一鍋粥的敗類，有時還會傳出一些黑魔法詛咒的惡劣行徑。此外，還有些人出於嫉妒、怨恨、恩怨或是假公濟私等動機，使用私刑獵殺女巫的情況，大約一百年前尤為嚴重，現在稍微好一些。」金妮仔細地分析著。

「魔法師是有學校裡師徒傳承，學徒都經過導師挑選，限制和禁忌較多，有各種不同的職業，因此風評比較好。優秀的魔法師會為皇親貴族工作，無論祭祀、占卜、醫療、諮詢，還會解決廟堂上高官們的問題，社會地位較高！」她繼續解釋。

「我是想，我將來要走什麼路，才能儘快報血海深仇！」魯卡迪恩提到報仇時，臉上露出咬牙切齒的表情。

金妮搖搖頭，魯卡迪恩現在年紀小，就算過幾年也報不了仇。

「剛剛回山洞前，我在村子口碰到幾個小惡魔，我想他們不是很厲害，要不然也不會被救我的人殺了。」魯卡迪恩向金妮描述了在村門口的驚險過程。

「你可千萬不要小看惡魔，你剛才碰到的只是頭上長了小角的小惡魔，你還沒遇到長有一對長又彎大角的大惡魔！」金妮皺起了眉頭。

「那麼，我想是要去魔法學校學魔法嗎？」他心中的另一個選擇是拜金妮為師。

「魔法學校基本是貴族的專屬學校，學費非常昂貴。而且，學魔法需要有天賦，我覺得你不太適合學魔法！」金妮說著。

竟然認為自己沒有學習魔法的天資，魯卡迪恩表現出不以為然的表情。

「我明白你心中的怒火，但現在你毫無能力，報仇只會去送死。復仇的種子太沉重，學習魔法時更容易走火入魔。」金妮的話誠懇而現實。

魯卡迪恩默不作聲，復仇的情緒已經淹沒了他的理智。

「你雖然會魔法，但並不保證能戰勝邪惡。看看我們巫術村吧，每個人都會魔法，但我們還是敗在了惡魔手中！」金妮的眼眶閃爍著淚花，她拼命忍住，卻難掩悲傷的神情，無奈地說道。

「難道我真的永遠無法對抗惡魔？」魯卡迪恩仍然不死心地問。

金妮沉吟片刻，終於想出一個可能的辦法。

「或許還有一種巫術，稱之為速成班吧！你可以招喚祖靈，如果你的祖靈是武士或魔法師，可以請求他們將能量轉移給你。然而，這種魔法必然會留下後遺症，不知道會帶來什麼後果。也許你會失去某種能力，也許會減少某種天賦，無法預料！」金妮謹慎地說道。

「這很公平！每個人都會隨著成長而失去一些東西，我已經失去了太多，不在乎再失去什麼！」魯卡迪恩苦笑。

「既然你堅持，我們就試試看。這個巫術是我們村長臨終前傳授給我的，據說是用來救命的，但他自己從未使用過，只知道有兇險。我也從未嘗試過，不知道效果如何。」金妮取出身上的匕首，一邊念咒，先劃傷了自己的左手手心，再把魯卡迪恩的右手手心也劃傷，金妮的左手握住他的右手，兩人的傷口流出來的血液融合在一起。

金妮念咒的過程中，魯卡迪恩感受不到絲毫魔法的力量，只有被刀劃傷的手心有些疼痛。一段時間過去了，魯卡迪恩的手心漸漸不再疼痛，取而代之的是漸增的疲憊。剛剛差點死在惡魔手中，又在森林花了額外的時間，一旦放鬆下來，不由自主地打起了瞌睡。

「糟了！」金妮的聲音驚醒了魯卡迪恩。

「我剛才念的咒語，因為受到召喚的祖靈發生了特殊變化，導致咒語中的幾個音節自動改變，現在的咒語已經變了。我不確定召喚到的究竟是什麼祖靈？你感覺自己能掌握什麼？」金妮一臉驚恐，這是她從未經歷過的情況，他的祖靈為何會產生異變？

「沒關係，這是我自己選擇的路，不論後果如何，我不會怪罪你。」魯卡迪恩堅定地回答。剛才清醒的瞬間，他覺得頭髮根根都豎了起來，一陣酥麻感像電流般流過，然而這一切瞬間即逝，若非全神貫注，他根本無法感知到這微細的差異。

「對不起，我不知道召喚來的祖靈是何方神聖。無法確定是否真的幫上忙，也可能害了你！總之，這個法術已無法收回！」金妮皺著眉頭，一臉煩惱地說著：「告訴我，你究竟看到了什麼？」

「我什麼都沒看到，也沒有感覺到任何異常！」魯卡迪恩坦言道。

儘管如此，金妮仍然感到困惑和不安：「你有任何不適，一定要告訴我！」

金妮的內心充滿了焦慮，根據她所瞭解的巫術，一旦啟動就絕對無法停止，未來某一時刻必定會爆發，並且產生後遺症，然而此刻她卻完全無法預測，更遑論控制！

對，既然是魯卡迪恩的祖靈，理應不會對他不利！金妮只能這樣安慰自己。

「先知曾說，在聖殿或古跡中守護的神獸，身上也有殘存的神力，才會幫助異獸產生變異。」金妮再三叮嚀：「不要急著復仇。人力很難對抗魔力，你必須要吸收到一定程度的神力，才能幫你脫胎換骨。每殺死一隻異獸，才會把這些神力吸收轉成為自己的力量，將來才有能力和惡魔軍團對抗。」

「剛剛施法時，我順便施展血盟法，這意味著你我的血液交融，我們成為血盟親人。以後我要找你的時候，比較容易。」金妮話說半句，其實如果魯卡迪恩如果遇到了致命的危機，她也可以感受魯卡迪恩所處的困境。

「好的。」魯卡迪恩點點頭，眼中也泛著淚光，倫迪村已毀，他已經沒有親人，如今和金妮結了血盟關係，就像多了一個姐姐，他感到不再孤獨。

「我要回到法奧村去看看，應該還有一些人活著，我想重建我的家，你在外面一切要靠自己了。」總歸要別離的，金妮嘆息。

魯卡迪恩原本稚嫩的臉，經過這幾天的痛失親人的打擊，蒼老和成熟如兩道蚯蚓正爬上他的額頭。

金妮的眼裡閃爍著淚光，終究忍住沒有滴下淚珠，她雙手捧著魯卡迪恩的臉頰，親吻著他的額頭：「務必要保重，在這世上你是我唯一的親人了！」

魯卡迪恩摟住兩隻白鴿「圓眼」和「公主」說，他要離開森林，前往城市和戰場，不方便帶著牠們，請白鴿幫他照顧金妮。

這時，他發現白鴿眼中也閃著淚光。

充滿復仇意志的魯卡迪恩，深知自己年幼力量薄弱，聽了金妮的建議，決定先到軍隊裡歷練幾年，學習基本的戰術，等到時機成熟後，他再踏上世界各地神殿古跡和城堡遺跡，希望找到千年前神魔大戰時天神遺留下來的「覺醒者之力」。

魯卡迪恩離開山洞時，他已經不是原來的他了，因為金妮的魔法產生的異變，讓他的祖靈和他合而為一。

金妮本是心存感激他的救命之恩，她幫助他開啟了召喚祖靈的法門，原本是為了幫助他學習祖靈傳授的速成技藝。但在咒語啟動時卻發生了變異，意外地召喚了他的祖靈，卻也將祖靈禁錮在他的潛意識中。

魯卡迪恩的祖靈原本是個普通的人類，卻意外吸收了大惡魔散落在人間的七分之一元靈碎片。然而在即將孵化成惡魔形態時，卻因山崩碎石壓扁而失去了生命。

所以大魔王復活時，找不到這七分之一元靈碎片。

在金妮召喚下，祖靈誤打誤撞進了魯卡迪恩的潛意識，魔性被困住了，但卻因為金妮的咒語，大魔王七分之一的元靈得以復活，卻因為被祖靈的禁錮，只能存活在魯卡迪恩的潛意識中。

從此以後，祖靈經常以魯卡迪恩的父親的模樣在他的夢裡出現，在夢中成為魯卡迪恩的導師，甚至在魯卡迪恩遇到危難的時候，或魯卡迪恩一旦失去意識，潛意識裡的祖靈就會出現，進而短暫主宰魯卡迪恩的思想。

第十一章

魯卡迪恩詭異的新任務

多年來，魯卡迪恩為了復仇踏上了冒險者之路，在旅途中不斷尋求力量，探險尋找機會，甚至曾經加入璐卡蒂亞大陸的知名家族或皇室當傭兵。

第三紀元一五三五年，他遇到了白鷹小隊的隊長。隊長從他和其他倖存者中，挑選出來一些年輕力壯者，成為了白鷹小隊的一員。

白鷹小隊來到離家鄉倫迪村最近的城鎮——艾瑞納爾城，協助守城。在這裡，魯卡迪恩擔任了兩年的見習士兵，加入了城鎮的守衛隊。

每當山野村鎮有惡魔出現的消息時，復仇的決心驅使著魯卡迪恩自告奮勇加入敢死隊，並在頑強的意志力下，總能在殺戮戰場下存活，因此吸收了許多小惡魔的能量，不斷變得更強。

但他發現作為城鎮守衛，範圍有限，難以接近復仇目標，能力也增長緩慢，他渴望更快地變強，於是兩年後，他選擇離開，加入了冒險者公會，以對抗魔界入侵者為志業。

冒險者這個職業有著不同的屬性，有人尊稱他們為魔鬼獵人、賞金獵人，還有些人去當傭兵，被編入像敢死隊這樣的周邊兵團，或是擔任皇親貴族的護院、護衛、保鏢等等。

每隔三年，冒險者公會都會進行升等考核，而魯卡迪恩的表現優異，僅僅一年的時間他就準備從青銅級冒險者晉升為灰銀級的高階冒險者。

魯卡迪恩每到一個城鎮，每接觸一個皇室或王族，除了藉由無數次殺戮來增強自己的力量，他還不斷地尋找當年在井底與他締結友誼的突變龍哈繆爾。因此，只要聽到有關馬戲團的消息，他都會不遺餘力地調查，期望能夠找到哈繆爾的蹤跡。然而，這幾年過去了，他從未找到當年拜訪他村莊的馬戲團。

╳╳╳

「喂，醒醒！隊長，我跟你說話時，你看別的地方，很不禮貌。」芙妮維拉一邊說，一邊用法杖輕敲著魯卡迪恩的肩膀，自顧自啃著一個蘋果。

「妳說什麼？」魯卡迪恩目不轉睛地盯著眼前美麗的隊友芙妮維拉，內心起伏不定。每當清醒的時刻，他都希望自己的影子永遠停留在她溫柔清澈的眼神裡，這種感覺讓他愉悅不已。

儘管芙妮維拉比魯卡迪恩小了三歲，兩人同為青銅級冒險者，但因入門時機不同，魯卡迪恩的經驗遠遠超過她，成為了青銅級冒險者小隊的隊長。

芙妮維拉顯然不是純人類，而是一位具有龍族氣質的少女，她的額頭和髮際線之間有一圈羽狀鱗紋。她正是歐斯維爾王國大法師奧瑞斯德施法火焰預知術中看到的羽狀鱗紋少女。

「你到底在找什麼？」儘管芙妮維拉懶散成性，但她的觀察力還是敏銳的。

「妳跟我說話時，不要一直吃個不停，我可是妳的長官，注意點妳的態度。」魯卡迪恩語氣嚴厲，但芙妮維拉貪吃懶散的性格，經常把他的話當作耳邊風。

「你剛才在看什麼？馬戲團表演？你幾歲了？」芙妮維拉嘻嘻笑著，取笑他。

「我在找妳的同族，一隻迷你版的小龍，之前在馬戲團裡認識的朋友。哦，對了，馬戲團就是這個名字。」魯卡迪恩四處張望，當他發現新來的馬戲團時，興奮地大叫：「找到了！找到了！」

終於，在這次的旅程中，他們找到了當初帶著突變龍哈繆爾來到倫迪村的馬戲團。

芙妮維拉陪伴著魯卡迪恩一起前往馬戲團，詢問有關突變龍的下落。

然而，這個馬戲團早在三年前就易主了。

「在換老闆之前，那隻突變龍早就不見了。沒人知道牠的下落，據傳被哪個皇親國戚買走了，但團主一直守口如瓶，從未吐露半點消息。」團員們說。

團主得到了一大筆錢之後，便對經營馬戲團漸漸失去興趣，沒過多久便把整個馬戲團賣掉了。

「不知到哪裡當大爺去了。」團員們都這麼說。

「魯卡迪恩，別因此而傷心。如果你們有緣，自然會再度相遇。」芙妮維拉看著魯卡迪恩垂頭喪氣的模樣，試圖用任務來轉移他的注意力：「不如我們來談談下一個任務吧？你的升級審核過了嗎？」

「還沒有。」魯卡迪恩搖搖頭，企圖擺脫失望的情緒，他說：「這次是個特別的神殿遺跡探索任務，委託人給了一個龍皮袋子，要求我們前往地下迷宮中的大殿尋找一個可能被放在寶箱裡的物品——青銅製的雙斧，一邊是斧頭狀，另一邊有點像彎刀，中間的柱子尖端是短劍狀的東西。我們必須找到這個東西，然後放入龍皮袋子中帶回來。」

魯卡迪恩拿出一個龍皮袋子和一張羊皮薄紙，上面用墨水繪製著一個斧頭狀的器物，立在一個小小的三層圓底盤上。

「這次的報酬非常豐厚，如果能帶回來這個器物，這個袋子可以裝下的金幣就歸我們了！」

「為什麼一定要用龍皮袋子來裝？」芙妮維拉好奇地問。

「據說龍皮具有鎮壓的效果，這青銅器物可能帶有邪氣，如果放在龍皮袋子中，就可以克制住邪氣，避免影響旁人。」魯卡迪恩解釋道。

芙妮維拉伸過頭來，細看著羊皮薄紙上的圖案：「我從來沒見過這種武器，一邊是斧頭，

一邊是刀，中間是一把短劍，這是種三合一的武器啊！」

「妳真厲害，居然一下子就想到這是三合一的武器。我第一次見到時，只是覺得它很奇怪，完全沒有想到它的功能這麼多樣。」魯卡迪恩莞爾一笑。

芙妮維拉摸了一下龍皮袋子，皮袋又粗又硬，邊緣還保留著一圈鱗片：「這是龍皮吧？我從來沒見過龍！」

「妳不就有龍族的血統嗎？」魯卡迪恩問道。

「那是多少代以前的事情了，我父母親和人類並無不同，我真的沒見過龍。」芙妮維拉收起開玩笑的表情，認真地伸出手來：「說真的，我的祖先是蜥蜴人還是龍人，我也無法確認。不如你摸摸我的手？我的皮膚很細緻的。」
「我的哈繆爾是變種的，牠的皮非常柔軟，也許是蜥蜴的變種，連牠的主人都不清楚。」
魯卡迪恩回憶起井底的那七天，不自覺露出一絲溫柔的微笑。
「這個任務聽起來很刺激，有永遠走不出的迷宮、神秘的三合一青銅武器，還有用魚鱗龍皮做成的袋子。」面對困難的任務，芙妮維拉總是非常樂觀。
「這次任務可能是我們遇過最危險的行動，可能有重重機關，迷宮深處究竟有什麼……我們完全無法預知。」魯卡迪恩微笑著，嘴角難掩一絲憂慮。

第十二章

墮落者與驅魔儀式

雷歐斯、薇亞娜、格林福德和伊德嘉爾四個人站在懸崖上面眺望著遠處的銀鷲堡。

「如果快的話，從這個懸崖下去，穿過這片邪惡森林，到達銀鷲堡可以省一天的行程，但是邪惡森林裡，聽說是有去無回，村民說，他們都寧可繞道。」格林福德說。

「怕什麼，這些怪獸、野獸來的再多，我也不擔心。」雷歐斯不知哪來的信心。

「第一，我們不知道裡面的怪獸有多少，牠們的戰鬥力是多強；第二，我們到銀鷲堡要跟小惡魔作戰，如果惡魔將軍在的話，我們還不見得能夠打得過牠，所以是不是要保留點戰鬥力？」格林福德非常理性地分析。

薇亞娜走中間路線，誰都不想得罪：「我覺得怪獸再怎麼厲害，牠也只是怪獸，可能跟惡魔將軍比相去甚遠，我比較擔心惡魔將軍的問題，不擔心怪獸。」魔法師薇亞娜習慣穿著有帽子的黑色長袍，並把她的帽子拉到頭上，露出兩邊金色的頭髮。

這幾年雷歐斯等覺醒者在各地歷練，成長迅速，也殺過不少小惡魔，每個人的力量都更強大了，但他們最大的目標，仍然是惡魔將軍。傳說中惡魔將軍一直盤踞在銀鷲堡，但他們覺得自己力量還不夠，準備不足，因此尚未前往銀鷲堡。

正當他們準備繼續前行時，雷歐斯注意到後方有人在跟蹤他們。他小聲提醒眾人，並示意後方有狀況。

之後雷歐斯立即採取行動，迅速繞到跟蹤者的背後，將他抓住。只見這名男子形容猥瑣，手裡抱著一棵樹掙扎，不肯離開，但敵不過雷歐斯的大力拉扯，被他連拖帶拉押到眾人面前。

格林福德打量著他，又聞了聞說：「他不是一般人，他是墮落者，看來他被小惡魔附身了。」

眾人對這位墮落者的出現感到不解和戒備，他們知道墮落者是失去了心智的人類，被惡魔附身操控。墮落者是可怕的敵人，因為他們完全失去了人性，成為無法預測的殺戮機器。眼前這位墮落者可能是惡魔派遣來暗中監視的，他們必須保持警惕。

雷歐斯緊緊抓著墮落者，他們決定對這名敵人進行詢問，看看是否能從他口中得知更多有關大魔王和銀鷲堡的情報。

格林福德進一步解釋說，被稱為墮落者的情況通常有幾種：一是將惡魔視為主人，或者依附惡魔維生；二是心智尚存，但被惡魔附身控制；第三種，則是被完全控制的墮落者，身體仍是人，但心智已被邪惡力量所奴役。

伊德嘉爾開玩笑地調侃格林福德，問他怎麼能用狗鼻子聞出墮落者身上的邪惡氣息。雷歐斯也笑稱自己看不出來、聞不出來墮落者是否被附身。

然而，格林福德指出墮落者眼睛中的紅絲非同尋常，而且身上散發著特殊的氣息。他還未說完，伊德嘉爾就立刻打斷他，自嘲地表示自己有時候眼睛也會紅紅的，若按這樣的標準，她可能被附身無數次了。

格林福德耐心解釋自己觀察到的墮落者特徵，包括雙眼翻白、詞不達意等表現。這讓他確信墮落者的心靈似乎不在此處，可能被隱藏起來，被惡魔控制。

雖然是雷歐斯找他們幾位加入覺醒者，基本上大家認他為隊長；而格林福德雖是聖職者，但也不是非常嚴肅的人，所以大家都是平輩相稱，並沒有誰是領袖誰是副手之分，況且還有活了兩百多歲，年齡最大卻因為身為半精靈，得天獨厚有一張年輕秀麗的臉的伊德嘉爾，看起來年輕貌美，誰也看不出來她的輩分算是祖師婆婆了。

「我是用看的、用聞的，用問的，感應的，四種缺一不可，他身上還有一種屍氣，是惡魔的氣味，我問他話時，他的雙眼一直向上翻露出很多眼白，且會詞不達意或者答非所問，他應屬於人的心靈沒有在這兒，也許被隱藏起來，總之，我感應不到。」格林福德用一貫的耐心解釋。

薇亞娜建議進行驅魔儀式，試圖將惡魔從墮落者身上趕走，以尋求有用的資訊。格林福德答應了這個提議。

伊德嘉爾問道：「那驅魔儀式需要準備什麼東西呢？」她顯然對這個計畫充滿好奇，也希望能夠成功趕走惡魔，以獲得寶貴的情報。

「準備所需的物品並不複雜，只需要葡萄酒，這與宗教的涵義相似，葡萄酒象徵著神的血，另外還有牧師的專門法杖，用來擊打和驅趕邪靈。」格林福德回答道。

「我能理解法杖驅魔的原理，但還是很好奇，難道給墮落者喝葡萄酒嗎？」最好奇的伊德嘉爾又追問。

「因為墮落者的靈魂被惡魔占據，當我們施法把惡魔趕走後，他的身體裡會留下一片空虛，或者說有一塊空地，此時我們讓他喝葡萄酒，從而讓天神的神力寄宿在他的身體內，取代原本惡魔的位置。我認為一個人的身體如果有空洞，還是會有其他邪靈跑進去寄居。」格林福德解釋。

「但現在我們這裡沒有葡萄酒，怎麼辦？」伊德嘉爾問。

「那就暫時讓他內心的這間房間暫時先空著吧！」格林福德不帶笑意、一本正經地回答。

「天啊，這真是不可思議！還有這種說法，有葡萄酒，天神就會這麼容易進駐？」伊德嘉爾擠眉弄眼，搖了搖頭，雖然她是半個精靈，但是她並不相信這種說法。

「這只是一個儀式，信者恒信，我既然是服侍神的人，我當然相信我的神。」碰到這種問題，格林福德堅定地說道。

關於這種個人的信仰問題，雷歐斯和薇亞娜都保持沉默，絕不隨意去批評別人，或者詆毀別人的信仰，更何況，格林福德也是覺醒者隊友，大家都有共同的目標。

驅魔儀式要開始了，格林福德請他們三個人協助，然後圍成一個圈，讓這個墮落者在圈圈裡面，每個人的左手搭著同伴，右手搭著墮落者，形成了一個中心圈。

格林福德開始念著驅魔的咒語，現場寂靜無聲，只聽到格林福德由輕聲細語到嚴詞恫嚇，最後咆哮：「惡鬼！出來！滾出來！以神的名，要你出來！」似乎驅魔的咒語有先禮後兵的模式，先好聲好氣的「請」對方出來，如果對方不肯再出言恫赫。

「不！……不！」墮落者掙扎地喊著。

墮落者開始身體扭動不安、煩躁，雙手抱著頭搖來搖去，一直打嗝，噁心嘔吐，好像想吐什麼東西出來，但是又吐不出來

此時的景象讓伊德嘉爾嚇到了，沒有想到驅魔儀式是這種狀況，空氣中彌漫著一種凝重，讓她喘不過氣來。尤其如臨大敵，因為也擔心驅趕出來的惡魔，是否會有攻擊性？她後悔了，剛剛忘記問驅趕出來的惡魔是否會在現場附身到其他人身上？

隨著格林福德出現咆哮般的大音量，墮落者似乎像是進入第二階段：開始瘋狂辱罵，一連

串的惡言穢語，不光是伊德嘉爾聞所未聞，是所有的人都沒有聽過、甚至沒有想像過的惡毒的字眼，如洪水般自然而流暢地從他口中湧出。

隨著吐出的字眼，墮落者原本還算清朗的臉孔，宛如有一雙無形的手開始把他臉上的肌肉向左右上下四面八方拉扯，扭曲的非常猙獰，墮落者的身體開始扭動掙扎，試圖想掙脫雷歐斯等人抓住的手臂，力氣之大幾乎三個人都拉不住。

接下來的情況更詭異，由於墮落者的手臂被抓住不能動，他的頭不斷向後仰，幾乎快要到後腰部，身體肚子的部分卻向前拱，但腳卻站在原地，身體彎曲的弧度，就像是伊德嘉爾所拿著的長弓，拉了滿弦的緊繃模樣，已經超過人體的極限。

伊德嘉爾第一次看到這種情況，臉上寫滿了驚駭，由於不知道在墮落者身體裡的小惡魔會從什麼地方跑出來？被趕出來後是否會立刻找下一個宿主？在他的旁邊是否有被附身的風險？

想到這裡，伊德嘉爾忍不住往後退了兩步，撞到一棵樹才停止，發現手鬆開了，立刻又上前走兩步，繼續抓著墮落者，只是手有些微微地發抖。她極力壓抑內心的恐慌，以免給予其他人嘲笑自己的機會，其實這是精靈個性的顯現，因為其實有時候精靈比人類膽小，容易被許多事物給嚇到。

倒是雷歐斯和薇亞娜一直都表現波瀾不驚的模樣，就算看到墮落者臉上肌肉在跳舞也表現的非常的鎮定，甚至有些習以為常的感覺。

終於，墮落者在一陣陣喘氣之後，停止掙扎了，向後彎的身體慢慢恢復直立，儘管滿頭大汗，衣服都快濕透了，至少整個人逐漸安靜下來。

不久，他的眼睛開始聚焦，接著，屬於人類的眼神和表情也回到他的臉上。

「你是誰？你記得之前的事嗎？」格林福德問他。

墮落者似乎還沒有完全回神，就看到一群陌生人圍著他，他神情略帶驚恐地看著大夥兒。

「請放心！我們是冒險者，我是魔法師，你沒事了，牧師救了你。」薇亞娜指了指格林福德，停頓了一下，更溫柔地對他說：「你記得之前的事嗎？」

「我是一個士兵，跟小惡魔作戰的時候，有人一刀捅死小惡魔，我剛好在牠的旁邊，沒有想到牠的血濺到我身上，隨即發現我的頭腦有被東西擠進來的感覺，牠占據了我的頭腦，而我無法控制自己，我知道牠們在幹什麼、說什麼。」墮落者說話覺得有些累，喘著氣，分著好幾段落說，大家都沒有打斷，非常有耐心的等他說完：「但是，我沒有辦法動，我好像是被困在一個空間中，像是在一面鏡子裡面，隔著鏡子看出去，都看得到、聽得見所有發生的事，但就是出不去。」

「你知道這些惡魔大本營在哪裡？惡魔將軍也在哪裡？」格林福德裝著不經意的問，他也擔心這個墮落者還是有所保留。

「我沒見過惡魔將軍，聽牠們說要往西南方，有個神殿，好像叫什麼鑰匙神殿？要去找天神留下來的寶器，說是可收集大魔王遺留在人間的靈力？」墮落者知無不言的樣子看來很有誠意。

「天神的寶器是什麼樣子？大惡魔元靈遺留人間麼回事？」伊德嘉爾忍不住插嘴問。

「連我們首領都不知道天神的寶器是什麼樣子，只是說到時候牠會感應。牠們也是聽說，千年之前有一場天神和大惡魔的戰爭，大惡魔被封印在地底，元靈碎成好多片，聽說還有很多沒找回來，所以大惡魔的力量沒有完全回復，我只知道這樣。」墮落者說。

「為何會派你來跟蹤我們？」格林福德咄咄逼人地問。

「我聽到牠們說，因為你們覺醒者教團專門去挑戰主人魔的手下，牠們之前在鎮上碰到你們，擔心你們也會到鑰匙神殿，所以派我來跟蹤，想要瞭解你們的動向。」提到跟蹤，墮落者有些靦腆地回答。

「好的，你先在這裡休息一會兒，惡魔剛被驅走，你一定非常的累。」格林福德拍拍墮落者的肩膀安慰地說。

格林福德要其他同伴到旁邊說話，儘管這位墮落者身上已經沒有小惡魔了，他也不想讓墮落者知道他們的動向，畢竟他身體裡還有一個「空房間」。

「不是鑰匙神殿，而是鑰之神殿，我曾經去過那兒，半傾倒的神殿，幾乎已是一片廢墟。

本來我們還不知道鑰之神殿有殘留的魔王元靈碎片和天神寶器，反而因為墮落者的跟蹤才知道。」雷歐斯說：「既然牠們要去，那我們要不也過去斬殺小惡魔，同時也找尋天神留下來的寶器？惡魔將軍現在已經很難對付了，要是牠元靈碎片都收集完全，又有誰還能對付牠？」

「這主意不錯，我贊成！」伊德嘉爾反應總是最快。

「我也贊成！不能讓惡魔將軍把元靈碎片收集完整，否則人類永無寧日。」格林福德也同意。

「聽到有天神留下來的寶貝，我就非常有興趣。」薇亞娜微笑著說，誰不喜歡尋寶。

「既然我們知道了鑰之神殿有天神的寶器，而我們的對手是墮落者，並非惡魔將軍，所以我建議我們先去鑰之神殿，得到神力、獲得天神寶器，再去銀鷲堡和惡魔將軍作戰。」雷歐斯彷彿在做結論。

「可是惡魔將軍也不會傻傻地等我們去，只是傳說牠在那兒，萬一牠去了鑰之神殿？」伊德嘉爾微笑著說。

「妳想太多啦，覺醒者要勇往直前！」雷歐斯看著大家堅定地說。

「千萬別當英雄，英雄總是最短命！」伊德嘉爾戲謔地說。

「我還有一個問題，剛剛從墮落者身上驅趕出來的小惡魔到哪裡去了？」伊德嘉爾帶著一些憂慮、輕聲地問。

雷歐斯大笑了起來，對著伊德嘉爾趁機報仇：「誰管牠去哪呢！我真懷疑妳是怎麼能活那麼久？」

「惡靈一定要附著在一個物件上才能發揮牠的作用！如果沒有在第一時間找到宿主，很可能就消失了。」格林福德說。

「我是說我們有四位，小惡魔離開墮落者，難道不會進攻到我們身上讓我們成為他的宿主？」伊德嘉爾不死心地追問。

「我們客滿，沒有房間給牠住啊！」原本面容嚴肅的格林福德，此時也禁不住笑了起來。

第十三章

鑰之神殿裡的迷宮

千百年來，這座被稱為「永遠走不出的迷宮」的鑰之宮因其建在山上鑰之神殿的山腹之中，地底深處，並與地下宮殿和無數岩石孔洞相連，形成了錯綜複雜的通道。一旦迷路，便會被帶到山深處，長時間在陰暗的岩洞中迷失，會焦慮和狂躁不安，沿途的白骨更是令人心生恐懼。而且，空氣稀薄缺氧，容易產生幻覺，若再缺水缺糧，就算不餓死，也可能被嚇死或瘋狂。這裡的風險在於能否活著走出去！

這座迷宮上方建有鑰之神殿，因為有傳說中的寶藏而聞名。人們總是將神殿與「鑰」這個字聯想在一起，莫非有一把鑰匙可以打開什麼地方的藏寶庫？然而，追求寶藏的人們卻往往成為失蹤者，消失在這個世界上，因此沒有人知道這份寶藏究竟是什麼。

魯卡迪恩從青銅級冒險者小隊中挑選了五名最強悍的成員，包括芙妮維拉，一起來到了鑰之神殿。神殿地面上的建築大多已經消失，可能是在千年前的神魔大戰中毀於戰火。但仍然屹立著二十七根圓型花崗岩石柱和殘留的一座勉強存在的大殿，讓人們能一窺當年的輝煌。大殿的圓拱形屋頂極高，但也僅剩下三分之二。

一進入大殿，牆壁上有數十個神龕，每一個神龕都供奉著各種不同的神祇。然而，這些神像幾乎都斷手斷腳，損毀嚴重，從祂們手中所握的器物來看，人們只能猜測這些神的名諱。

「大家分頭尋找地下迷宮的入口。」魯卡迪恩說道。

既然是地下迷宮，大家都以為入口在地下，於是紛紛在地面上尋找。然而，這裡有很多亂石，大家翻來翻去，掀起一片灰塵。

「魯卡迪恩，你看！柱子上有浮雕，就是我們要找的器物的圖騰。而且，不只這個柱子，看起來這個圖案在這裡很多。」芙妮維拉興奮地說道。

魯卡迪恩和其他青銅級冒險者成員都過去觀看。

圓柱上的浮雕大約在眼睛的高度，浮雕圖案只有三合一上面的武器：一邊是斧頭狀，另一邊有點像彎刀，中間的柱子尖端是短劍狀的東西，而沒有底座。

「這和羊皮紙上畫的三合一幾乎一模一樣。最大的差別就是沒有劍台。」其他隊友紛紛點頭表示同意。

魯卡迪恩正打算去觸摸浮雕，突然抽手不動，驚覺：「咦！這個浮雕上居然一點灰塵都沒有。」芙妮維拉立刻接著說：「是的，整個大廳都灰塵飛揚，其他浮雕都髒兮兮的，唯獨這個浮雕保持得非常乾淨。」芙妮維拉平時最愛偷懶，但發表意見總是第一個。

「可能這個浮雕被很多人觸摸過。」一位青銅冒險者小隊成員分析道。

魯卡迪恩點點頭，心中猜測，這肯定是許多人摸過，機關一定就在這裡。儘管這樣猜測，但按下去還是需要鼓起勇氣。

深吸一口氣，魯卡迪恩將手放在浮雕上，輕輕按下，眾人屏息以待，同時緊張地四處張望，看是否有異變。突然間，在復仇女神和生育女神的神龕之間，一道牆緩緩上升，露出了一個暗門。

隊友拿來一個火把，但光線只能照亮暗門後面的短距離，大家只能看到往下的五個台階。暗門後方是一片黑暗，光線的限制讓他們無法清楚看見裡面的情況。

「快看，地上有許多不同的腳印。」芙妮維拉興奮地指著暗門後的一小塊地方說。

「是的，灰塵是舊的，但腳印是新的，看來有很多人在我們之前進來過。」魯卡迪恩保持冷靜：「我們有同伴了！」

第一批進入鑰之神殿的是一群墮落者。

這些墮落者是盤散沙，其中的領袖是路克。

然而，這個路克並非原來的路克，而是一個小惡魔附身在一名冒險者的靈魂上。

由於小惡魔附身後，其原本的能力和能量受到了人體的限制，無法完全發揮。因此，小惡魔需要依靠一些追隨者來幫助牠實現目標，甚至保護牠自己。

其他的墮落者並不都是被小惡魔附身的靈魂。

小惡魔從惡魔裂縫侵入人間後，先是饑餓地狩獵，但在滿足飢餓後，牠們開始注意到這個新世界，發現具有使喚一些人類的能力，於是停止獵食，轉而招攬這些人類來侍奉自己。

因此，無論是小惡魔本身，還是被小惡魔附身的人，都需要一些追隨者。而這些墮落者，多數是叛變的冒險者或逃兵，加入了小惡魔的行列。

在墮落者中，有一位叫雅克的人，曾是一名軍官，稍有謀略，因此這次來到鑰之神殿尋找天神寶器的實際領袖是雅克，而像路克這樣的小惡魔附身者，則多半勇猛無謀。

路克帶領進入鑰之神殿的人大約有二十人，沒想到在迷宮中一半的人都失蹤了。實際上，迷宮中並沒有設置什麼機關，而是在某些岔路上施加了一種迷幻魔法。若選擇了錯誤的路，就會越走越遠，甚至走進神殿後方的神山山腹中。受該處特殊環境和魔法的影響，待在地底深處的人會變得「執著」，一直往前走，可能再也無法出來。

雅克曾打聽過，雖然鑰之神殿的地下迷宮沒有聽說有什麼機關，但因為進入迷宮走錯路的人都沒再現身，所以是否有陷阱或毒蛇猛獸，沒有人知道。

早知道鑰之神殿的地下迷宮錯綜複雜，雅克想出了一個最簡單的方法，他特意準備了七種顏色的顏料，每種顏色由三人負責。遇到岔路時，兩人一組前去探路，一路上要在牆壁上塗上該組特定顏色的顏料。如果再遇到下個岔路，或是火把的油耗盡，牠們就先返回報告。

在這種情況下，雅克就必須判斷到底該走哪條路。如果使用排除法，那麼沒有回報的那條路肯定是有問題的。

整個地下迷宮蜿蜒盤旋向下，路克一行人前進得很慢。牠們完全沒想到後面有尾隨，整整花了兩天的時間，才來到地下迷宮中心的大殿門口。

對於一半的人失蹤，路克雖然覺得無所謂，反正牠們不是同族，但也擔心雅克的影響力超越他，於是借題發揮，責怪雅克的方法沒有讓所有人都能到達中央大殿。

而雅克本來就屬於牆頭草，是迫於無奈才加入墮落者，對路克自然也沒有忠心可言。他心中有著一個算盤，那就是少幾個人算什麼，甚至所有人都能為他的目的陪葬！

面前的半拱形大門非常巨大，高達兩層樓，大門上掛著一個牌子：「The Apocalypse Gate」，似乎在警告人們，這門兇險無比，穿過它就等於迎來人生的終點。

踏進這扇大門後，就進入了著名的鑰之宮，據說從未有人能活著從這個地宮中出來。

與地面的殿堂相比，鑰之宮更加宏大廣闊，頂部高聳著橫樑和石柱。整圈的神龕壁畫比地面更多，儘管也有些殘破，但整體仍然相對完整。鑰之宮的正中央，放著一個石槨，應該是一座石棺。根據這個大殿的規模，石槨內應該安置著主棺，從石槨四周的雕花刻痕來看，這些工藝與當代相差甚遠，應該有著悠久的年代。

這座地宮竟然藏著古墓！雅克的心情充滿了雀躍，古墓中往往隱藏著豐富的寶藏，這真是這趟冒險的重頭戲。

在石塚前方，有一座祭壇，祭壇旁邊立著兩個雕像。其中一個是怒將石雕，眼睛睜得很大，神情兇猛。另外則是可愛的動物石雕，混合了三四種動物的特徵：身體頭部像老虎，嘴型很大像河馬，還帶有犀牛般的獨角。

怒將石雕和動物石雕看起來並不搭調，其中一位石雕的脖子上有一個黑褐色的圓環，而另一個則沒有。這個圓環似乎不起眼，路克掃視了怒將、動物石雕和壁畫，但他的目光還是集中在石塚裡面，他相信神器肯定就在石塚中。

墮落者得到消息，鑰之宮中擁有天神的寶器，可以引導他們找到惡魔元靈的碎片。但他們並不清楚如何找到寶器，也不知道天神的寶器長什麼樣。唯一知道的是，如果有惡魔血統的人靠近，元靈的碎片會產生感應，天神的寶器也會發出特殊的聲響。

據說大魔王千年前受重傷後一路逃亡，途中經過鑰之宮，又被天神的寶器砸中，才導致元靈碎成七片。因此，路克猜測天神寶器應該是一個法杖，但眼前怒將石雕一人拿刀，另一人拿長槍，無論是牆上的圖騰、浮雕或神龕，都沒有看到任何法杖的蹤跡。

究竟寶器在哪裡？為什麼一直沒有感應？路克決定先探查石塚的內部再做打算。

雅克召來墮落者想要搬開石墎上的蓋子，但這石蓋非常沉重，他需要八名隊友一同來幫忙，結果只搬開了一小部分。

就在這時，雷歐斯一行人已經來到鑰之宮的門口，其中最前面的是魔法師薇亞娜。雅克見到有其他外來者，非友即敵，立即指揮隊友放下石墎蓋子，並擺出扇形陣型迎向門口。

薇亞娜揮動手，從雅克的脖子後方的衣領上飛起了一隻小蟲，飛到魔法師的手中，轉瞬間便消失不見。

一開始，雅克對此感到莫名其妙，但隨即恍然大悟。在殿外的時候，魔法師曾在他身上放過一隻帶路甲蟲，用以引導或指引他們的行進路線。而後來這隊人馬跟隨著雅克的團隊進入地宮，因為魔法師放了一隻帶路甲蟲在領導人身上，她並不清楚領導人是誰，但只是覺得雅克在發號司令，所以押寶在他身上。

帶路甲蟲釋放出一種只有魔法師能嗅到的氣味，成功讓雷歐斯一行人順利尾隨墮落者進入迷宮。當墮落者注意到陌生人進入大殿時，他們自動停下手中的活動，全體人員站在路克和雅克的身旁。

雷歐斯傲慢地喊著：「交出天神的寶器！」

「天神的寶器是我們的。」雅克有些驚訝這群不速之客竟然知道鑰之宮中有天神的寶器。路克也感到疑惑，作為一名惡魔，牠進入這座地宮很久了，如果天神的寶器真的在這裡，應該會有所感應，但牠並未察覺到任何異常。

「石墎中有什麼東西？」雷歐斯詢問，並不知道墮落者是否完全打開了石墎。

「想知道的話，自己來看啊！」路克不客氣地回應。

就在雙方僵持時，魯卡迪恩和他的隊友也已悄悄接近。

魯卡迪恩選擇攀爬到上方的橫樑，而隊友則趁著大殿兩方人馬對峙時，躲藏在柱子後或陰影處。

慢慢地，魯卡迪恩爬到橫樑的中間，當他來到石墎的正上方，突然發生了變化，就像一個平靜的池塘被投入了一塊石頭。

原本在石墎旁，怒將石雕頸上的黑色圓環突然放大，發出嗡嗡聲並慢慢上升，脫離了怒將石雕的頭部，在空中旋轉著，持續發出聲響。

「看啊！天神的寶器出現了！」一名墮落者大聲喊著。

「搶啊！」另一位跟著呼應。

路克以為這是因為牠被小惡魔附身的緣故，所以圓環才有反應。但牠並不知道圓環產生感應是因為魯卡迪恩的接近，此時魯卡迪恩已爬到圓環的正上方。

擁有大魔王七分之一元靈碎片的人正是魯卡迪恩的祖靈。

路克的話引起了大家的注意，紛紛轉向懸浮在空中、發出聲響的這個不太引人注目的圓環。

圓環在空中飛舞時，它的色澤不再是之前怒將身上的黑褐色，而是轉變成高雅的啞黑色，一種不帶金屬光澤的黑色。它的大小大約能套進一個男人的頭，厚度則相當於一個拇指的側面，但並非完全是正圓的形狀，而是有約六分之一部分是平坦的。

路克之前誤以為天神的寶器是一支法杖，現在看來，這個圓環應該是千年前在神魔大戰時從天神法杖頂端脫落下來，留在鑰之神殿內。

面對雷歐斯等覺醒者的攻擊，路克把圓環拋給了雅克。眾人爭奪圓環時，路克被圍攻，只得將圓環朝雅克的方向扔去。然而，伊德嘉爾作為弓箭手，立刻將箭射向圓環，發出「叮」的聲響，圓環跟著箭的方向飛去。

雅克跳躍起來，試圖用手接住圓環，但距離有些遙遠。他便用劍來撥動圓環，希望讓它飛向路克的方向。

此時，薇亞娜見狀，立刻發動魔法之風，創造一股氣流將圓環推開，使其飛向路克的反方向。

就在這時，躲在石墎上方一個橫樑後柱子後面的魯卡迪恩看到圓環朝自己飛來，急忙伸出左手來接住。但奇怪的是，圓環彷彿能轉向，不再按原先的方向飛來，而是轉向了魯卡迪恩的左手。

魯卡迪恩成功抓住了天神的寶器圓環，卻突然感到一陣刺痛，就像被蜜蜂螫了一下。他手一松，圓環從手中滑落，他本人也從橫樑上摔下，與圓環一起重重地落在石塚上。

魯卡迪恩立刻跳下石塚，將圓環撿起，卻發現它居然奇妙地站在石塚的蓋子上，圓的部分向上，平的部分向下。以前八名墮落者才僅僅搬動了石塚蓋子一點點，但此刻被圓環提起後，彷彿變得輕如鴻毛。

魯卡迪恩輕鬆地將圓環和石塚蓋子移到一旁。原本他是用手指夾住圓環，但為了應對與鑰之宮敵人的戰鬥，他便順手將圓環套在了左手腕上。奇怪的是，一旦圓環套入他的左手，它的尺寸居然自動縮小，變成了適合他手腕大小的圓環，緊緊地卡在魯卡迪恩的手腕上，而且，這圓環的顏色從啞黑色變成了黃銅色，似乎會根據環境而改變顏色。

就在魯卡迪恩被震落到石塚上時，他的夥伴們——青銅冒險者成員——也紛紛離開躲藏的地方，投入與墮落者的戰鬥。與此同時，路克和雅克仍在纏鬥著雷歐斯、弓箭手等敵人，很少有人留意到圓環已經成功打開了石塚上的石蓋。

在魯卡迪恩想要探查石塚內的內容時，突然一個黑影從左邊飛快地襲來，那黑影人的劍速度比他本人還快。魯卡迪恩毫不猶豫地用左手的圓環擋住，只聽見「噹」的一聲，那黑影連同劍一起被震飛到地上。

雖然魯卡迪恩嚇了一跳，但他多年的冒險經歷讓他的反應極為迅捷。他看到黑影人從空中摔落，於是順勢揮起右手的長劍刺向對方的心臟，動作一氣呵成。

就在他的劍即將刺入對方心臟之際，黑影人抬起頭來望著他，兩人的目光交錯，這張臉，讓魯卡迪恩驚覺，這是個認識的人！

他立刻停下劍勢，只將劍尖停在黑影人的胸口的衣服處，刺破一個小洞。

「你是，以一敵三的那位戰士？」魯卡迪恩急忙將劍收回，並幫助雷歐斯起身。

「你是？」雷歐斯在出道以來，從未遇到這麼尷尬的局面，他自己居然被一個黑呼呼的圓環擋住，摔了個灰頭土臉，不禁好奇對手到底是何方高人？

「倫迪村，我差點被小惡魔吃掉，是你們救了我。」巧遇昔日救命恩人，魯卡迪恩字裡行間都顯露出興奮。

「你是倫迪村的孤兒，幾年不見，長這麼大我都沒認出你。」雷歐斯有些尷尬地說，多年前他見魯卡迪恩小小年紀但膽識過人，印象深刻。

雷歐斯還未講完，其他的墮落者已經殺到，魯卡迪恩和雷歐斯再度投入戰鬥。

路克看到天神的寶器圓環已戴在魯卡迪恩手腕上，急忙前來偷襲。不料芙妮維拉早已察覺，她為了阻止路克刺向魯卡迪恩，被刺中胸前心臟，這位龍族後裔為了救魯卡迪恩犧牲了自己。

魯卡迪恩趁著路克刺殺芙妮維拉的一瞬間，反手一劍刺入路克的心臟，即時為芙妮維拉報了仇。

凝望著奄奄一息的芙妮維拉，魯卡迪恩抱著她哭喊著：「妳是龍族，應該不會輕易離去，妳必須堅持下去，我不允許妳離開！」

「別哭！我的命很堅強，我不會死的，我還要陪著你找哈繆爾。」芙妮維拉掙扎地說完，卻不敵命運的安排，她的眼睛永遠閉上了。

魯卡迪恩搖著她，想要把她喚醒，但她的手軟軟地垂了下來。

這些年，魯卡迪恩終於打開心房，結交了芙妮維拉這個好朋友和工作夥伴。兩人經常一起執行任務，彼此間產生了微妙的情感。然而，就在這地宮的探險中，他失去了這位夥伴，他悲傷得忘記自己仍置身於危險之中。

魯卡迪恩喜歡看著芙妮維拉吃東西，她品味美食的模樣讓他感到任何東西都是那麼美味。他喜歡看著芙妮維拉笑，她的笑容彷彿能吹散陰霾，讓陽光再次照耀大地。

然而，最讓他心動的，是芙妮維拉的眼睛。每當她注視著他，他感覺自己是世界上唯一的存在。每當芙妮維拉與他交談時，他總喜歡在她的瞳孔中尋找自己的身影。

然而，自卑感不斷侵蝕著他，使他不敢表達對芙妮維拉的真心。他只能把這份心動埋藏在心底，從未向她表白。

如今，她躺在這裡，嘴角凝結著一抹微笑，再也看不到她品味美食的模樣；閉上的眼皮掩蓋了她美麗的雙眸。

頃刻間，魯卡迪恩失去了一切感覺，他感覺有雙無形的手在握緊他的心臟，他應該感到痛苦，但那感覺卻被麻木所取代，他無法表達出這種痛。

魯卡迪恩率領的冒險者成員中，有兩人因為走岔路而尚未返回，不知所蹤，剩下的三人在這場戰鬥中全部被殺害。

就在此時，一名墮落者趁著魯卡迪恩陷入悲痛中，從背後偷襲他。

雷歐斯發現魯卡迪恩有危險，雖然自己仍在戰鬥中，卻立即飛出一劍刺死那偷襲他的墮落者。

「你差一點被殺了，現在沒有時間悲傷。放心，你的朋友安息了，振作起來，我們還在戰鬥之中！」雷歐斯提醒著魯卡迪恩。

魯卡迪恩擦去眼淚，小心翼翼地把芙妮維拉放置在牆邊，繼續參與戰鬥。

雷歐斯、薇亞娜和伊德嘉爾也都在拼盡全力。如果連墮落者都殺不死，又怎麼能對抗小惡魔和惡魔將軍呢？戰鬥依然艱難而激烈。

在混亂的戰場上，眾人一一消滅墮落者，最後只剩下雅克被雷歐斯的覺醒者之劍指著。這是唯一的活口，他們打算利用他來探聽惡魔將軍的動向。

格林福德走到石槨前，想看看裡面到底是什麼。石槨是用來保護棺木的外殼，通常裡面應該放著棺木，而只有國王級的陵墓才會使用石槨。看著石槨華麗的紋飾，眾人都以為裡面躺著某一代的國王。

然而，當格林福德看到石槨內的東西時，他愣住了。原來石棺裡放置的竟是鑰之神殿石柱上的三種武器的圖騰，所不同的是，實物多了一個三層圓圓小小的底座。

魯卡迪恩也走過來，他愣住的原因與格林福德不同。當他看到石槨中的東西時，內心充滿了無法言喻的哀傷。原來石棺中竟是委託方要找的三合一青銅劍座。然而，為了這個目標，他的隊友都已犧牲，付出的代價太大。雖然冒險者本來就是傭兵性質，但他身為隊長卻無法原諒自己未能保護好大家。面對這份重要的文物，他不想為了金幣而交易，他已不再想當冒險者。夥伴的死對魯卡迪恩打擊很大，尤其是多年來與他一同經歷生死的芙妮維拉之死，更使他心如刀絞。

魯卡迪恩心灰意冷地拿起三合一的劍台交給了雷歐斯。

「我先請牧師幫你保管這三合一劍台，你再考慮一下，不要輕率下決定。」雷歐斯把三合一劍台裝入龍皮袋中，交給格林福德。

「其實我一路上都在思考這象徵是什麼，或者屬於哪個種族的圖騰？為什麼要把三個武器放在這個小平台上？」格林福德抓著頭說道，「我終於想起來了，我曾在一本記錄天神神蹟的書中見過，這三個武器聯在一起，其實不是三合一的武器，是一種止戈的意思，或者說應該是一種以戰止戰！」

「是的，我也聽過我的導師談論過這件事。它似乎有特殊的功能，非常重要。先保留著，等我問過導師再做決定。」魔法師薇亞娜回想著中央魔法學院的院長夏瑪爾斯所說的話。

「倒是你手腕上的天神寶器，看起來不起眼，但卻能將我甩得遠遠的。」雷歐斯羨慕地看著魯卡迪恩手腕上的圓環。

魯卡迪恩立刻將左手上的圓環取下來給雷歐斯看，只見圓環離開他的手時，立刻放大回復成頭顱大小。

「這就是傳說中的命運之環，只有命定之人才能得到。」雷歐斯解釋剛才圓環能把上百公斤的石板吸起來，應該是因為圓環上的一小塊平坦部位有吸力。「重點在於圓環平的那一邊，手放上去，會感受到一種吸引力，但整體上看不到任何接縫、裂痕或孔洞，它到底是用何種材質製成的，我實在看不出來。」

「這是天神遺留在人間的寶物，儘管只是部分或者不完整，肯定蘊含著極大的法力。這個圓環像是一把鑰匙，或許能打開任何石門，無需鑰匙或通關密碼。」伊德嘉爾提出了疑問。

「剛才我擊出的氣流是魔法之風，其初衷是將圓環推向格林福德，但它卻在中途轉向，為何圓環脫離魔法之風而轉彎飛向你？墮落者告訴我們天神的寶器會吸引魔王的元靈碎片，你有魔王的元靈碎片嗎？」薇亞娜帶著質疑向魯卡迪恩詢問。

這些問題讓魯卡迪恩有些為難，他根本不知道鑰之神殿可能會有天神的寶器，對於命運之環的飛行軌跡也毫不明白。更何況，他第一次聽說魔王的元靈碎片。因此，他陷入了茫然的困惑，輪流看著四周的人，最後目光停在雷歐斯身上，帶著疑惑和求助的目光。

「大家是否還記得這位年輕人？幾年前在倫迪村前差點被小惡魔吃掉的小孩，沒想到這些年過去，他竟然成為青銅級冒險者小隊長。」雷歐斯似乎在肯定魯卡迪恩的身分。

「是的，我叫魯卡迪恩。」魯卡迪恩說道。

「魯卡迪恩，原來你就是魯卡迪恩！我終於遇見你了！導師曾提及過你的名字，說你會出現在他的預言中。」薇亞娜興奮地拉著魯卡迪恩的手說：「導師的預言果然不錯，我終於見到你了，而且這已經是第二次了，你一定也是被選中的人！」

「被選中的人？這是什麼意思？是被誰選中？我們要做什麼事？為什麼導師的預言中會有我？」這次換魯卡迪恩非常好奇地問道，他的神色竟然帶著些許的靦腆。

「導師只是在他的預知未來的魔法中看到了你，說我會遇見你。有傳言說預言之子是天神之子，但那只是傳言而已。我認為是否成為天神選中的人並不重要，我們的使命是面對浩劫，趕走惡魔，讓人間恢復寧靜！」薇亞娜激動地說著。

在眾人面前，伊德嘉爾表達了對魯卡迪恩身分的困惑，究竟他是擁有惡魔靈力還是被天神選中的預言之子，這一切太複雜了。然而，雷歐斯無法解釋這些問題，只能將命運之環交還給魯卡迪恩，表示他與之有緣，也許未來會得到神力的幫助。

魯卡迪恩戴上命運之環後，它瞬間緊緊吸附在他的手臂上，自然地融為一體，彷彿成了他手臂的一部分。

然而，他並不知道自己體內實際擁有大魔王七分之一的元靈碎片，這是由祖靈帶來的禮物。當倫迪村毀滅後，女巫金妮為了報答他的救命之恩，幫助他學習祖靈傳授的速成技巧。不料開啟法門時出現了變異，意外召喚了他祖靈中所吸收的七分之一魔王元靈碎片。祖靈在金妮的召喚下，誤打誤撞進入了魯卡迪恩的潛意識，魔性被困住了，因此大魔王復活時找不到這七分之一元靈碎片。

然而，命運之環在近距離感應到魯卡迪恩潛藏的祖靈吸收的七分之一魔王元靈，因此輕易地飛到了魯卡迪恩的手上。

命運之環戴在手臂上後，魯卡迪恩感受到一股清新的力量從手臂接觸圓環的地方湧入，瞬間由頭到腳走了一圈，伴隨著力量逐漸增強，原本低落的情緒，卻因為注入新的力量，讓他覺得身體四肢有一種補充能量的愉悅。他心想原本是來尋找三合一青銅武器的，而覺醒者教團和墮落者都在尋找天神的寶器。然而，竟然是他得到了天神的寶器。

眾人注視著命運之環在魯卡迪恩手臂上縮小成手環大小，格林福德驚訝地盯著他的手臂。

「咦！讓我看看你的手腕。」格林福德說著，不等別人拒絕，抓住了魯卡迪恩戴著命運之環的左手：「你手腕上是什麼？像藍色火焰的痕跡？」

「藍色火焰痕跡？我怎麼沒注意到？」魯卡迪恩感到匪夷所思。

他剛才在混戰中並未受傷，也未感受到身體的痛楚，而被格林福德提醒後，他才留意到左手戴著命運之環的手臂外側，竟然出現了藍色火焰般的痕跡。他並不知道這是何時出現的，或許是因為之前命運之環曾擋過雷歐斯的一劍。

「這是什麼？是我戴著命運之環才有的嗎？」魯卡迪恩驚訝地觀察著手臂上的藍色火焰痕跡，這樣的痕印以前從未見過。

雷歐斯和薇亞娜兩位連忙上前，展示著他們手背上類似的藍色火焰痕跡，與魯卡迪恩的痕印相似。

「恭喜你成為覺醒者。」薇亞娜冷豔的臉上掛著笑意，讓魯卡迪恩頗感疑惑。

「只有手臂上有藍色火焰痕跡才能成為覺醒者嗎？」他不解地詢問。

「這並非每個人都有的特徵，我和伊德嘉爾兩人並沒有覺醒者之痕。」格林福德指了指伊德嘉爾，然後對著魯卡迪恩說：「但你獲得了成為覺醒者的資格，你已是我們的一員了。」

魯卡迪恩默然，思索著這神秘的藍色火焰痕跡代表了什麼。

第十四章

奇特的三合一劍台

離開地底迷宮，回到了地面上的鑰之神殿，看到陽光灑在羅馬石柱的中間，如同重現光明，魯卡迪恩頓時產生一種恍如隔世之感。

當初魯卡迪恩率隊來進行任務的時候，帶了五名青銅小隊冒險者的成員，包括了他心愛的芙妮維拉，如今，這鑰之宮竟成為他們的埋骨所在。

而他自己卻發生了很大的變化，包含得到了命運之環，身上出現了象徵覺醒者之痕的藍色火焰紋身，自身的能力做了一次跳躍，以及和他的救命恩人重逢。

魯卡迪恩想起和芙妮維拉並肩討論委託方的羊皮畫紙繪有三合一劍台的事，以及隊員們在鑰之神殿摸索密道機關的過程，似乎剛發生不久的這一切已然變得非常的遙遠。

想到和芙妮維拉經歷的種種事件，他突然靈光一閃，想起了之前委託方給他的羊皮畫紙，當時交付時說這東西有靈性，必須放在龍皮袋裡。等到看到實物後，現在他忽然意識到這樣的東西不該有靈性。

「你們等等，我突然想到一件事情，關於那個三合一武器。」魯卡迪恩謹慎地解釋著。「想想看，如果這真是三合一武器，為什麼會有這個底座？它看起來像裝飾台子，就像我們通常使用的蠟燭台底座，與這個台子非常相似。」

眾人停下腳步，全神貫注地聽著他的解釋。

「你是說，武器不應該有這個底座？」伊德嘉爾插話問道。

「是的，我從一開始拿到這份羊皮畫紙時就在猜測這東西的用途。既不像武器，也不像燭台，我一直覺得委託方在欺騙我。這個作為神殿圖騰的東西，一定有著特殊用途。」魯卡迪恩神情嚴肅。

格林福德拿出龍皮袋，把三合一劍台交給魯卡迪恩。

魯卡迪恩仔細觀察這三合一劍台，然後旋轉了幾圈，底部竟然與三種武器分離了開來。

「哇！這真的是三合一劍台。」伊德嘉爾興奮地大聲說。

「不對！重點在這台子。」薇亞娜冷靜地說道：「我現在感應到其中有訊息。」

「是的，我也有這種感覺。我說過，以戰止戰。」格林福德補充道。

「我根本不用感應就知道這台子有玄機。」伊德嘉爾笑著說。

魯卡迪恩將三合一交還給格林福德，繼續研究底部劍台。

他拿出客戶最早給的羊皮畫紙，和實際的底座進行比對，魯卡迪恩發現底部與羊皮畫紙上的略有差異。羊皮畫紙上的三層是平均高度差不多的，而他手上的實際底座底層比較厚，並且底座周圍還有極微細的一圈痕跡。

再次觀察三合一劍台的孔洞部分，驚奇地發現中間並非圓形，而是呈現出兩尖的縫隙，宛如眼睛的形狀，然而這縫隙極其細微，若不仔細觀察幾乎看不見。

「噢！我搞清楚了。牧師，把三合一劍台給我。」魯卡迪恩興奮地請求。

他將三合一的劍尖插入劍台中間縫隙，頓時底座最細的部分向下彈開，猶如小盒子，內藏著一塊古老的小羊皮。

魯卡迪恩小心地拿起古舊羊皮，細心攤開卷軸。

「這是張圖，一張地圖，或許是藏寶圖？」伊德嘉爾最先興奮地喊出。

「我終於明白了，三合一根本不是武器，而是一把鑰匙。」魯卡迪恩也被興奮感染：「只是我們這把鑰匙可以打開哪個門？」

「你看這張地圖，有兩道交叉的河流，一座城堡，森林，還有一些骷髏、刀劍和太陽的符號，我們根本無法辨認這些地標的位置。」魔法師薇亞娜略帶遲疑地說著。

「不要擔心，我們終會找到答案。兩道河流交叉的城堡，城堡底下繪有一個小小的太陽。」格林福德的自信總能撫慰眾人的心。

大家輪流研究過這張小羊皮之後，魯卡迪恩將圖折好，放回底座，並將三合一劍台交還給格林福德，放進龍皮袋。

「這個東西還是交給您保管，我的隊友都已經犧牲了，我無法將這龍皮袋交給委託方換金幣。」魯卡迪恩不禁悲傷地想起夥伴們的慘況，即便手握天神的寶器，仍無法平息內心的傷痛。

格林福德緊握著裝著三合一劍台的龍皮袋子，心中波濤洶湧，然而表面上仍然維持平靜。雖然他之前沒有見過三合一劍台中的圖案，他搜尋記憶的線索：小羊皮地圖上這兩條河流和城堡，似乎在何處曾見過？

格林福德父親因犯罪判死罪，母親貧病交迫死亡，他在街頭流浪，跟著碼頭大哥當扒手小偷，之後被一位牧師收留，教導他醫學和神學，並訓練他為殺手，幫牧師執行多次任務，直到這次牧師給他的任務竟是挽救人類的命運。

格林福德從回憶中閃回現在，那三合一劍台中的地圖與他的過去似乎有著神秘的聯繫。

格林福德回想起在那位牧師教導下學習期間，曾經在一座教堂裡面居住了十年，知道這座教堂裡面有一個解不開的謎題。

特別是教堂地下殿堂裡的一幅壁畫，描繪著一座城堡。城堡坐落在兩條河流之間，屋頂高聳，旗幟上飄揚著一隻巨大展翅的鳥。格林福德注意到這鳥的嘴喙尤其特殊，像是大鵬鳥的，彎曲而鋒利，還被塗上亮銀色。最奇特的是城堡底下繪有一個小小的太陽圖騰。

當初他問過牧師這幅畫的涵義，但牧師也僅知這座城堡名為銀鷲堡，充滿著古老的傳說，而底下的太陽則被稱為「被囚禁的太陽」。據先知預言，未來將有預言之子前來釋放這被囚禁的太陽。

如今，格林福德恍然大悟，原來三合一劍台裡的藏寶圖所描繪的城堡正是銀鷲堡，教堂版畫中的那座神秘城堡。

然而，格林福德深知時機未到，惡魔將軍占據著銀鷲堡，覺醒者教團尚未準備好，決戰的時刻必然將至。他告訴自己要靜待時機的來臨，覺醒者教團終將踏上去銀鷲堡的征途，與惡魔將軍展開最後的對決。

在鑰之神殿地宮的激戰後，墮落者中唯一的倖存者雅克仍被束縛在雷歐斯覺醒之劍的掌控下。大家都期待著從雅克口中得知惡魔的下一步動向。

貪生怕死的雅克連連乞求饒他性命，他表示自己是為了生存下來，才被迫跟著小惡魔一起行動，承諾只要問什麼都會回答。

雷歐斯問及惡魔將軍的下一個目的地。雅克懼怕地回答，他們要前往倫迪村附近的一處奧西礦坑，尋找名為奧西之心的寶物。據說這奧西之心能幫助惡魔將軍吸收天神的力量，增強牠的能力。

雅克透露當他們取得奧西之心和天神寶器後，會將這些東西送到銀鷲堡。

聽到「銀鷲堡」這個名字，格林福德心中疑惑，難道銀鷲堡現在已成為惡魔的根據地？

伊德嘉爾立刻發覺到雅克透露了一個重要的訊息，即惡魔將軍目前可能無法憑自己的能力直接吸收天神的力量，但如果得到奧西之心的幫助，一旦吸收了天神之力，誰還能夠抵抗牠呢？

從小生長在倫迪村的魯卡迪恩對那個礦區有一定的瞭解，但那邊早就被列為村裡的禁區，他只知道那是煤礦，從未聽說過有奧西礦石，更別提奧西之心。

雅克聲稱只是聽說奧西在煤礦中，而且不知道奧西之心的形狀。

觀察雅克也不像是會為此事撒謊的模樣，伊德嘉爾和雷歐斯迅速做出決定前往奧西煤礦，只有親自前往那處礦坑，才能解開奧西之心的謎團。

第十五章

地底洞穴的爭戰

自魯卡迪恩埋葬親人、離開倫迪村告別女巫後，他為了增加戰鬥力不斷奮鬥，步履於屍骨之間，終成青銅級冒險者小隊長。然而，倫迪村的悲劇在時間河裡流淌成遙遠的夢魘，他其實根本就不想回到這個傷心之地。

墮落者雅克透露大魔王需要奧西礦坑中的「奧西之心」來吸收天神之力。雷歐斯一行人與魯卡迪恩急於搶先獲得奧西之心，一同前往倫迪村。然而，倫迪村早已無人居住，當年逃離魔口的倖存者都已離去。

「雷歐斯，如果我們找到奧西之心，或許能吸收天神之力增強覺醒力，但我擔心被人搶先。」伊德嘉爾說道。

「若我們無法得到，必須毀掉。」雷歐斯的眼神堅定似利劍，語氣充滿自信和決斷。然而，他心中卻不踏實。目前奧西之心的用途仍不明確，就算他們找到，是否能摧毀仍是未知之數。多次亡命的經歷造就了他剛毅果斷的性格，不畏艱難，勇往直前，絕不退縮。在他的字典中，不能有「很難」或「我做不到」這樣的詞彙。

「是啊，我小時候就聽說那是煤礦。」魯卡迪恩搖搖頭，難以置信倫迪村附近的煤礦會產出奧西礦石，更別說「奧西之心」了。

「就像煤礦處經常會有松脂化石——琥珀出土一樣，或許奧西礦石是煤晶化石。」格林福德大膽猜測。

礦坑在倫迪村森林另一邊，附近殘存的果樹因缺乏管理，樹上滿是水果無人採集，讓眾人大快朵頤。

在礦坑附近，發現一個小木屋，內有木桶裝滿炸藥。雷歐斯曾在軍隊中使用過炸藥，檢查後發現有一箱炸藥仍未潮濕，可以使用，於是裝備了一些備用。

原以為奧西礦坑是廢棄的煤礦坑，他們的出現首先驚動了一群老鼠。只見數以百計的老鼠蜂擁而出，最大的比手臂還長。薇亞娜和伊德嘉爾受到驚嚇，不斷跳躍，不小心踩死幾隻老鼠，連格林福德也有些手忙腳亂。幸好老鼠逃散後，四周一陣塵土飛揚，隨即恢復寂靜。

就在此時，礦坑深處傳來連續的沉悶敲擊聲，在牆壁與山洞間迴響，彷彿礦坑持續運轉從來未曾停工。

在地底深處，雷歐斯一行人循著敲擊土牆聲音而去，發現那敲擊的竟是一隻鼠人。這個鼠人體型十分壯碩，如人類般站立著，卻有著黑灰色粗硬的獸毛，頭尖尖的，眼睛小且細長，鼻子嘴巴擠在一起，細長的小眼睛不停眨動，尖銳的鼻子嗅著空氣，顯示著牠敏銳的嗅覺。

當雷歐斯等人靠近時，鼠人立即停下敲擊，轉身面對他們。儘管鼠人的臉上看不出喜怒哀樂，但牠依然警戒地將手中的錘子放在胸前，守衛著裝著閃亮的寶石碎片的籮筐，顯然害怕人類的攻擊。

格林福德對於鼠人的出現並不擔心。他瞭解在璐卡蒂亞大陸上，鼠人地位低下，通常隱藏在城市下水道中，由於反應遲鈍，也不算聰明，經常受到人類和精靈的欺凌。鼠人並不喜歡與人類為伍，只好依靠山洞和暗處作為棲息地。牠們常會開採寶石礦石，用來換取食物。

鼠人看到眾人逐漸靠近，感受到威脅降低後，放鬆了警戒，解釋自己正在挖掘的是有顏色的石頭，並指向籮筐內閃閃發亮的寶石碎片。格林福德抓起一把寶石碎片，卻發現這些石頭碎片並不稀奇。

鼠人表示有人想買紅色石頭，牠還沒有找到。

格林福德心想，原來奧西之心是紅色的，就像心一樣。

雷歐斯和魯卡迪恩等人立即分散開來，在牆壁上尋找紅色的石頭。只有格林福德故意留在鼠人身邊，分散牠的注意力。

「紅色石頭有什麼作用嗎？」格林福德一直找話問鼠人，單純的鼠人很難拒絕別人的問題。

「紅色石頭，會跑，用釘子釘釘釘。」鼠人停頓下來，看著手上的釘子，牠的腦袋中似乎也不明白為何要用自己的釘子釘住紅色石頭。

「聽過奧西之心嗎？」面對鼠人的單純，格林福德決定單刀直入地提問。

「沒，奧西有……心？」鼠人又停頓下來，仔細想了一下才回答，看起來鼠人一心無法二用，每次只能做一件事。

另一邊的伊德嘉爾和薇亞娜則看到一個穿著黃色風衣，戴著連帽遮住頭臉，用像是精靈的耳朵貼在一面山壁上，似乎在聆聽著什麼。

「這裡怎麼可能是廢棄的礦坑，居然這麼熱鬧？」薇亞娜指著身穿黃衣的陌生人詫異地說道。

「你在聽些什麼呢，小朋友？」伊德嘉爾總是自稱兩百歲，雖然身材矮小，但總愛習慣性地稱呼別人為小朋友。

「後面有些怪異的聲音。」黃衣人指著牆壁向大家解釋。

伊德嘉爾和薇亞娜的好奇心被引發，他們也靠近山壁，側耳傾聽是否真有聲音。然而，他們貼著一片山壁，卻始終聽不到牆後的任何聲響。

伊德嘉爾看到黃衣人伸出綠色的爪子，試圖用力搔刮山壁，但爪子卻無法留下任何痕跡，這牆壁竟然堅硬得如此驚人。

「雷歐斯、魯卡迪恩，過來看看這片黑色發亮的石壁，有些怪異。」伊德嘉爾發現雷歐斯和魯卡迪恩在另一個不遠處的坑道中，連忙叫他們過來。

「因為這面牆太平整，所以顯得怪異？」魯卡迪恩仔細端詳著牆壁說道：「這不是煤礦的特徵。」

「這位小朋友用他尖銳的爪子去抓這面牆，卻完全沒有痕跡，顯然這面牆壁的石頭非常堅硬，與剛才鼠人開鑿的地方完全不同。」伊德嘉爾瞥了黃衣人一眼，她是半精靈，對於綠色的類精靈並不感到驚訝。

「這面牆確實很特別，似乎是人工所造，平整得不像話，而且堅硬程度驚人。但問題是，在這樣的礦坑中，它怎麼會存在？要不要讓雷歐斯把這面牆炸開？」薇亞娜想到這面牆或許與奧西之心有關，她覺得這寶物應該不容易被炸藥破壞。

「雷歐斯，一定要小心，先看看這個山洞是否會因炸藥而塌陷，我們都會被困在裡面的。」伊德嘉爾擔憂地提醒。

「放心，我一路上都細心觀察，這些坑道建造得非常堅固，只會炸開這面牆而已。」雷歐斯曾在軍中待過爆破組，對於操作炸藥相當有自信。

炸藥爆炸時，坑洞只輕微搖動，灰塵彌漫。鼠人和格林福德聽到聲響後迅速跑來，而格林福德手中還抓著一把奧西寶石碎片。

「咦，剛才那位黃衣小朋友呢？」伊德嘉爾回頭搜索四處，卻找不到黃衣人的蹤影。

「可能趁著灰塵飛揚逃進洞裡去了，我剛才就感覺他有些狡猾，好像在故意引起我們的注意。」薇亞娜冷靜地分析。

隨著灰塵逐漸消散，眾人看到爆破所造成的山洞。鼠人率先衝進山洞，其他人緊隨其後。他們驚訝地發現這山洞空間非常寬廣，壁上繪有壁畫，並陳列著眾多神龕。在最大的神龕前，放置著一個精美的木箱，令人矚目。

鼠人看到木箱之後，先走到木箱前面，停頓了一下，緊接著迅速轉身面對著雷歐斯等人，眨動著一雙細小的眼睛，顯露出他的緊張和猶豫。

雷歐斯等人都站在洞口停住了腳步，原本輕鬆友好的氛圍，隨著木箱的出現這個變數，而顯得怪異而凝重。

「我先在這裡的，木箱是我的。」鼠人站在木箱旁，堅持著牠的權利，眼神掃視著在場的每個人。

「不，炸藥是我們帶來的，你本來根本沒發現這木箱，所以木箱應該是我們的。」雷歐斯毫不畏懼地正視著鼠人，堅持著他們的主張。

雙方對峙著，現場一片靜默，敵意在彼此之間流動。鼠人雖然不夠聰明，但牠也知道對方人多勢眾，即使牠力氣強大，對方也攜帶著武器，並不是容易對付的對手。鼠人的小眼睛不斷打轉，似乎在評估雙方的能力。

格林福德在遇到鼠人後，便開始習慣性地評估局勢。他看著鼠人粗壯的身軀和厚重的毛皮，意識到弓箭手的箭也難以傷及牠的要害。心中疑惑鼠人是否有同夥，一旦交戰，可能只是在拖延時間。他同時也在考慮地底深處薇亞娜的魔法是否能奏效，以及魯卡迪恩新獲得的命運之環如何啟動能量。在目前局勢下，最好能夠智取，避免正面衝突。

不管怎樣，眼前這個木箱是他們必須得到的。格林福德向雷歐斯打了一個進攻的暗號，雷歐斯立即上前準備迎敵。就在雙方交戰一觸即發的當下，伊德嘉爾突然發出怪叫。

「看，木箱後面有雙橘色的眼睛，現在躲在木箱後面！」伊德嘉爾指向木箱後方，有不明生物潛伏。

原來，木箱後面是一片濃厚的黑暗，一個生物躲在其中，或許打算在大家不注意時偷開木箱。當雷歐斯一群人發現牠時，兩個橘紅色的眼睛升高超過木箱，這張臉才被火把的光照亮，原來是一個通體綠皮、擁有橘紅色眼睛的生物，正蹲在地上。

察覺被發現後，這綠色生物不得不站起來，牠的身高僅及伊德嘉爾一半，正是剛才與伊德嘉爾對話的黃衣小朋友。牠已脫去掩飾的黃衣，展現出原本的模樣。

「這裡是查布查布的家。」牠手持短刀，站在木箱旁邊，宣稱這片區域是牠的。牠之前想藉著大家不注意偷開木箱，現在被發現，只好無奈地現身。

原來查布查布是一隻哥布林，牠擁有大而靈活的橘紅色眼睛，長而尖的耳朵和鼻子，全身布滿像百歲老人的皺紋，但卻是綠色的皮膚。傳說中，哥布林生性貪婪，像狐狸一樣狡猾，同時又擁有像豹子般的敏捷和力量。此外，哥布林也非常擅長鍛造武器，雖然查布查布手持的只是一把普通的短刀，但它散發出湛藍的冷光，顯示出比人類世界更高超的鍛造技術。

格林福德在第一時間就從記憶庫中瞭解到哥布林的一些特點，並知道牠們喜愛亮晶晶的寶物。因此，他決定先用禮物來吸引查布查布，再展開交涉。查布查布應該是被鼠人的敲擊聲吸引而來的。在伊德嘉爾引爆了牆壁後，牠趁機潛入洞內，如同一個飛賊一般。查布查布打算暗中打開木箱，偷取其中的寶物，儘管牠不知道木箱內藏有什麼東西。然而，查布查布的橘紅色眼睛在黑暗中閃耀著光芒，洩露了牠的行蹤。

鼠人立刻轉身面對著木箱後的查布查布，面臨著兩難的抉擇。牠不僅要面對五個人類的威脅，還要阻止查布查布打開木箱。查布查布雖然隔著木箱與鼠人對峙，但鼠人的身形優勢十分明顯，高大的鼠人俯視著查布查布，讓後者感到壓力重重。

查布查布迅速繞著鼠人移動，避免與鼠人正面交鋒，而是不斷地利用自己的敏捷性來迫使鼠人無法命中攻擊。然而，查布查布的尖刀卻數次刺向鼠人的身體，但鼠人的皮糙肉厚，對這些攻擊顯得不痛不癢的樣子。

格林福德原本想出手幫助查布查布，因為他們知道鼠人的目的是要挖掘奧西之心，而這個地方應該是查布查布的領地和居所。或許他們能和查布查布建立友好關係。然而，戰局已經分出高下，查布查布的短刀刺入鼠人的眼睛，鼠人痛苦地哀嚎著，護著流血的眼睛逃走了。

查布查布停下腳步，抹乾淨短刀，但並未收起。牠轉過頭，面對著眾人，靜靜地掃視了一圈，最終定睛於格林福德的臉上。

格林福德立刻開口解釋：「我們和鼠人沒有聯手，並不是故意侵入貴國領土。我們是來尋找名叫奧西之心的珍貴寶石，山洞的爆炸無意中打通了通往貴國的通道，純屬意外。」他連忙鞠躬，語氣十分誠懇。

伊德嘉爾趕緊幫忙解釋：「格林福德，你沒有看到，查布查布剛才和我們一起在礦坑裡。這裡並不是牠的家。」

「什麼寶石？在哪裡？」查布查布迫不及待地問道。一提到寶石，牠的橘色眼睛光芒連閃，這是哥布林最不能抗拒的誘惑。

格林福德想起傳說中哥布林的貪婪本性，看到查布查布的眼神閃爍不定，他明白自己的話引起了查布查布的興趣。

他展示出幾片奧西寶石，寶石在火把的照明下閃爍著耀眼的光芒，讓這個山洞更顯神秘。查布查布忍不住伸手想要拿，但又感到可能有危險，只得收回手，但其眼神已經洩露內心的欲望。

「查布查布最愛亮晶晶的寶石，但查布查布更愛木箱裡的東西。這是查布查布的箱子，是查布查布把箱子藏在山洞中。」查布查布慢條斯理地說。

伊德嘉爾和薇亞娜低聲交談著：「看來這個哥布林一點也不笨。」

「是的，剛才我們看到查布查布在鼠人身後偷看著箱子，但沒看到打開箱子，你能開嗎？」格林福德對查布查布問道。

「不，我不覺得這是查布查布的箱子。這明明是鼠人先找到的。」雷歐斯故意挑釁。

「或者我們用這些寶石和你換這個箱子？箱子看起來很重，還有一半埋在地下，如果打不開的話，你一個人抬不走吧！」格林福德用眼神示意雷歐斯不要激怒對方。

「這裡是哥布林的地盤，我猜格林福德是想要討好哥布林。」薇亞娜小聲回答伊德嘉爾。

「查布查布的父親是國王，侍衛們聽到信號會立即趕來。」查布查布傲慢地說。

「這樣的話，箱子裡的寶物就會被收歸國庫了？要不然我們打開來一人一半？」格林福德小聲地提議。

查布查布歪著腦袋，眼珠轉動著，似乎在認真考慮著格林福德的提議。看來格林福德的話正中了牠的心思，牠似乎已經把這個木箱視為自己的了。

最終，查布查布忍痛地說：「好吧，你一半我一半，你們來開這個箱子。」

雷歐斯立即上前，先繞著箱子走了一圈，檢查是否有異狀。發現箱子並沒有鎖死，但解鎖還是需要花些力氣，最終成功打開了箱子。

然而，箱子內並不是他們所期待的亮晶晶寶石和奧西之心，而是一堆深褐色的原石，讓雷歐斯心中感到失望。

大家圍著箱子看，格林福德認出這種深褐色的石頭是琥珀原石，琥珀可能是當初建神殿的人挖出後遺留在山洞中的。雖然琥珀也值錢，但這並不是他們尋找的目標，因此他打算將這些原石送給查布查布，充作人情。

「這也是寶石，石頭名為琥珀，查布查布，這是松脂化石，經過打磨後會變成發亮的石頭。前面還有一籃筐的奧西寶石，就是我手上這些亮晶晶的寶石碎片，都送給你，我們願意成為你的朋友。」格林福德說道。他希望通過這樣的舉動建立友好關係。

查布查布高興地跳躍著，表達著感激之情。伊德嘉爾趕緊把鼠人留下的一籃筐奧西寶石搬來給查布查布。

雷歐斯和魯卡迪恩幫助查布查布一同搬運這些琥珀原石，離開了山洞，只剩下格林福德和薇亞娜在山洞中。

格林福德在山洞中搜索，心裡仍在問著奧西之心在哪裡。

「格林福德，來看看木箱後面那座最大的神龕，神像的手勢好奇怪，似乎有暗紅色光芒在流轉。」薇亞娜慢慢走到神像前說道。

神龕上的女神面貌祥和，低眉俯視著眾人，衣著彩帶翩翩，特別之處在於腹部較為凸起，左手套著一個竹籃，裡面放著麥穗，象徵著生育和豐收。特別之處在於她的右手食指指向了另一側。

「我沒有看到什麼紅色光啊？」格林福德上前仔細觀察女神的手，並未看出異常。

「格林福德，你看這座女神的右手指向的應該是她的左手方向，而她的左手握拳，好像握著什麼東西。」薇亞娜解釋著。

薇亞娜伸手摸向神像的握拳手，覺得手中彷彿握著一顆完全透明的圓球，難道是傳說中的魔法石？她的食指恰好能插入神像握拳的手中，她開始想要取出這塊透明的石頭。

就在這時，格林福德目睹了一個異象，薇亞娜的動作似乎啟動了女神像手上的魔法。薇亞娜的左手被一圈暗紅色的流光所包圍，接著這暗紅色的光從她的左手食指緩緩注入她的整隻手中，紅光延伸至她的手背、手腕，一直到覺醒者之痕。

薇亞娜手臂上的覺醒者之痕發出藍光，與紅光相融，絢麗的紫光閃爍，環繞著薇亞娜的指尖與手臂上的覺醒者之痕。在短短的瞬間，她全身的細胞彷彿從沉睡中甦醒，耳際的聲音變得更加清晰，目光能夠看得更遠。最終，紫光和藍光消失後，薇亞娜才喘過一口氣，彷彿剛才的瞬間她的呼吸暫停了，短短的幾分鐘內，她的覺醒者能力已經得到了一次飛躍。

原來所謂的奧西之心並非一塊石頭，而是一團光、一種能量，這解釋了為何沒有人能找到它。薇亞娜的魔法訓練使她啟動了女神像上隱藏的魔法機關，揭示了奧西之心的存在。而她的覺醒者之痕竟然吸收了整個奧西之心。

格林福德之前一直看不到奧西之心隱約的暗紅色的光，直到薇亞娜啟動魔法之鑰才能看到她的覺醒者之力從藍到紫色，閃爍著不斷變換的光芒。那一剎那間，他同時也捕捉她的眼睛激射出冰裂紋似的藍光。不過，他並不知道薇亞娜有著冰魔的血統，因此認為所有變化都是奧西之心的作用。

就在格林福德驚訝地張口欲言時，突然山洞深處傳來一聲尖叫，格林福德和薇亞娜連忙站起來，發出尖叫聲的是伊德嘉爾。

兩人趕忙循聲前往，發現一位身穿騎士將軍鎧甲的惡魔將軍正站在伊德嘉爾、雷歐斯、魯卡迪恩和查布查布的面前。

令格林福德和薇亞娜驚訝的是，平日反應機敏捷聰慧的伊德嘉爾，此刻卻像變成了一棵樹般呆立不動，目光被仇恨之海淹沒。

伊德嘉爾曾經親眼目睹惡魔們在精靈森林裡的生命之樹下殺死導師恩尼亞利特，奪走守護者的號角——水晶匕首，甚至還一度俘虜了伊德嘉爾。

此時，仇人與伊德嘉爾相遇，面對悄無聲息站在她面前的惡魔，頭上一雙又長又大捲曲彎角，倒長三角形的臉孔，一隻眼睛散發綠芒，另一隻眼睛卻陷入一團紅光，冰冽般的雙瞳，冷冷地盯著伊德嘉爾。正是當年在生命之樹下殺死導師的仇人。

「把你們手中的木箱留下來，今天可以不殺你們。」惡魔霸氣地說道。牠一直在奧西煤礦附近等待鼠人的消息，當看到鼠人受傷逃出來時，便進入洞穴尋找奧西之心。

「不不不！查布查布不同意，木箱是查布查布的。」查布查布堅定地說道，同時開始發出一種高頻率的聲息，雖然眾人聽不見，但這是牠與同伴間的通訊方式。

眨眼間，一小隊由約二十個綠衣哥布林組成的隊伍湧入，將惡魔將軍團住。這些哥布林穿著深綠色類軍裝制服，手持長槍，牠們的相貌大致相同，只能透過服裝和武器來區分（對人類而言，哥布林的長相相似，很難辨認）。這些哥布林看起來像是查布查布的侍衛隊。

眾人中只有薇亞娜曾見過大惡魔。幾年前，當導師封印惡魔裂縫時，惡魔將軍騎著九頭虎的異獸出現，氣勢奪人。那時她匆匆一瞥，但這一幕深深印在腦海中。尤其是大鐮刀砍向導師的背部，讓她連續一個月都被夢魘纏身。現在眼前的惡魔將軍外形和當時極為相似，唯獨缺少了乘騎的虎頭異獸。此外，牠手持的長柄大鐮刀和薇亞娜之前看到的好像小了一點。但她總感覺眼前的惡魔將軍似乎不是同一個，卻又難以言喻。這是薇亞娜從未有過的感覺，也許是她魔法的升級導致魔法感應超越了常人。

格林福德心知大戰一觸即發，然而眾人並未做好與惡魔將軍決戰的準備。此刻的惡魔將軍突然現身，讓眾人措手不及。他和伊德嘉爾都未獲得覺醒之力，實力不足，因此不宜輕舉妄動。眼下還未到決戰的時刻，他決定先讓哥布林打頭陣觀望一下。

格林福德心裡明白，惡魔將軍應該認為奧西之心在木箱或籮筐中，絕對不會想到已被薇亞娜吸收。

哥布林因為身材矮小，總是感到自卑，因而自尊心特別強烈，不容忍受侮辱。牠們本性好戰愛爭鬥，面對這位突然出現的惡魔將軍，明目張膽地欲奪取查布查布的寶物，這無疑觸犯了哥布林的忌諱。查布查布絕對不能容忍，率領哥布林侍衛隊毅然投入戰鬥。然而，惡魔將軍揮手間，所有長槍彷彿打在無形的柔軟光網上，力道消失殆盡。即便是哥布林的武器精良，也因這道無形的阻力而失去了效力，英勇無用武之地。原來，這是惡魔將軍展示的魔法護身罩，能化解所有的攻擊力量。

惡魔將軍再次揮動手臂，剛才哥布林侍衛的攻擊力量似乎被一個神秘的力量收集起來，再全數回復給原先攻擊者。哥布林衛隊沒有料會被自己的攻擊力量反擊，一個個都被擊倒在地。

這時，薇亞娜想起離開魔法學院時，院長將瑞亞爾之杖交給了她。這根手杖不僅可以發出封印的聖火，同時也是一種武器，能夠破解護身的魔法。她立刻伸手進入不離身的次元袋中，想找出瑞亞爾之杖。奇怪的是，手杖彷彿自主地跳進了薇亞娜的手中。

握著瑞亞爾之杖，薇亞娜從哥布林的身後飛躍而起，毫不猶豫地敲擊向惡魔將軍的手臂，完全不理會能否破解魔法防護罩。

此時，薇亞娜的覺醒之力得到了更高的升華，手臂上的覺醒者之痕散發出冷冽的藍光。對手是惡魔將軍，但她毫不畏懼。

伊德嘉爾在一旁已經準備好了弓箭，連續疾射出去，每一箭都直取惡魔將軍的心臟。惡魔將軍的防護罩在瑞亞爾之杖敲擊到的一瞬間破解，伊德嘉爾一箭趁隙穿過，但惡魔將軍見狀迅速扭動身體躲閃，箭矢仍在手臂上划出一道傷痕。

雷歐斯和魯卡迪恩也紛紛發動攻擊，雖然惡魔將軍沒有魔法防護罩，但對於他們的攻勢依然應付自如。只因手臂受傷，牠不想耗費太多時間。牠雙手連連揮舞，施展魔法大車輪攻擊向雷歐斯、魯卡迪恩、伊德嘉爾和薇亞娜四人。儘管四人合力反擊，但仍有些吃力，四人正在喘息之際，還未來得及還手，惡魔將軍已經捲起木箱，宛如旋風般離開了現場。

查布查布和哥布林衛隊剛剛整隊完畢，恰好目睹惡魔將軍拿走了牠們的寶箱，查布查布立即追趕出去，其他人正猶豫是否要跟上，這時格林福德連忙制止，因為他已經看清形勢，只靠他們的力量無法剷除惡魔將軍。

「可是，惡魔帶走了木箱。」伊德嘉爾仍有些不捨。

「這又有什麼關係？那是查布查布的問題，木箱裡並沒有奧西之心。剛才我們已經發現奧西之心，而薇亞娜成功破解魔法，奧西之心現在已經被薇亞娜吸收啦，還讓她的覺醒之力進一步升華。」格林福德笑著解釋道。

魯卡迪恩和雷歐斯一同問道：「薇亞娜，這是怎麼回事？」

薇亞娜微笑著解釋：「那華麗的木箱只是用來掩人耳目的，神殿中的神龕和壁畫通常都有預言或者神喻的作用。其實木箱背後的神龕描繪的是象徵生命的女神，其實就是先知的預言。我摸到女神手中那顆完全透明的圓石時，感受到了石頭般的粗糙觸感，雖然看不見、也無法取下來，但碰觸到那顆圓石的瞬間，我突然想起魔法學院曾經流傳的傳說。很久以前，學校曾擁有一顆完全透明的魔法石，據說擁有記憶和吸收能量的功能。然而，這顆魔法石在一千多年前就已經失蹤了。而女神手上的這顆石頭，很可能就是那傳說中的魔法石。在神魔大戰時，它或許記錄並儲存了當時的神力。而我作為來自魔法學院的魔法師，試著啟動魔法石的記憶，從而引發了紅色流光的出現。」

伊德嘉爾好奇地問：「妳吸收了那顆石頭後有什麼感覺？」

薇亞娜笑著回答：「我感覺變得更強了。在奧西之心發揮作用時，我才體會到它和命運之環都是天神留在人間的寶物。奧西之心是一團無形的能量，只有覺醒者之痕的人才能看得到。因為格林福德還沒有覺醒者之痕，也不是魔法師，所以他無法看到它。鼠人和哥布林應該也看不到。簡單來說，奧西之心儲存著神力，而當它與我的魔法和覺醒者之痕產生作用時，我的覺醒之力得到了提升。惡魔將軍也想要奧西之心，可能也是為了增加自身能量。我猜惡魔可能無法直接吸收天神的力量。」

雷歐斯打斷道：「好了，我們趕緊離開這裡吧。追趕惡魔也沒有用。從命運之環和奧西之心來看，有關天神的許多傳說大都是真的。我們繼續尋找天神留在人間的力量吧。」作為隊長，他不喜歡讓大家長時間待在這樣不安全的地方。

一離開礦坑，大家都深呼吸著新鮮的草原空氣，精神為之一振。剛才在地底與惡魔將軍的戰鬥瞬間變得飄渺不實。

薇亞娜遲疑地說：「剛才我有種捉摸不定的感覺，惡魔將軍雖然能打敗我們，但牠的氣勢和之前我在黑森林惡魔裂縫見到的相差甚遠。牠這次居然還受傷了，我想剛才礦坑裡的惡魔有些虛浮，現在我確定牠絕對不是同一個。如果來的是惡魔裂縫出現的惡魔將軍，我們可能無法活著離開礦坑。」薇亞娜苦笑著嘆息。

「哎呀，原來如此！」格林福德嘆息道。他之前一直在戰鬥時密切觀察，但他們從未遇到過惡魔裂縫出現的惡魔將軍，因此無法進行比較。他們只是以為這個惡魔將軍也不過如此，卻沒想到竟然還有更恐怖的同類存在，所以他們不能掉以輕心。

這時，薇亞娜突然想起一件事，走到魯卡迪恩面前。

「魯卡迪恩，忘了告訴你，你脖子上所掛這塊石頭的材質，很像是當年我導師用來封印惡魔裂縫的那種石頭。」薇亞娜在礦坑裡看到魯卡迪恩在攻擊惡魔時，衣領鬆開，使掛在脖子上的繩子掉出來，露出一塊黑亮的石頭。

「是嗎？趕快告訴我。」有人認得這種石頭，魯卡迪恩非常興奮。

「當初我和導師在尋找封印惡魔裂縫的方法時，在一本古老的魔法書中找到了有關封印的資訊。那本書提到一種叫做梅托拉石的靈石可以被用來封印。喬舒亞是梅托拉山山腳下村裡的人，他知道王國北面的梅托拉山產有一種類似寶石的石頭，所以他前去採集這些石頭，然後用魔法運到惡魔裂縫去進行封印。」薇亞娜把當天驚天動地的封印過程詳細告訴了魯卡迪恩。

魯卡迪恩則告訴薇亞娜，這顆石頭是母親臨終前留下的最後遺言。她提到這塊石頭和他的身世有關，但母親在離世前已來不及詳細交代。

「如果解不開身世之謎，你會終身遺憾嗎？」薇亞娜歪著頭問道。

「以前我從未想過我的父母可能並非親生父母。如果找不到親生父母，或是無法揭開我的身世之謎，或許會有些遺憾，但這並不會影響我作為一名覺醒者的責任，也不會影響我未來為人類做出的貢獻！」魯卡迪恩坦率地回答。

薇亞娜靈機一動：「梅托拉石是產自我們國家北邊的梅托拉山。那座山脈就是梅托拉山脈。我想或許山脈兩邊的這兩個國家之一，應該與你的身世有關。我的導師正是來自梅托拉山脈南邊的歐斯維爾王國。如果你願意，我可以給導師寫一封信。」

「好的。」魯卡迪恩拿下他項鍊上的石頭，給薇亞娜看：「你有沒有見過這石頭上的圖案呢？」

「沒有，我見過的石頭都是沒有圖案的。我這裡還有幾顆是喬舒亞給我的。」薇亞娜打開由喬舒亞留給她的小皮袋，倒出幾顆石頭。經過仔細比對，他們發現這兩塊石頭的材質幾乎一模一樣，唯一的不同在於顏色——魯卡迪恩的石頭是黑底白十字，而薇亞娜的則是彩色無圖案。

「我們計畫已久要去挑戰邪惡森林，你要加入我們嗎？這是第二次問你了。」雷歐斯問道。自從救了魯卡迪恩那年起，已經過去了許多年。

「冒險者白鷹小隊的夥伴們都已經戰死，短時間我回不去了。我願意加入，但在此之前，請給我一些時間。我想要前往梅托拉山脈附近的王國去探尋我的身世，然後再和你們一起去邪惡森林。可以等等我嗎？」魯卡迪恩說道。

雷歐斯、薇亞娜等人都點頭，他們願意等待這位生力軍的歸來。

「需要我們陪你去嗎？」薇亞娜有些擔心地問。

「不，你們的責任更加重大，還是繼續你們的行程吧。給我三個月的時間，無論我找到了或是找不到有關我的身世的線索，我都會來找你們報到。你們就在邂逅酒館留下資訊給我。」

魯卡迪恩不願意讓眾人為自己的私事操心。

「何必那麼麻煩！」薇亞娜笑著拿出一個手掌大小的精緻小盒子：「這是我的引路甲蟲，你只要把牠放在森林的任何一棵樹上，我都能找到你！」薇亞娜遞給魯卡迪恩那個小盒子。

第十六章

病狼謎霧疑雲

梅托拉山北面，矗立一排巨石，正面對北方冰原，這九塊巨石的來歷無人知曉，從亞爾多蘭王國建國以來，這些巨石一直存在，並以此聞名於世。

根據族裡先知的說法，巨石陣是天神留下來的神力寶石，在中央是最大最高的一顆，上面的平台可以容納三十個人。傳言指出，如果能爬到這顆大石上面，就「能和天神對話」、「能看到天神」、「能得到天神的賜力」，種種傳說不一而足，百年來想辦法登上最大石頂的人絡繹不絕。然而，由於巨石上端總有雲霧繚繞，可能由於霧氣中蘊含有毒素導致幻覺，導致登頂者最終都摔下來，之後就再也沒有人敢攀爬中央巨石，於是人們就叫這顆巨石為「望神巨石」，意謂只能遠看，卻無法攀登。

亞爾多蘭王國是由梅托拉山西北面約十個部落和村莊組合而成，採取世襲制，王位傳子不傳女，如果沒有兒子，則以兄弟中年長者為優先承襲。

魯卡迪恩聽薇亞娜提到和他身世有關的石頭是梅托拉石，決定先到梅托拉山旁邊的亞爾多蘭王國碰碰運氣。

他入境亞爾多蘭王國後，首先到國內最熱鬧市區的酒館中探訪當地民情；才坐下不久，立即感受到酒客中有一種詭譎而蠢蠢欲動的浮躁氛圍，瀰漫一種神秘緊張、暴雨將至的期待感。他細細觀察之下，才發現每個人都在交頭接耳討論王位接班的政治問題。

在酒館內聽了吟遊詩人所唱歌的內容後，魯卡迪恩才初步瞭解亞爾多蘭王國的政治局勢。亞爾多蘭王國本來有一個大王子，很早以前已經夭折，目前只有兩位公主，沒有能繼承王位的子嗣。而亞爾多蘭王國是多部落的組合，需要強大的領導團隊才能壓制和穩固多部落的各首領，所以如果沒有兒子，王位將傳給血緣中的強者亦是可能。國王得了重病，將不久於人世，目前繼承王位呼聲最高的是國王的弟弟，親王貝奧羅德。

國王的狼也病得奄奄一息。

國王在打獵時救回來一隻小狼，陪著大公主一起成長，而這隻狼最近也得了怪病，經常四肢無力地趴在地毯上。御醫不善於醫治動物，大公主希望國王看到狼能康復，心情好起來，病情會有些起色，於是她發布了一則招賢納士的公告，希望能在民間找到一位獸醫。

魯卡迪恩想到自己當年和哈繆爾在井底的經歷，多年來也頗能和動物溝通交流，醫治國王的狼或許是一個機會。

已經超過二十位來自其他地區的獸醫想要淘金和一舉成名，企圖醫治這匹狼，但都沒有成效。

因此，當魯卡迪恩提出要求：讓他單獨和狼共處一室三天時，立即獲得大公主的首肯。其實魯卡迪恩並沒有把握去醫治狼的病，只是按照和哈繆爾相處時的方式，輕撫狼的耳朵，揉著牠的脖子和肚子，並輕聲細語地與狼交流。

連續兩天，魯卡迪恩都進行同樣模式和狼交流，他並沒有開藥，事實上，他也不會開藥。第三天，他喂狼吃過東西後，突然之間，他感覺到狼對他說，「也吃了國王的食物！」其實，狼並不會用人類的語言說話，他也聽不懂狼嗥的叫聲，而是因為哈繆爾教會魯卡迪恩心電感應的能力。

原來是中毒！國王和狼都是中了同一種毒！只是因為人和狼在生理上的差別，所以兩者病況產生不同的反應，導致御醫並沒有把兩種病情聯想在一起。

由於涉及下毒和宮庭內鬥，非同小可。魯卡迪恩悄悄找了大公主來，告訴大公主這件事。與酒館中道聽塗說的傳聞不同，這幾天在宮庭中魯卡迪恩又知道更多的秘辛。亞爾多蘭王國的國王已經在位三十年了，頭髮斑白卻仍坐穩王位，其中繼承人則以親王貝奧羅德呼聲最高。手握重兵和權臣擁戴的親王貝奧羅德是國王的弟弟，有意逼宮的態勢日漸明顯，導致王宮風雲變幻，頗有一觸即發之勢，目前正處於山雨欲來前的片刻寧靜。

國王曾有兩個兒子、兩個女兒，現在只剩下大女兒還活著。國王的第一位王子在童年時期就夭折，沒有活過十歲。第二位王子據說和宮庭一樁醜聞秘事有關。

亞爾多蘭王國年長的人大都知道此事，當年王后因為通敵叛國罪上斷頭台遭到處死，在襁褓中的小嬰兒不知所蹤，據傳是被秘密處死。總之，二王子下落從此無人敢提。

此後，亞爾多蘭王國王宮出現繪聲繪影的傳聞：有人說月圓之夜看到斷頭的王后在後花園散步，有人說聽到宮中傳出小嬰兒的哭號聲。彼時宮中並無剛出生不久的小嬰兒。

至於為何傳說總是在月圓之夜？可能和月亮的引力有關，會波動或影響生物的情緒，因此月圓之夜特別容易產生異變，或是把詭異之事歸咎於月圓怪事多。酒館裡的吟遊詩人總是這樣吟唱：「妖異的月圓之夜喲！」

這次國王的病情反反覆覆，寵愛的狼也跟著病懨懨，坊間都在傳說邪祟作怪。曾有好事的吟遊詩人，把王后的死改編成淒美動人的愛情故事，導致亞爾多蘭王國一度大興文字獄。那些寫出同情王后、吟唱或影射前王后的美豔動人、紅杏出牆詩歌的詩人都被查禁或坐牢，以嚴厲的手段扼殺這股同情歪風和靡靡之音！

亞爾多蘭王國大公主的擁護者也不少，畢竟她是國王的親生女兒。但由於貝奧羅德親王手握兵權，加上大公主終究是女性，氣勢上輸給了親王貝奧羅德。

這兩三天，魯卡迪恩已經從御醫處得知亞爾多蘭王室正處於風雨飄搖的時段，由於國王年事已高又病重，宮庭氣氛詭異、暗潮洶湧。御醫還勸他早些離開亞爾多蘭王國，畢竟他是外來的人，沒有必要捲入宮庭內鬥！

「大公主，狼會生病是因為中毒！」魯卡迪恩沒有聽御醫的勸告，仍然堅持將實情告知大公主。

「什麼意思？狼也會中毒？」

「狼告訴我，吃了國王餐席上的肉！」魯卡迪恩壓低聲音說。

「你是說父王不是生病，而是中毒？有人要謀害我父王？」大公主眉間寫滿憂愁，姣好的面容瞬間刷的慘白。

大公主立即指示御醫開出排毒藥方給狼服用，並每日嚴密監控國王的飲食。

兩天後，狼的病情好轉，恢復了活蹦亂跳的模樣。御醫也改變對國王的治療方案，國王的病況也逐漸好轉。

這天，魯卡迪恩被國王召見，心情格外愉悅。國王當面感謝並稱讚他是英雄人物，不但設宴款待，當場還要大公主賞賜他一大袋金幣。

筵席是家宴，只有國王、大公主和貝奧羅德親王出席。國王和大公主已經把他當成救命恩人，魯卡迪恩倍感尊榮。國王說他已經好長一段時間不能坐起來好好的吃一頓飯了，魯卡迪恩的到來，讓他神清氣爽。
魯卡迪恩也和國王聊著這些年到處流浪所見到的奇聞軼事。
國王非常開心，立刻賞賜他亞爾多蘭王國有名的克拉克寶劍。
王宮總管捧著寶劍走到魯卡迪恩的面前，將國王贈予他的克拉克寶劍交到他手上。
「這把寶劍是遠古矮人王國所鍛造的極致寶劍，不僅僅是一把武器，本身還是一件藝術品，為了配合皇室的身分，我們請工匠鑲崁寶石，呈現力與美，年輕時用它征戰無數，飲過不少敵人血！現在年紀大了，拿不動了，決定將寶劍送給救命恩人。」
魯卡迪恩連忙惶恐地站起來，恭敬地雙手捧過寶劍。只見這把寶劍的箭柄鑲有紅綠色寶石，劍鞘上也相嵌一排同色的寶石，華麗炫目。
仔細撫摸一遍上面的寶石之後，抽出劍來，劍身銀白色透著藍光，一看就是把削鐵如泥的利刃。
魯卡迪恩走兩步到空曠點的地方，現場揮舞起寶劍。畢竟這些年魯卡迪恩仗劍走天涯，習得一身武藝，舞的劍術看來美觀又實用。大公主在旁邊眼神充滿著崇拜與愛慕。
舞劍完畢，魯卡迪恩答謝大家的鼓掌時，目光掃視全場時，發現坐在他斜對面的貝奧羅德親王盯著他的眼神，充滿敵意。
貝奧羅德親王和魯卡迪恩目光相遇時，立即收斂了充滿殺氣的眼神，掩飾性地舉起酒杯敬國王。

這時魯卡迪恩開始後悔，貝奧羅德親王的「妒忌的眼神」透露敵意，是為了國王把這把寶劍送給他？他不該太張揚舞劍，畢竟這是別人的國家，明槍易躲、暗箭難防。

魯卡迪恩舞劍結束回到座位後，一直還站在他座位旁的王宮總管正要離去，突然又轉回頭，對魯卡迪恩說：「大人，您戴的項鍊這塊石頭好特別，可否讓我靠近看一下。」

原來在魯卡迪恩舞劍時，身體的擺動幅度比較大，使得這條項鍊從衣領中顯露出來。

「請問是否曾經看過這塊石頭？」魯卡迪恩趁機問。

「只是覺得這石頭黑的非常特別，剛剛好像有一種光閃了一下，以為上面還有鑲有特殊的寶石，才想多看看。」王宮總管說：「對不起，不該和國王的貴賓說話的，不合體制，請原諒。」

「沒關係，國王陛下今天很高興，病似乎又好了七八分。」大公主臉笑臉如花說道。

「這是哪裡來的石頭，好特別的黑色？」王宮總管語帶輕鬆，顯得十分好奇地問。

「是母親的遺物。」

「原來上面鑲崁的不是寶石，是白色石紋。」王宮總管低下頭，默默地退開。

大公主說，很高興也非常歡迎魯卡迪恩能夠多留在亞爾多蘭王國，她希望有機會向他請教劍術。

流亡多年的魯卡迪恩，直到擔任類似傭兵的冒險者賺到生活費，才算衣食無憂，卻鮮少有委託方稱讚，也從未遇過一次拿一整袋金幣的財運，更何曾見過如此豪奢的宮庭這和這等榮耀的場面？年輕人總有些虛榮，被美酒、美色、國王恩賜和迷湯般的稱讚，感覺飄飄然，被沖昏了頭。

酒足飯飽之餘，在回程御用馬車送他回旅館的路上，他想著能夠救人、救狼又賺到許多金幣的感覺，喜悅之情溢於眼角。

魯卡迪恩枕著寶劍，伴著一袋金幣，想到這次來訪收穫滿滿，又得到國家的掌權者支持，以後做起事來比較方便，他睡得心滿意足。

半夜時分，突然傳來由遠而近的奇異鼓聲，撕裂沉睡的夜空。

魯卡迪恩從夢中驚醒，豎耳傾聽著鼓聲，覺得鼓聲隱隱透著金戈鐵馬似的殺伐之聲，竟然莫名讓他渾身冒冷汗，難道是有敵人偷襲，鼓聲發出警示？

正在納悶奇異鼓聲所代表的意義時，門外傳來一陣喧嘩，吵雜聲掩蓋了鼓聲，魯卡迪恩正想起來看看發生了什麼事，房門卻被人一腳踹開，幾個穿黑色斗篷的衛士衝進來。

「你們是誰？我可是國王的貴賓，是大公主請我來的。」魯卡迪恩掙扎著，無論他如何解釋和說明，都沒人理會。

四名孔武有力的衛士按住他，他剛驚醒又措手不及，任他爭吵叫嚷，仍被繩索捆的十分結實。

「為何抓我、綁我？我究竟犯了什麼罪？就算犯了罪也該讓人死個明白？」任他如何詢問，黑斗篷衛士沉默寡言，彷彿每個人的嘴都被針線縫住，沒有人透露絲毫訊息。

其他衛士搜查他的房間，帶走國王賞賜他的一袋金幣和克拉克寶劍。

看到這個情形時，他真的欲哭無淚，想起小時候家裡最窮的時候，肚子好餓，家裡只剩下一碗麵，母親煮好給他吃時，他高興地捧過來，正要吃的時候，不小心整碗灑在地上，還把他的衣服也弄髒了。

到手的財富頓時化為烏有，前一秒在雲端飄飄然，下一秒跌進冰冷黑暗。

魯卡迪恩被關入大牢時，仍然想著是不是身處於一場惡夢之中？醒不過來？心情惶恐不安，完全不知道發生了什麼事。

緊接著，他遭到提審拷問、鞭打刑求，各種折磨不斷，輪番上陣的生面孔逼問魯卡迪恩是何居心潛入亞爾多蘭王國？是否某一個國家派遣他來謀害國王？

「國王陛下怎麼了？我是國王的貴賓，國王陛下身體已經康復，昨晚還一起喝酒，怎麼可能遭人謀害？」

儘管他聲嘶力竭地辯解與提問，然而，只有如雨下的皮鞭，無情地抽打在背脊上的皮開肉綻聲，回答他的問題。

一直到當天傍晚，黑斗篷的隊長才對他說：「國王陛下和狼吃了你和御醫開的藥以後，當天晚上毒發身亡。在你還沒來之前，國王陛下只是身體虛弱，你一來了，都被毒死了。說！還有誰是同謀，你是哪國派來的？」

原來是國王和狼都死了！榮華夢碎、身繫囹圄。

魯卡迪恩沒有回答，心力交瘁，他在鞭打中暈了過去。

第十七章

地牢神秘的訪客

魯卡迪恩被丟回牢房，背上鞭痕累累，紅腫刺痛，無法躺下只能趴著在地上，刺骨的痛楚，不斷精神幾乎崩潰的挫折。

提審過程中，幾乎同時被關進來的御醫，無法抵抗鞭子的折磨，不得不承認和魯卡迪恩合謀害死國王和他的狼。

從前日半夜突然被捕、整整一天被鞭打刑求的悲慘遭遇，讓他備受煎熬，完全無法思考。直到夜深人靜時，才稍許冷靜下來，頭腦騰出空間和機會仔細分析：國王和狼的病情已經好轉，為什麼突然死了呢？

國王的弟弟親王貝奧羅德即位，訓練有素的黑甲士兵團頓時成為國家的軍隊領袖。其中的精英暗影騎士更是擅長暗殺與刺探情報，正是穿黑斗篷的暗影騎士前往逮捕魯卡迪恩的。而那一晚奇異的鼓聲，原來是傳遞國王死亡消息的訊息。

這時他才恍然大悟，在這一切的背後，是有人不想讓國王康復，一旦察覺到國王似有好轉的跡象，立即先下手為強，加強了毒劑毒死國王，再嫁禍給御醫和魯卡迪恩。

御醫一直醫不好國王，是因為有人不斷地下毒。

誰下的毒？肯定是既得利益者，現在的貝奧羅德國王。

他心中憤怒，被冤枉成替罪羔羊，不但身世沒有查到，還將送命在亞爾多蘭王國裡。貝奧羅德連國王都敢殺，為達到目不擇手段，他這位外鄉人和御醫這兩條小命，注定要背這黑鍋。

迷迷糊糊中，他聽到離他很遠處的御醫的哽咽聲、抽泣聲，在高挑空洞的牢房走道間不斷的迴盪，使他感到特別椎心。

迷迷糊糊中，他夢見自己數著國王賞賜的金幣，快樂滿足，沒有惡魔的威脅，沒有如雨般的鞭影，大公主的如花笑臉在眼前閃現。

「喂！醒醒！」

曾幾何時，御醫哽咽聲音停了，牢門外卻有另外一個聲音輕聲呼喚。

這熟悉的聲音挑起他的記憶，還在做夢嗎？穿著黑色連帽斗蓬站在木柱後面的女人，掀起黑色連帽，大公主的清麗面孔浮現，頓時撫慰了他的傷口。

「魯卡迪恩，我實在是感到抱歉，我自身都難保，無力救你，我知道父王不是你害的。」

「噓！我知道。公主能夠冒生命危險來看我，這就夠了。」魯卡迪恩撐起身子，扶著木柱站著，貪婪地凝視著大公主的眼睛。

「身在王室，日子過的驚心動魄，只有這幾天和你相處，才覺得交了一個真心的朋友。」

「我知道。」

「我自己的命運從來不是能掌握在自己手中，這一次花費如此大的心血來看你，也許沒有下一次機會了。現在，新國王已經掌權，他的暗影衛隊和培養多年的鮮血法師團等秘密殺手，現在都成為正式的御用王國衛隊了，我們實力相差太多。」大公主的眼裡帶著苦澀。

「我知道。」魯卡迪恩發覺自己一直在重複地說這幾個字，但他實在說不出來其他的話，他想要安慰大公主，卻發現自己更需要安慰。

「而你，是替罪羔羊，他們會很快處理你們，以便封住眾人之口。」

「我知道。」魯卡迪恩仍舊脫口而出這三個字。

大公主掏出幾枚金幣給魯卡迪恩。

「我應該用不著了。」魯卡迪恩心想，執行死刑的速度可能比射箭還快。

「別拒絕，我知道你身邊什麼都沒有了，在裡面還是要打點一下，留著給你備用。」

「可能很快。」旁邊傳出催促的聲音，大公主轉身驚慌地離開，聲音越飄越遠：「我該走了，再見。」最後兩個字消失在衣袂飄聲裡。

「我知道。」魯卡迪恩冒出著三個字的時候，公主已經走遠了，聽不到他的聲音了。或許再也沒機會見面了。

突然，他感覺手心刺痛，低頭一看，原來剛才手握著牢房木柱子用力過猛，手心竟然被扎了一根木刺。

他看著手心，那道和女巫金妮定血盟之約時的那道血痕，如今只剩下一道淡淡的白色疤痕，疤痕中間有一根很粗的木刺直挺挺的站著。

他把木刺拔出來時，流了一點血，順著血痕兩邊擴散，白色的疤痕被染紅了，好像手心上新產生的一道傷痕。

「金妮，妳是否能感覺到我遇到危險，可能馬上就會被處死？」魯卡迪恩摸著手心的疤痕，記起在倫迪村時候結血盟關係的女巫金妮。

魯卡迪恩在心中默念了三次，沒有任何感應。這種血盟關係到底有沒有巫術存在呢？是否能再見到女巫金妮？他更想起在惡魔之火下飲恨身亡的父母親人。

深深嘆了一口氣，沒想到自己努力那麼久，還沒開始和惡魔大戰，就已經被捲入亞爾多蘭王國的宮庭內鬥，實在太不值得了。沒死在戰場，卻要命喪於此地，對他的命運來說，實在是太諷刺了。

魯卡迪恩摸了左胳膊上的「命運之環」，好不容易在鑰之神殿裡得到的天神寶器，都命在旦夕了，這玩意也沒有任何反應或跡象？

「喂！不是有神威麼？神力在哪裡？動一動啊！」他又嘆了一口氣，只怪自己要一個人來亞爾多蘭王國，現在沒有人知道他面臨生命最後的倒數計時。

趴回原來的地方，看著牆角一個完美的蜘蛛網，一隻蜘蛛在網的中心等待自投羅網的昆蟲，一隻小飛蟲黏上網子，掙扎著搖動蛛網。

他的壽命將比蜘蛛網上的蟲子還要短暫。

✕✕✕

行刑的日期已經判定，兩天後。

堪稱亞爾多蘭王國建國以來，處決人犯時間最短的判例。

處決前一天，死囚們享受到一頓豐盛的晚宴，也算是他這幾天來最豐盛的晚餐，有酒有肉，讓他們都吃飽喝足。

御醫大口咀嚼的聲音，卻不能激發他的食慾，想來御醫已經認清現實，再哀嚎也無濟於事。

魯卡迪恩不敢想會是用哪一種方式行刑。

面臨死期將至，他開始仔細回憶從他有記憶以來的每一個快樂的片段。

突然之間他意識到，成長中最痛苦的記憶，是哈繆爾被馬戲團帶走後的那段歲月。他還記得那時候心好像破了一個洞，現在回想起來，竟然覺得是一種最甜蜜、最美的空洞，是屬於他成長時的生命歷程。

實際上，他的心中還有個念想，那就是大公主是否會再來看他最後一眼？整晚他的耳朵都是警醒著，只要有一點聲響，就會立刻起身張望。

一陣快速與空氣摩擦的腳步聲悉悉嗦嗦傳來，是翹首祈盼下產生的幻覺？

魯卡迪恩跳起來，迅速走到木柱前張望。果然如他期待，一個穿著黑色斗蓬的女人低著頭，出現在他的牢房前，這時四周寂然無聲。

「我就知道妳會來。」魯卡迪恩壓低著聲音，充滿喜悅之情。

「是嗎？你知道？」黑衣女子平靜的說完後，把帽子往後拉，露出她的臉，一張方形如樹皮般冷冰冰臉孔浮現在漆黑的背景中，竟然不是大公主，來的人居然是王宮總管！

「……」魯卡迪恩張大口，竟然說不出話來，他萬萬沒有想到，來的人會是她。

「我沒有料到你還活著，應該早就死了，是我親手悶死你。」王宮總管十分憤怒地說道，一臉歪嘴斜眼的樣子。

魯卡迪恩十分納悶，這位王宮總管說的話讓他一頭霧水。

「你大概還不知道為什麼？就跟你脖子上掛的這顆石頭有關。」王宮總管說話時竟然咬牙切齒，似乎對這顆石頭記恨已久。

「怎麼可能？我的石頭墜子又關妳什麼事呢？」他下意識地摸著胸前項鍊上的石頭。

「二十多年了，當年一場血淋淋的宮庭批鬥，不知道連累了多少人。王后生了你，有人告訴國王說，你並不是國王親生的。」王宮總管陰沉沉地說，當年她也被連累挨過一頓鞭子。

「國王暴怒地逼問王后，王后死咬著嘴唇什麼話也不說。國王就下令處死王后跟襁褓中的你，王后上了斷頭台，是的，就是你明天要去的同一條路。當時，國王也把你交給我來處理。」王宮總管似乎已經把魯卡迪恩當成死人了，提起王后的貞操絲毫不避諱。

「你脖子上掛著的這塊石頭，是王后以前從娘家帶來的，她離開前把這塊石頭掛在你的身上，我一眼就認出來了。雖然過了十年，但是我永遠不會忘這顆黑的發亮上面有白十字架的石頭。」

王宮總管不等魯卡迪恩回答，自顧自地說著往事，輕描淡寫說起殺人的事，好像在和鄰居話家常一般，沒有一點罪惡感：「當初是我拿著枕頭將你的臉蒙住，當時我還想要不要把這塊石頭拿下來，後來想想算了，也不值多少錢。從死人身上拿的東西本就不乾淨，多晦氣。」

「妳為何要告訴我這些？」儘管王宮總管的話多麼匪夷所思，魯卡迪恩竟然沒有絲毫懷疑，不自覺地淚流滿面。

「或許我們畢竟有緣，你明天就要和你母親走同一條路了，我就當作做好事，讓你死得瞑目眥。」王宮總管陰冷地笑著，臉上皮膚波動如樹紋。

「妳說親手悶死我，但我並沒有被妳殺死？」魯卡迪恩忍不住問，聲音有些哽咽。

「我當時以為你已經死了，探測你沒有呼吸了，於是命令宮女去處理你的屍體，不料這個小賤人竟然失蹤了，我一直沒有聯想到她把你帶走了。當時我太有自信，因為我已經親自確認你已經死了。」王宮總管一口氣說到這裡，又喘了一口氣說：「當我看到你的臉，覺得很像王后，直到看到你戴的石頭，才確定你的身分。」

「所以妳再殺我一次？」魯卡迪恩怒火衝腦，幾乎說不出話。

「有何不可。你原本就該死，當我看到你戴的石頭，認出你的真實身分後，你的命運已經註定到此為止！當年宮庭的醜聞沒有人知道，王后被指控通敵叛國，可你畢竟出生王室，深究起來，你還是國王的兒子，有王位的繼承權。這些年，國王已經在為當年衝動之下處死王后的事情感到後悔，曾說過王后長久沒有踏出王宮，不可能懷上別人的孩子，因此，絕不能讓你活著，恐生變數。國王本來還可以多活一陣子，因為你來了，他也必須死，所以他也是因你而死。」王宮總管指著他振振有詞地說，彷佛只有她自己做的事情都合情合理，別人做的事就是罪大惡極。

「妳為何要這麼做，我們無冤無仇，為何嫁禍給我？」魯卡迪恩憤怒至極，氣到五官已經扭曲成一團，齒縫中溜出來的聲音高亢又尖細。

「你以為當初是誰告訴國王說王后與別人私通，生的孩子不是他親生的？」王宮總管一字一句從齒縫竄出，笑聲像來自地底的陰風。

魯卡迪恩把頭搖得快昏了：「我不相信國王這麼笨，一個人說幾句王后的壞話，他就相信了，還把一國之母送上斷頭台。」

「國王當然不會這麼笨，第一個說的人，他當然不相信，把那個人殺了。但是第二個也說，他才開始有點懷疑。到了第三個人說，他才相信。同時，國王中毒了，是有人在湯裡下毒，這碗湯是王后親自烹飪的。」王宮總管似乎下了猛藥：「最重要的是他中了我的血魔法，變得脾氣暴躁、古怪，吃不香、睡不著，疑神疑鬼，終日惶惶不安，總認為有人在覬覦他的王位……，我再找一些人在旁邊煽風點火，竊竊私語提到二王子一點也不像國王親生的兒子，這些本來捕風捉影的事兒就在他心中生根茁壯！」

「天啊！」魯卡迪恩腦子如一團亂麻，突然跑出一個念頭，他的親生父親，他抱著一線希望問：「妳說我不是國王的親骨肉，妳一定知道我親生父親究竟是誰？」

「我怎麼知道，王后口風那麼緊，寧死也不說。當然啦，她說與不說、是真是假，到底你的親生父親是不是國王，命運都是一樣的。」王宮總管搖了搖頭，嘴角還掛著那抹冷笑。

「我不懂。為何妳要害王后？」魯卡迪恩仍不習慣說王后是母親。

「自從她來了以後，國王再也不多看我一眼，本以為大王子死後，國王會拋棄她，不料她又生第二個。」王宮總管陰冷的語調，像冰塊，擲地有聲。

「那位大王子也是被妳害死的？」

「獅子不會嫌吃過的鹿多，牛不會嫌身上的蒼蠅多，多幾條人命又算什麼？擋我路的該殺！」妒忌讓這個女人變成地獄使者。

他覺得腦海嗡嗡地響，突然得到身世的資訊在腦海中橫衝直撞。

「不過，我最後可以送你一個好消息，你被判死刑的原因是殺了國王，而國王是你的殺母仇人，你算是報仇了。呵呵！」

「但我並沒有殺死國王。」他急急辯解。

「哈哈！我當然知道，因為下毒的人就是我。」王宮總管話還沒有說完，就戴上帽子匆匆離去。

她的笑聲劃破冷空氣，在柱子與柱子之間肆無忌憚地來回衝擊。

魯卡迪恩只覺得雙腳泡浸冰水，一股來自地獄的冰涼由腳底升起，沿著背後的脊椎蔓延到全身，他扶著柱子的手也忍不住發起抖來，全身都開始不受控制地顫抖。

第十八章

天上的白羽毛

行刑當日，在東門廣場的人們原以為是獸醫因為醫死國王的狼要被砍頭了。然而，許多人更為困惑，為何不在市場口或是城門口直接斬首，非要搭起木頭台子用斷頭台嗎？又不是皇親國戚犯法。

當審判長宣判：魯卡迪恩犯下間諜罪和謀殺國王罪被判死刑。他幫敵國潛伏到亞爾多蘭王國，勾結御醫導致國王不幸喪命。而那位御醫也被指控通敵叛國罪、謀殺國王的死罪，同樣將面臨斷頭台。

圍觀的人們這才知道，原來判死刑的罪名不是因為醫死國王的狼，無論通敵叛國，或是謀殺國王，均是唯一死罪。

魯卡迪恩被押上斷頭台時，經過同案共犯也因殺害國王罪行的御醫旁邊，他看到御醫臉色慘白、垂頭喪氣，不由自主地顫抖。要不是旁邊有兩名劊子手駕著他的胳膊，扶著他站著，否則他一定無法站穩，會癱軟在地上。

魯卡迪恩這時很慶幸他比御醫先執行死刑。等待死亡是何等的煎熬，難怪御醫臉色慘白，整個人都發軟，根本無法站立，更何況他還得親眼目睹同案的罪犯人頭落地，心理上的壓力不言而喻，因為下一個就輪到他。

想到那把鍘刀即將直直落在的他的脖子上，連魯卡迪恩也忍不住背脊發涼，頸背上不由得寒毛直豎。

深呼吸一口氣，跪在斷頭台前的魯卡迪恩，其實已經覺得吸不到氣了，他的心跳快的如戰鼓：碰砰！碰砰！

因為恐懼，他試圖轉移自己的注意力。於是，他將目光和關注力都放在眼前的斷頭台上。不可思議，這個斷頭台的柱子居然還是雕花的，這是什麼花紋？應該叫做鳶尾花。

魯卡迪恩非常佩服自己，居然在這種絕境之際，還能夠注意到斷頭台的柱子的雕刻，而且還是如此精緻的雕鳶尾花。

斷頭台的鍘刀本來是放下來的，當死刑犯在斷頭台前面定位好後，旁邊會有人拉著繩子，這個鍘刀就被一寸一寸地往上提起來。當鍘刀被升到最高點，那根繩子會綁在柱子右邊一個凸起的木樑上，一旦要鬆掉繩子，鍘刀就會迅速落下。

為了延長死刑犯的痛苦、恐懼和可能是為了增加戲劇的效果，滿足圍觀群眾的好奇心，鍘刀下會先放一個蘋果，這時鍘刀不必上升拉到頂端，只需要拉到一半即可放下。

測試開始，鍘刀落下，蘋果不是被切兩半，而是整顆爆掉，果皮和果汁噴的魯卡迪恩和劊子手滿頭滿臉，尤其是最前面的魯卡迪恩，整個臉都是蘋果泥，他下意識伸出舌頭舔了一下。

魯卡迪恩站在斷頭台前，目光緊緊地盯著鍘刀。他發現這把鍘刀非常沉重，漆黑的顏色閃著寒光，刀刃被磨得閃亮，或許會讓他遭受較少的痛苦吧。這麼鋒利的刀又如此沉重，從上方落下時，應該不會有太大的痛苦。他不斷告訴自己，這只是轉眼之間的事情。

隨著鍘刀被繩子緩緩提升，魯卡迪恩的目光也緊隨其動，一直注視著鍘刀升至斷頭台的最高點。他的思緒麻木，甚至對害怕都感覺不到。

能夠與王后母親在同一個斷頭台上死去，魯卡迪恩覺得也算不錯，他可以順著母親的足跡，尋找她的亡靈。

刑場上空，太陽高懸，熱力迫人，汗珠在眾人的額頭凝結，但沒有人願意離開。就連急需上廁所的人都忍住了，不願錯過這難得的奇景。

突然，一片烏雲遮住了太陽，眾人眼前一暗，頓時飛沙走石，滾滾塵土迷了視線。

原來這片烏雲是由一隻白色的巨鳥引起的，牠煽動著翅膀，引發氣旋，捲起塵土。

「哇！好大的白色大鳥。」

「是白色大鵬鳥？」

「大鵰？」

「白色飛龍？」

「是白色不死鳥？」

「是啊！白色的不死鳥。」

「快看！上面有人，是天神來了？」

上面這些驚訝聲幾乎是同時發出，字句尚未落地，白色不死鳥已經飛到斷頭台前上空。

傳說中不死鳥是天神的坐騎，眾人以為天神來了，腳一軟，忍不住跪下虔誠禮拜起來。

帶來烏雲遮日和飛沙走石的白色不死鳥，飛到行刑台前，只見兩個劊子手驚嚇地匍匐在地、抖個不停。牠用巨大的鳥喙叼起魯卡迪恩，往空中拋去，同時撞飛斷頭台，往上飛時再用牠的身體去接應落下來的魯卡迪恩。

少數沒有被塵土迷眼的衛士看清楚，白色不死鳥的背上坐了一位黑衣女子。

而這位黑衣的女子在魯卡迪恩被甩上鳥背時，立即抓著他，扶他穩坐在不死鳥的背上。

黑衣女騎著白色的不死鳥把正在執行的死刑犯救走。

前往救他的人，就是女巫金妮，與魯卡迪恩有血盟之約的女巫。

眾人還未來得及喘息，從王宮的方向飛過來一個似飛鳥的灰色巨獸，朝著不死鳥消失的方向追去。

「快看，又飛來一隻灰色巨鳥。」有人才喊叫完，灰色大鳥已經飛到群眾上空。

「龍，是龍？」有人開始叫著。這時已經看清楚追過來的不是大鳥而真的是龍。

「是從王宮的方向飛過來，但王宮裡面怎麼會有龍？」另一人非常納悶的說。

白色的不死鳥飛了一段時間，女巫發現後面有飛禽類快速接近，女巫拍打著白色不死鳥，要求牠飛得更快速。女巫和魯卡迪恩緊緊地抱住不死鳥的頸子。

眼看已經到了亞爾多蘭王國的邊緣，冰原前聳立著九根巨石，女巫回頭看追趕而來的大鳥，意識到背上多兩人會影響到白色不死鳥的戰鬥力，便立刻命令白色不死鳥把他們放下來。

此時已經飛到了巨石上空，白色不死鳥立即停在最大的巨石上，讓兩人先下來。

轉瞬間，追來的大鳥已經來到。女巫發現來的原來的不是大鳥，而是一隻灰色大龍，這隻大灰龍飛在空中所張開來的翅膀十分巨大，顯然是個強敵。

只見白色不死鳥毫不畏懼地迎上去，兩隻飛獸在空中纏鬥互抓互咬，一直飛往白雲深處，直到被雲層遮住了視線。然而天空不時會飄下來一陣陣白色的羽毛，女巫開始擔心，是不是不死鳥處於劣勢，才會有那麼多羽毛飄落？

龍身上沒有羽毛，只有鱗片，鱗片不是那麼好抓下來的。

「我就知道妳會來救我。」魯卡迪恩緊緊地抱住了金妮，忍不住熱淚盈眶，金妮也是一樣，顧不得白色不死鳥是否能戰勝那隻龍，先抱著魯卡迪恩哭出來。

「我以為妳會騎著掃帚來，怎麼會和白色的大鳥來？」魯卡迪恩無意識地摸了一下脖子背後，死裡逃生如夢似幻，腳下一片輕浮，此刻站在雲端的巨石頂，連害怕的感覺都沒有了。

「我們先看看有沒有地方躲，或是怎麼下去。」金妮沒有先回答他的話，反而東張西望，開始觀察地形。

在這個巨石上面，非常的平坦，雖然可站上幾十個人，但周遭幾乎是垂直的峭壁，只有一邊長出幾棵樹，稀稀疏疏的，卻不足以藏人。想要離開這裡，若沒有登山繩索之類的工具，一般人是沒有辦法從巨石頂下去的，更何況中途還有雲霧繚繞，看不清雲霧下的狀況。金妮想著只能使用巫術，把她和魯卡迪恩轉移走。

令金妮困擾的是，以她的巫術能力，帶著一個人移形已是非常勉強，無法顧及白色不死鳥，更何況這隻大鳥正在和大灰龍纏鬥中。

金妮才剛救走魯卡迪恩，這隻大灰龍幾乎立刻追出來，肯定背後有人操控，不會輕易放過白色不死鳥。

這代表對方對於魯卡迪恩是有必殺之決心！

「魯卡迪恩你究竟是得罪了誰？對方派出這樣的殺手來追殺你？」金妮的好奇多於恐懼。

「一言難盡，我真沒有想過為何會被捲入宮庭內鬥？」魯卡迪恩搖頭苦笑，真不知從何說起。

這時，一隻小小的白鴿飛過來，停在魯卡迪恩的肩膀上，啄了啄他的耳朵。

「圓眼，你是圓眼，公主呢？公主來了嗎？」魯卡迪恩口中的「公主」，是另外一隻鳳眼長喙的白鴿精靈。

「你剛才在牠身上坐了那麼久，都不知道她是你的公主？」金妮開心地笑著說。

「白色不死鳥竟然是公主？」魯卡迪恩驚訝萬分。

「我們都以為兩隻都是白鴿精靈，那時候牠也還小，這幾年突然長大，就變成了白色不死鳥，而圓眼一點都沒有長大，圓眼才是真正的白鴿精靈。」

魯卡迪恩恍然大悟，原來幾年不見，當初以為是白鴿精靈的「公主」，長大以後竟然是白色的不死鳥。

正在此時，遠方兩個黑點向他們飛近，原來是白色不死鳥和大灰龍一起飛回來，這是怎麼回事？難道牠們的戰鬥已經結束了嗎？「公主」是否受傷了？大灰龍是否還在追殺？大家性命是否無法保住？

金妮正打算施展巫術，卻發現「公主」已經先飛到，收起翅膀，平靜地站到魯卡迪恩旁邊。

金妮看著「公主」沒有受傷的樣子，鬆了一口氣，暫停施展巫術。這是怎麼回事？

金妮才想著，大灰龍已經飛到，牠收起翅膀，用兩隻健壯的後腿站在懸崖邊緣，向前伸著長長的脖子，俯視著魯卡迪恩。

魯卡迪恩雖然知道白色不死鳥是「公主」，但他也擔心被灰龍吃掉，心已經跳到口腔，看著大灰龍面對他，不知道這隻龍想對他做什麼。

女巫金妮不但緊張更十分納悶，白色不死鳥和灰龍怎會沒分勝負就雙雙回來，表情看起來都很友善。

只有停在魯卡迪恩肩膀的圓眼看到大灰龍，嚇得抖落兩根羽毛。

大灰龍用兩隻後腿站立著，「走」到魯卡迪恩面前，伸出右前爪，在魯卡迪恩的面前晃了一下，停格在他腰部的高度。

魯卡迪恩嚇的目瞪口呆，過了好一會兒，才低頭看去，只見灰龍的右前爪上面少了一節指頭。

這時一個聲音進入他的腦海：「好久不見，親愛的朋友。」

「什麼?你是……哈繆爾?」

魯卡迪恩張大嘴巴愣住了，他完全不敢想像，一直以為哈繆爾是蜥蜴種，長不大的，就像他以為公主是是白鴿精靈，永遠和鴿子一般大小，沒有想到「公主」是不死鳥，而哈繆爾竟然已經長成大灰龍。

魯卡迪恩回想過去哈繆爾的樣子，從頭部到後背有一長排鋸齒狀扇形一片片突起軟墊一直到尾部，尾部尖端有一根小刺狀。而如今這排鋸尺狀扇形已經成為一片片堅硬無比的尖刺，尾部尖端的小刺不見了，可能是被鱗片擋住了；背上那段尖刺還連著一段像是魚鰭，應該是水中擺動的方向的利器；原本小時候背後長出的兩塊軟蹼，現在已經長成巨大的翅膀，利用強有力的蹼來飛翔；翅膀和周身都沒有羽毛，身上是交迭狀的又大而厚實的鱗片；前腳短，後腿像獅子腿般強而有力，能用後腿站立起來；爪子像鷹爪有著鋒利的勾；眼睛則和以前一樣，圓圓大大的，以相當溫柔的眼神看著魯卡迪恩。

魯卡迪恩忘了肩上還停著白鴿圓眼，拉著哈繆爾的右前爪又跳又叫又笑，圓眼差點摔下來，拍拍翅膀飛到金妮的肩上。

「哈繆爾，我找了你好久好久。」魯卡迪恩禁不住淚流滿面，心中空了許久的洞，填滿後竟然如此充實，宛如登上雲端。

「我也是，魯卡迪恩。」哈繆爾竟然會說人話，女巫金妮和魯卡迪恩睜大眼睛寫滿驚訝。

「團主告訴貝奧羅德，我只聽懂人類說話。」哈繆爾搖著頭說：「一直在等你。」

魯卡迪恩點點頭，在井裡，他只教哈繆爾發音幾個字：「魯卡迪恩、哈繆爾、好朋友。」

「公主和哈繆爾很早以前在井底就認識了，現在都長那麼大，兩個也是不打不相認。」魯卡迪恩欣慰地轉頭告訴金妮。

這時，白色不死鳥也靠過來，用牠的鳥喙啄著魯卡迪恩的耳朵。

「公主，公主，沒想到你長這麼大了。」魯卡迪恩抱著白色不死鳥的頸子，親暱地揉著白色不死鳥的頭說。

昔日頭上那一撮雜毛，如今像戴著一個小皇冠，讓鳳眼長喙修長脖子一身白羽的不死鳥氣質非凡，顧盼間真有幾分皇家的氣勢。魯卡迪恩本以為自己是世間最不幸的人，現在覺得自己是世界上最幸運的人了，飛龍、不死鳥、女巫和圓眼都是他的好朋友。

「這裡風越來越大啦，我們先換個地方再談。」金妮看著四周說。

哈繆爾非常自然地讓魯卡迪恩坐到牠的身上，金妮仍然坐在公主的背上，圓眼則被金妮抱在懷裡。

哈繆爾率先飛起，牠往南飛往梅托拉山脈，公主跟在後面。

亞爾多蘭王國周邊一帶都算是哈繆爾的地盤，牠對附近的所有區域都瞭若指掌。從巨石頂飛下來，哈繆爾的帶領下大家到森林邊緣一個瀑布底下的河塘旁邊，三面都是森林。這裡相當清幽，瀑布的聲音能夠蓋住他們的交談。

穿過瀑布裡面有個山洞，平常瀑布的水流如濂幕般可擋住洞口，非常隱密。當初哈繆爾發現這處岩洞時，此處已經很久很久沒有人類的痕跡，不過，有些石桌石椅有雕琢的痕跡，可能很久以前也是一個秘密基地。

山洞入口處很小，僅僅讓哈繆爾的身形剛好可通過，但一入內就有很高廣空曠的空間，即使有哈繆爾和公主這樣大的身軀，都不會覺得局促。

哈繆爾曾經深入山洞，瞭解到這山洞可以一直通到亞爾多蘭王國王宮裡的假山，中途還有一個出口在王宮外面花園的假山裡，可能是前幾代亞爾多蘭王國的皇室利用本來就有的岩洞的天然地形，稍為擴充成為出宮密道，但是牠沒有從山洞裡進入亞爾多蘭王國過。

魯卡迪恩看到山洞裡面居然收藏一些風乾的肉脯和新鮮的水果，就知道此處是哈繆爾的秘密基地。

金妮在洞口外找了幾根樹枝拿進來，用手點兩下就生起了火，開始烤起一些肉脯。圓眼飛出去多找一些果子，似乎擔心大家不夠吃。

等到大夥兒吃過些東西，魯卡迪恩問起哈繆爾：「還要回到王宮？」

「再看看。」哈繆爾回答總是簡單。

「你認識亞爾多蘭王國的大公主嗎？我擔心她的安危。」魯卡迪恩。

「貝奧羅德照顧我那麼久，可離開，不能害他。」哈繆爾很為難地表明的立場。

「魯卡迪恩，你不必擔心大公主，我們兩天前就到了亞爾多蘭王國，已經打聽過局勢，國王突然死亡，貝奧羅德雖然繼位，畢竟王位還不穩，因為亞爾多蘭王國由十個部族組成，大公主有一定的影響力，貝奧羅德需要大公主協助和部族領袖們溝通。」金妮發現魯卡迪恩關心大公主，連忙透露她的觀察。

「瞭解！我同意妳的說法，不再管亞爾多蘭王國的事情。」魯卡迪恩嘆了一口氣，這是大公主必須經歷的過程。

聽金妮的分析，亞爾多蘭王國目前的政治恐怖平衡，魯卡迪恩也覺得有道理，大公主不但不會有生命危險，反而有各方拉攏的勢力。況且，這是亞爾多蘭王國的內政問題，比起惡魔危害人間，亞爾多蘭王國的問題實在微不足道。再說，貝奧羅德即位，至少亞爾多蘭王國不會內亂，如果他死了，大公主未必能征服人心，亞爾多蘭王國恐怕烽火連天。

金妮和魯卡迪恩並沒有料到，亞爾多蘭王國本來是一個平靜的國家，直到貝奧羅德當國王之後，血腥和武力逐漸成為國家的基本法則，國王的鐵蹄軍團開始以侵略作為擴展領土的方式，黑暗開始籠罩亞爾多蘭王國的天空，鐵蹄軍團所到之處屍橫遍野。

「我們的敵人是危害人類的惡魔！」金妮咬牙切齒地說。

「是的，我們有更大的目標，我加入了覺醒者團，是剷除危害人間的惡魔，復仇也是重要的目的，我現在有天神的寶器，可以吸收天神遺落在人間的神力。你們願意和我一起並肩作戰嗎？」魯卡迪恩說到天神的寶器時，從左手胳膊取下不起眼的命運之環拿給金妮看。

金妮雙手握住命運之環，閉上眼睛好一會兒：「我感應不到任何訊息。這真的是天神留下的寶器？」

「誰知道，銅環出現時，大家都在搶奪，但它往我這裡飛來……。」魯卡迪恩把鑰之神殿地下迷宮得寶過程和冒險經歷簡單的告訴了女巫！

「也許是時候未到，天神留下命運之環可能需要一種啟動儀式，總之，先好好留著。」女巫思考了一會兒然後說。

魯卡迪恩把命運之環戴在手腕，命運之環立時縮小到手腕大小。

「魯卡迪恩，我的親人和村子也毀於惡魔，我會帶著公主和圓眼一起支持你。」金妮提到惡魔也忍不住咬牙切齒，這是血海深仇。

這時哈繆爾趴下來，把牠的龍頭放到魯卡迪恩的腿上，閉上眼睛，魯卡迪恩先是吻了龍的尖耳朵，開始搔牠的脖子，只是以前很小的蜥蜴模樣，如今卻是很大的身軀，龍頭也不小，魯卡迪恩的動作十分辛苦，金妮看了不禁笑個不停。

突然之間，魯卡迪恩察覺到自己又進入到哈繆爾的意識中，這些年哈繆爾的際遇全部讓他感受到：

馴獸師的鞭子、腳上的鐵鍊、擁擠到不能轉身的鐵籠……

剛被賣給亞爾多蘭王國貝奧羅德親王時，哈繆爾和其他動物都是被關在王室的珍奇異獸園籠子裡，出去也都有鏈條栓著，王宮的馴獸師也每天來教導牠服從一些口令和娛人的技術。後來逐漸長大，直到籠子太小再也擠不進去時，貝奧羅德親王在珍奇異獸園的一角裡專門給牠蓋了一棟泥屋，不再關牠，也沒有再用鎖鏈。每天都有人送上雞鴨魚羊肉餵食，哈繆爾也習慣飯來張口的悠閒歲月，有時飛出城市兩三天不回，親王也不管牠，只是偶爾和牠說說話，牠只是聽著，從來沒有回答。沒有人知道，哈繆爾其實是會說人話！

魯卡迪恩和哈繆爾之間的「連線」在中斷多年後，再度恢復了，彷彿從來沒有斷過！同樣的，哈繆爾在「連線」中感受到魯卡迪恩過去的喜怒哀痛：放火救女巫、毀家滅村失去至親的悲痛、在小惡魔口下餘生、冒險者生涯……

「我要離開亞爾多蘭王國。」哈繆爾突然睜開眼睛，雙目閃著水光，看著魯卡迪恩說：「跟著你！」

哈繆爾這趟出來原本是任務在身，必須先回去亞爾多蘭王國交代，也得回去向貝奧羅德國王告別，畢竟現任國王也曾經照顧牠多年。

金妮帶著白鴿精靈圓眼和白色不死鳥公主也都要回到法奧村，這幾年她忙著重建法奧村，並培育年輕一代的倖存者，這段期間她的巫術教育是著重於增加戰鬥力。

「公主的戰鬥力還不夠純熟，我要再加強訓練，等你們要去銀鷲堡對抗大魔王時，我會讓牠去協助你。」金妮抱著魯卡迪恩告別時說。

當白色不死鳥和強敵哈繆爾對戰時，公主落下許多白色的羽毛，金妮很是心疼，也計畫讓公主好好休養一段時間。

重逢喜悅的果實尚未完全發酵，卻不得不面臨短暫的分別，雖然內心依依不捨，但大家肩負拯救人類的重任，這使命沖淡離別之苦。

魯卡迪恩拿出魔法師給他的引路甲蟲，仔細端詳五彩斑爛的小傢伙，正要放甲蟲去找魔法師時，轉念一想，已經快要到約定的時間，反正大家都是目標要去邪惡森林，前進邂逅酒店的方向一致，他也捨不得此時此刻就把引路甲蟲用掉，乾脆等危機時再用，猶豫再三，終於把引路甲蟲收回口袋裡。

邪惡森林又是什麼樣的風險呢？魯卡迪恩聽到這個名字就聯想到恐怖。邪惡森林有些奇異的力量使得前來冒險的旅人消失的無影無蹤。

傳說中是因千年前神魔大戰曾經遺留了一些神力或魔力，被森林裡的野獸吸收後產生突變。若不能通過邪惡森林的歷練，如果無法吸收更多的神力和異能，那獲得和大魔王決一死戰的能力就遙遙無期了。

對魯卡迪恩來說，自己宛如在暴風雪中緊握住一跟繩子，儘管對於未來情況一無所知，但覺醒者教團就是那根繩子，是堅定的信念，目標清晰明瞭，就是把惡魔趕回深淵，還給人間一個平靜！

✕ ✕ ✕

從白色不死鳥叼走死囚，引起東門廣場的騷動，導致刑場一片大亂，然王宮總監畢竟主掌王室多年，經歷無數爾虞我詐的場面，應對遊刃有餘，反應更是非常迅速。她除了立即派出大灰龍進行空中攔截，同時在地面上也派出一小隊人馬追蹤白色不死鳥的方向。

大龍和白色不死鳥在空中的纏鬥，到他們落腳巨石陣最大石頂的平台上等等，所有的消息都以加急密件傳送至宮中。

「天空出現一隻白色不死鳥劫走死囚魯卡迪恩。」

「緊急派出大龍追捕魯卡迪恩。」

「白色不死鳥上面有個人在操控，是一位穿黑衣的女人。」

「白色不死鳥和黑衣女人都來歷不明。」

「大龍追上白色不死鳥，在空中激戰，白色不死鳥落下大量羽毛，大龍占據優勢。」

「大龍和白色不死鳥落到一號巨石頂，距離太遠了聽不見交談聲。」

「大龍和白色不死鳥現身在我國邊界石附近……。」

魯卡迪恩、大龍、不死鳥、女巫等人在亞爾多蘭王國的邊界石旁邊道別的場面，全部落在了亞爾多蘭王國王宮總監派出去的暗影衛隊眼中。

儘管魯卡迪恩的真實身分是曾被下達了必殺令的王子，但此事為王室最高機密。至於新上任的國王貝奧羅德和他是否真有血緣關係，這始終是個謎。相對來說，如果魯卡迪恩落在反對派的手中，同樣擁有繼承權的魯卡迪恩也是一張可善加利用的牌，畢竟他仍是國王唯一的兒子，對於貝奧羅德國王的繼位和前任國王死因可疑的暴斃，反對派還能師出有名，並煽動民心，特別是大公主的勢力不容小覷，表面上歸順，實際上在等待反擊的時機。政治局勢瞬息萬變，力挺貝奧羅德國王的王宮總監絕對要拔除這個脊樑上的芒刺，好讓貝奧羅德國王往後的帝王之路無後顧之憂，因此，魯卡迪恩非死不可！

正因如此，派出的暗影衛隊遠遠地看到大灰龍和白色不死鳥雙雙停在巨石上，頓時感到相當納悶，雖然聽不到大灰龍與魯卡迪恩等人對話的內容，卻也分析得出來情況發生變化，確認緊追出去的大灰龍並沒有把魯卡迪恩帶回亞爾多蘭王國，這表示大灰龍的忠誠度發生問題。

一夜未歸的大灰龍，一回到亞爾多蘭王國花園裡的泥屋，負責食水教練師立即送來一隻羊給大灰龍。

吃下幾口羊肉後，大灰龍緩緩閉上眼睛，倒下去睡著了。原來食物中被下了迷藥，大灰龍被關進了王宮後山岩洞裡。

對於大灰龍的處置，亞爾多蘭王國分成兩派：

「立即處死大龍！」王宮總監這一派主張殺了大灰龍：「以大龍的能力明明可以帶回魯卡迪恩的，牠和對方相處一整夜，最後空手回來，表示牠已經叛變了！」

「不行！牠不是回來了嗎？如果有問題，可以不回來，或許牠不願意帶回魯卡迪恩。」獨裁、殘忍的貝奧羅德國王對於大龍的處置顯得猶豫不決。貝奧羅德國王名義上算是魯卡迪恩的叔叔，長相眼睛小鼻頭大，和魯卡迪恩一點也不像。

「國王！如果大龍不能為我們所用，就是可怕的對手！」王宮總監搖晃著方方的樹皮臉強調：「我們應立即處理大龍，以防萬一！」

「狀況現在不清楚，我要先瞭解大龍為何不能執行任務？」貝奧羅德國王堅持先要先找出真相。畢竟，當貝奧羅德是親王期間，從馬戲團團主手中買下了突變龍當寵物，從小養到成為人們口中的大龍，多年來他對這隻龍還是有些感情，不捨得就此斬殺大龍。

「我不相信大灰龍會背叛我，也許牠只是因為其他原因未能將魯卡迪恩帶回來。我猜牠可能出於憐憫而放過了那隻美麗的白色不死鳥！」國王堅持相信大灰龍的忠誠。

「大龍可以暫時不死，但魯卡迪恩的身分和他知道秘密太過危險，此人必須除掉！」王宮總監堅持魯卡迪恩必須死！

最終，貝奧羅德國王和王宮總監總算達成一致，決定派出殺手暗殺魯卡迪恩。此時，暗影衛隊傳來消息，白色不死鳥等人往北邊離開，魯卡迪恩則獨自從亞爾多蘭王國的邊境南下，正是派遣殺手暗殺他的最佳時機。

魯卡迪恩堅持看著大家離開，這次分離，他感覺不再空虛，覺醒者團員是志同道合的良師益友，女巫、圓眼、白色不死鳥更像是親人，哈繆爾卻是如同看到自己的另一部分。

穿黑色斗篷的暗影衛隊一路緊緊咬著魯卡迪恩的足跡，看到他和大龍、白色不死鳥分別了一天以後，確定大龍被囚禁、不死鳥已經遠離，魯卡迪恩一個人落單的行進，才在一處狹谷處，展開狙殺行動。

「魯卡迪恩！我們奉命要取你的頭顱！」九位穿黑色斗篷的蒙面人擋住他的去路。除了兩個人挑戰他之外，其他的人把他團團圍住，擺好守衛的姿勢。兩名進攻的殺手每一刀一劍直取他的要害，這是下了必殺令！已經絕不是逮捕，而是要取他性命的決心。

這些人一看就知是專業的殺手，進攻的兩名殺手一個奮不顧身的強攻，第二位也是用攻擊來補漏，護住第一位殺手攻擊時露出的弱點。兩波人交替進攻，不時換另外兩名來攻擊，很明顯的在消耗魯卡迪恩的體力。這群人言談動作和默契，就像來自軍中。對於出身青銅級冒險者小隊長的魯卡迪恩來說，這種戰友的默契，只有曾在軍中待過的人才能深切體會。

如果暗影衛隊殺手一上來一起攻擊，以魯卡迪恩的身手，在體力巔峰時，遇強則強，過多的進攻者反而互相影響，未必能夠順利完成使命，取走他的人頭！但殺手用這種方式，攻擊者奮不顧身地刺殺，一波接一波的接力進攻，幾輪下來，魯卡迪恩的身上好幾處被刺傷，鮮血不斷湧出，他已經呈現體力不支的敗象！

又換兩人登場，再一波猛烈的攻擊，魯卡迪恩的劍正架住攻上來的雙劍，這雙劍已經壓到眼前，就快要支撐不住了……

這時，眼前正用刀架住他的兩個暗影衛隊殺手突然向後倒去，竟然兩人身上都有兩支正在顫抖的箭矢，不偏不倚地插在兩人胸口心臟位置。即使兩人都穿著是黑衣，但也看出胸口已經噴濺出血花，倒地的兩人幾乎立即停止呼吸！

魯卡迪恩愣住，就連暗影衛隊成員們被也嚇到了。在這場殺戮的瞬間，沒有人聽到箭矢破空的聲音，甚至在場的其他人也沒有發現。誰會想到魯卡迪恩居然有幫手在暗中出手？暗影衛隊本以為他的命運已經掌握在他們手中，沒想到突然發生變數，緊接著又來了一陣箭雨，又有兩個人中箭倒地。

峽谷邊緣的岩石旁緩緩現身一批穿著棗紅色服裝，並用同色紅巾蒙著面的人騎著馬出來，這群人中有兩位手上拿著弓箭。從他們精準的射箭手法和高超的技術，以及從容不迫的現身、一出手就消滅了四名殺手，暗影衛隊的隊長已經看出這批紅衣人也是訓練有素的軍人。他立即評估現場僅存的隊員已不是這些人的對手，遑論提著魯卡迪恩首級回去交差。他立即打個暗號，拋下傷亡的同夥緊急撤離現場。

暗影衛隊撤走後，紅衣蒙面馬隊也退後百步遠，只有領頭的人策馬徐徐地到魯卡迪恩面前下馬。

「魯卡迪恩，是我！」紅衣蒙面人在魯卡迪恩前面站定後，拉下蒙面的紅巾，一張清麗動人的臉龐出現在眼前，是魯卡迪恩的熟人，亞爾多蘭王國大公主，貝奧羅德國王的親侄女。

深呼吸兩口氣，魯卡迪恩才說：「我以為這次死定了，沒想到是妳救了我！妳怎知道有人要殺我？」

魯卡迪恩本以為這次不可能有人來救他了，完全沒有想到，救他的人竟然是亞爾多蘭王國的大公主。再度逃過一劫，他驚愕地說不出話來。

「其實你在斷頭台上時，我已經安排人要救你，畢竟你是因為我父王和我心愛的狼，才捲入我國的政治鬥爭！」淚光在大公主眼中溢出。

大公主絲毫不隱藏對魯卡迪恩的關心：「突然出現白色不死鳥救你，大龍追著你，我的人就跟著大龍消失的方向跑，一直注意你們的動向！發現侍衛隊的人緊緊跟著你，知道你一定會有危險！」

「沒有想到今生我還能再見到妳！」明明只有幾天沒有見到大公主，但這段日子的死去活來，卻有恍如隔世之感！魯卡迪恩好想把大公主緊緊擁在懷裡，但兩人之間是否真的有血緣關係？對方又是金枝玉葉的大公主，他伸出一半的手又垂下了。

大公主上前不避嫌的緊緊抱住了魯卡迪恩，隨後又放開了魯卡迪恩：「父王的死疑點重重，他們一定要御醫和你扛下通敵叛國殺害國王的罪責且伏法，因為你的逃走，法場斷頭台都被那隻白色不死鳥撞壞了，就連御醫也還沒被執行死刑，他仍被關在大牢裡。」

「大公主，我……」魯卡迪恩哽咽地說不出話來。

「接下來你要去哪裡？」大公主很希望魯卡迪恩能留下來，但現實不容許：「現在狀況對你很危險，你的目標太大，我就不留你了。」

以目前亞爾多蘭王國的政治局勢，魯卡迪恩殺害國王罪名的黑鍋背定了，短期內他不可能出現在亞爾多蘭王國了。

「南方，我還有很多事情沒有完成。」魯卡迪恩不想讓大公主擔心。

「那隻大龍是怎麼回事？我聽說因為沒有把你抓回去，牠被關起來了。」

「什麼？被關在哪裡？」魯卡迪恩的心一緊，大龍出事了，為何自己沒感覺？是距離太遠了嗎？

「應該是在王宮後山的岩洞裡。」

「我要去救牠出來！」魯卡迪恩決定道，他肯定不能坐視不管。

「現在我被貝奧羅德的人盯的很緊，出入都有人跟著，這次是利用我之前一個據點才擺脫跟蹤，你看到的這些人都是我養在宮外的傭兵，所以我不能帶你進宮，他們都認得。」大公主說：「你不必擔心大龍的安危，大龍是貝奧羅德的寵物，貝奧羅德不會殺牠的，關一陣子就會放牠出來的！」

「不！我不能放著牠不管，妳把王宮的地圖和妳住的地方畫給我，我自有辦法去救牠。」

魯卡迪恩很清楚的知道，自己絕非單純的因緣際會被貝奧羅德國王他們選來當作替罪羊，一定跟他的身世有關。

魯卡迪恩內心掙扎著是否要告知大公主有關他的身世，但轉念一想，他的身世複雜，是否和大公主有血緣關係？不應該讓大公主徒增煩惱，在現任國王沒有做盡壞事前，他也沒有理由把他拉下馬，政變都是踩著白骨血流成河，況且亞爾多蘭王國皇室糾紛只是單一國家的問題，不像現在人類危難當頭的惡魔浩劫更為重要。

「妳先回宮，等我混入王宮，會過去找妳。」魯卡迪恩告訴大公主。

「這把劍是你的，我幫你帶來了。」大公主說著遞給魯卡迪恩一把劍。

「哇！是克拉克寶劍！謝謝妳，我正需要一把劍。」大公主拿來的正是老國王賞賜給他的寶劍。

鲁卡迪恩帶著大公主所繪製王宮地圖和火把繩索短刀食水等，和大公主分別，獨自返回到哈繆爾的秘密基地。之前哈繆爾曾告訴他這條密道能通往亞爾多蘭王國的王宮，並有兩個出口，分別通向王宮內部和外部。他手握著火把，走了相當長的一段路，最終找到了密道的出口。

魯卡迪恩發現這個密道有精心雕琢的痕跡，水簾洞的密道原本並沒有出口，看來應是很久很久以前被人工開鑿挖通了，作為王室成員逃生的密道。第一個出口到第二個出口之間，牆壁上崁著岩石，承重樑柱上還掛著火把油盞，燈油中燃燒著明亮的火焰。

他先察看遇到的第一個出口，是王宮旁邊那片密林的邊緣，有一戶農舍模樣的建築，看來荒廢很久，杳無人煙。

密道的第二個出口，就在王宮花園的假山裡。這時天色尚亮，他必須等到天黑後才能行動。

終於到了午夜時分，魯卡迪恩根據大公主的繪圖，從假山出口，順著王宮內圍牆往後走，找到王宮後面的山坡上的一個岩洞。兩名守衛在門外靠著岩洞外牆打瞌睡，魯卡迪恩小心翼翼沒有驚動守衛，悄悄的繞過他們走進岩洞裡。聽見哈繆爾靠在岩洞的深處三不五時撞擊著鏈條，金屬摩擦聲在岩洞中回音互相碰撞。岩洞外的守衛似乎已經習慣裡面的大龍製造的噪音，依舊鼾聲如雷！

哈繆爾看到魯卡迪恩睜大雙眼，連忙低垂著頸子讓魯卡迪恩擁抱。但牠卻也無可奈何的抬起右前爪，上面一個烏黑色的鐐銬，連著一個同色的鍊條鎖著牆壁，讓牠活動的空間受到限制。

鐐銬鏈條呈現一種暗啞色的黑，非鐵非鋼，材質前所未見，讓人難以辨識是何種金屬？難怪沒有派多少人在監視和看守哈繆爾，這種沒有見過的金屬，看起來很難解開。

魯卡迪恩用劍切、用刀子鋸、用石頭敲，無論他用何種方法，哈繆爾爪子上面的黑色鐐銬均不為所動。

「該死的鐐銬，恨不得立即粉碎！……」急得滿頭大汗的魯卡迪恩，正想飆罵起髒話，正罵時不小心把他手臂上命運之環敲到這個鐐銬，頓時間，這個鐐銬竟然粉碎了，是完全的粉碎！幾乎每個碎片都很平均的是米粒般大小！

「這不可能啊！用刀劍都砍不出一條縫隙的金屬，竟然能完全粉碎成一樣大小！」魯卡迪恩低呼，或許是自言自語，又像是說給哈繆爾聽。

自從在鑰之神殿得到天神的命運之環後，魯卡迪恩一直非常納悶，自己歷經多次生死之劫，在斷頭台上幾乎送了性命，被人追殺性命堪憂，但這命運之環除了能改變大小尺寸外，戴在手腕或手臂上死寂無感，連震動一下都不曾發生過，到底有沒有效用？是傳說有誤？或者這只是一個普通的黑環？

如果這真的是儲存天神之力的命運之環，啟動命運之環的鑰匙又在何方？

剛才他用刀砍鋸不斷鐐銬時，正憤恨的咒罵鐐銬時，正是他手腕上命運之環無意間敲打到鐐銬的當下：「真恨不得它粉碎！」結果鐐銬真的粉碎了，難道他強烈的意志力就是啟動的鑰匙？

「本來不想讓貝奧羅德為難，但貝奧羅德這樣對我，我不回去了。」哈繆爾也和人類一樣，深深地嘆了一口氣！

「你在這裡等我，我去向大公主告別。」只要哈繆爾脫離了桎梏，牠身上又厚又硬的鱗片可擋刀劍，沒什麼人可以攔住牠，魯卡迪恩就不擔心了。

✕ ✕ ✕

蟲鳴蛙叫伴隨著寂靜的夜在王宮裡四處流淌，每個長廊亭台燈火明亮，黑暗悄然躲在花園角落。

魯卡迪恩悄悄地從大公主的寢宮走出來，四處張望後，避開光亮處，閃身走在黑暗中。

才到寢宮前的小花園，急促的腳步聲打碎一地的寧靜，湧出一隊人馬將魯卡迪恩團團圍住。

「我們在此等候很久了，只是沒有想到來的人會是你。」從容走到侍衛中間的王宮總監，一朵微笑凍結在她一邊的樹皮方臉上，陰沉著說：「以為你已經逃的很遠了，沒有想到你還會回來？是對大公主戀戀不捨？」

「跟大公主無關，你們很快就知道了！」魯卡迪恩高聲的說，似乎在提醒在寢宮的人。

「把他抓起來！要活的！看看他混到王宮來有何企圖？」王宮總監寒冰般的語調下令抓人。

王宮總監心想，抓到了魯卡迪恩，大公主脫不了關係，大公主如何交代逃獄的死囚半夜到她的寢宮？

正在此時，在小花園的上空，一個巨大的黑影把月光遮蔽。大家抬頭一看，卻只看到一片黑影，頓時一陣狂風吹翻了樹葉紛紛起舞，遮蔽住眾人的眼睛。

「是大龍！大龍逃走了！」王宮侍衛們七嘴八舌的喊著！

張開眼睛的眾人望向空中，看到大龍甩著尾巴出現在月亮的剪影上。

再看眼前，魯卡迪恩不見了。

「大龍載著魯卡迪恩逃走了！」王宮總監喃喃地說：「為什麼？怎麼會發生這種事？」她想不透大龍為何會去救魯卡迪恩。

第十九章

邪惡森林異獸的呼喚

哈繆爾載著魯卡迪恩，離開了牠住了多年的亞爾多蘭王國，往南飛往邂逅酒店的方向，因為魯卡迪恩和雷歐斯等人約好在邂逅酒店碰面，要商討關於如何進入邪惡森林。

由於龐大的哈繆爾不便跟隨魯卡迪恩闖入人群，於是牠只好被安置在邂逅酒店附近森林裡。龍族通常喜歡棲息在海邊或山坡懸崖下有遮蔽又突出的岩洞，哈繆爾也不例外。在邂逅酒店附近的森林山坡上，牠找到了一個岩洞，裡面有一條小瀑布水流經。原來哈繆爾以前就曾來過這裡，幾乎在每座森林裡都能找到巨龍的巢穴。

魯卡迪恩比約定的時間還早到達邂逅酒店，雷歐斯、薇亞娜、格林福德、伊德嘉爾竟然都比他早到，正在商量去邪惡森林的事情。

「你弄清楚身世了嗎？找到要找的人了嗎？」薇亞娜一看到魯卡迪恩飛奔過來，抱著他的手臂，關切地問道。

「算是弄清楚一半吧。」魯卡迪恩帶著幾絲苦笑，他的父親究竟是否是亞爾多蘭王國的老國王？就連當年唯一存活的王宮總監也不知道，或許他這一生都無法解開這個謎了。

魯卡迪恩簡單地述說了他在亞爾多蘭王國的遭遇，當他提到童年時最好的朋友哈繆爾竟然變成全身長滿堅硬無比的鱗片，背上從頭到尾長了一排尖銳的鋸齒的大飛龍時，大家都非常興奮。一方面為魯卡迪恩感到慶幸，另一方面為增添了一位生力軍感到高興。

「看到曙光了，我們的任務有機會完成了。」伊德嘉爾忍不住拍起手來。

「哼！我從來都不覺得我們無法完成使命。」雷歐斯總是充滿自信和決心，這些都是歷練出來的，沒有人像他經歷過無數次生死之間，培養他成為往前看、衝鋒陷陣的戰士。

「哈！雷歐斯英雄情結又出現啦。我不是說過嗎？英雄死得最快了。」伊德嘉爾毫不客氣地頂撞回去。

「魯卡迪恩，這次去邪惡森林，不需要找哈繆爾前往，我們必須靠自己完成任務，在與異獸的打鬥中才能獲得力量。如果我們通不過這個考驗，就不必去銀鷹堡找大惡魔了，讓哈繆爾保存力量留到最後的決戰吧！」雷歐斯考慮了一會兒後說道。

「沒錯，我認為我們應該培養自己的戰鬥力！雖然知道哈繆爾可以幫我們一把，但要在邪惡森林中歷練，還是要依靠自己。」魯卡迪恩點頭表示贊同。

雷歐斯、薇亞娜、格林福德、伊德嘉爾和魯卡迪恩走出邂逅酒店，穿過永刻村，來到了懸崖邊。

前往銀鷹堡有兩條路，一條是直接從懸崖下穿越邪惡森林，另一條是繞過邪惡森林的邊緣，相對安全，但需要多花一天的時間。他們需要仔細考慮哪條路線更為明智。

邪惡森林坐落於邂逅酒店、永刻村和銀鷲堡之間，是一片山谷狀窪地，河流穿過其中。這條河發源於中央山脈，在經過銀鷲堡時分叉成兩條水量差不多的較小支流。從永刻村附近的懸崖上望去，底下的一大片茂密樹林就是邪惡森林。

幾乎沒有人進去後能夠安然出來，多年來，挑戰這片森林的冒險者不計其數，但能夠全身而退的寥寥無幾，據說從邪惡森林出來且能清楚陳述所遇情況的人至今尚未現身！

邪惡森林宛如迷宮，森林中眾多巨大參天古樹遮天蔽日，積累的落葉和昆蟲動物的腐屍，經過長時間受熱潮發酵形成類似瘴氣，時常瀰漫著一股腐屍酸臭或是衣物難以乾燥的濕霉味。特別是在陰天和太陽落山後的時段，常有一股白茫茫的山嵐飄浮在樹林中，白霧容易使人迷失方向。

邪惡森林中有些地方數百年無人經過，日積月累之下，落葉和腐屍層層疊疊形成黑褐色厚重的液體，猶如流沙陷阱，踏上去脫身不得，底下的漩渦力量會讓動物往下沉，最終窒息死亡。死後，屍體被各種細菌分解，進一步豐富了這片土地的養分。

邪惡森林中的河流屬於荒溪型，雨季來臨時如山洪暴發，勢不可擋，動物根本無法涉足過河。旱季時，河底的石頭高低落差巨大，形成大小不一的瀑布和漩渦，使得這條河本身就是危機四伏之地，更不用說河中隱藏著食肉的魚形異獸，張著嘴守候獵物。

雷歐斯果斷地決定直接下懸崖，利用繩索一個個攀岩而下，進入濃密的樹叢之中。他們早已在懸崖上觀察好地形，最佳的穿越路徑是直線切過河流的S型彎曲，這樣能夠穿過三道河流。相較之下，順著河流走S型雖然也是可行的，但河兩旁較為開闊，不易隱藏身形，同時也是森林異獸飲水的地方，風險更大。

一行人一致同意選擇順著河流走S型路線，因為此行目的不僅是穿越邪惡森林，還想趁機一睹森林異獸的威勢。

剛要走出第一片森林，準備到河邊，卻突然聽到樹叢旁的野獸打鬥聲和各種吼叫聲。有獅子的咆哮聲、犬吠聲、還有像馬嘶又似鷹鳴的尖銳叫聲，以及翅膀搧動空氣的聲音。眾人都很好奇，河邊到底是什麼動物在打鬥呢？

小心地探出頭來，眼前景象讓人驚嘆不已。一隻巨大的三頭怪獸正在和一隻黑色的狼犬激烈搏鬥，同時空中還有一隻長著馬頭的飛鷹怪獸也在對三頭巨獸展開攻擊。三頭怪獸比大象還要龐大，融合了獅子、山羊和蛇的特徵：除了獅子的頭之外，還有並列著一個帶著巨大彎角的山羊頭，尾巴上滿布著鱗片，尾端是一個三角蛇頭，吐著毒液威脅著敵人，而光是獅子尾巴本身就像一根堅實的鞭子，被抽到絕對會受傷。

「哇！這難道是傳說中由蛇髮巨人和半人半蛇的女妖所生的怪獸？難道叫做奇美拉？」伊德嘉爾壓低聲音仍忍不住呼叫，並回頭對薇亞娜說。

「翅膀上都有像鷹爪一樣的勾爪。」薇亞娜附和道。

「地上的黑狗，不對，是狼？還是狗？空中的那是飛馬？」伊德嘉爾表情迷惑不解。

在地面上激烈纏鬥的是地獄犬，若被這怪物的利牙咬到，就算死也不會鬆口。雷歐斯見多識廣地解釋道：「在空中飛的那個怪獸，擁有馬頭、馬身和翅膀，但並非飛馬。飛馬模樣高貴而端莊，通常為白色，性格溫順。薇亞娜應該在魔法學院見過，那裡有牠們的蹤影。然而，此刻飛翔的這隻怪獸並非飛馬，而是駭鷹。你們留意牠身上和腿上的肌肉，非常強壯，甚至可以用『異常強壯』形容。再看牠的嘴和前腳，都像鷹一般。臉上兩旁長著羽毛，翅膀和胸前也覆蓋著羽毛，與奇美拉的翅膀不同，奇美拉並沒有羽毛。」

他們的對話聲漸漸提高，奇美拉察覺到旁邊有一群人站立著，轉頭對準格林福德等人噴出一口火焰。眾人連忙四處躲避，幸好奇美拉似乎只是在宣示主權，並未繼續對付這群侵入者，而是重新轉頭去攻擊兩個敵人。

就在這時，一個穿著深綠色衣服的黑影快速從一棵大樹旁竄出來，突然抓起離他最近的薇亞娜的手臂，朝著樹林中狂奔。其他人看到這一幕，也神情緊張的立刻跟著追了過去，最終眾人先後來到一個大樹洞前停下。

薇亞娜現在的魔法功力已經足以應付任何狀況，被人抓住手臂，她並不感到緊張或危險，反而有種熟悉感，因此她毫不動聲色地跟著這人一同前進。

綠衣人停住腳步，拉下帽子，露出一張貓一般五官的臉，看著薇亞娜。原來這個人竟然是和薇亞娜失聯已久的喬舒亞，他們曾在歐斯維爾王國的王國大法師處一起學習魔法。

「喬舒亞，我以為你……我一直都找不到你。」薇亞娜哽咽著說不出話來，幾年未見，喬舒亞竟然在這裡出現。而且他的五官仍然像貓臉一樣有些擁擠，只不過多了一些鬍子。

其他人也圍了過來，看到薇亞娜和綠衣人的對話後，才知道他是喬舒亞，大家都鬆了口氣。他們發現此地非常隱密，不僅可以觀察河邊空曠處異獸之戰，還有足夠的遮蔽處藏身。於是紛紛面向奇美拉的方向，觀察著這場叢林異獸之戰。

喬舒亞非常關心地說：「薇亞娜，看妳現在的樣子，肯定在魔法學院學得很好，現在的功力應該已經超越我了吧。導師還好嗎？我相信他一定活得好好的。」

「喬舒亞，導師傷勢已經痊癒，他回到歐斯維爾王國去找國王了。」薇亞娜說道。

然而，喬舒亞卻搖了搖頭，他傳來一則令人擔憂的消息：「不對，這兩年歐斯維爾王國已經改朝換代了，導師不在，老國王的勢力減少，另一方趁勢而起，導師有可能遭遇到危險了。老國王被軟禁，新王登基，導師這一去凶多吉少。」

薇亞娜深感憂心，但努力保持鎮定：「喬舒亞，別擔心。當年我認識導師的時候，他就是被政敵追殺的，導師能應對任何突發情況。」

✕✕✕

薇亞娜初見導師的那一天，她流浪兩年後回到故里，接續經營父親的打鐵鋪。有一天，一位彬彬有禮的紳士進門，穿著天空藍的袍子，氣質不凡，眼神炯炯有神，無論服裝儀容或氣度都與當地人迥然不同。薇亞娜心中稍感疑惑，門外還跟著幾位穿戰士服裝的壯漢，看起來這位客人大有來歷。

這位紳士很有禮貌的拿出圖樣，請薇亞娜打造一把短劍，正準備離開的時候，突然發生變故。

毫無預警地，一陣細微的嘶嘶的聲音破空而來，他急忙關上門，幾隻箭釘在木門上，門外的壯漢四人全都中箭，倒在地動彈不得。這是一次狙殺行動！

瞬間，幾根黑羽毛飄進了房內，看似輕柔美麗，卻透露著致命的氣息。薇亞娜被這美麗的羽毛吸引，欲伸手去接，但紳士立即制止她，警告黑羽毛乃是死神預告，碰觸即將不幸。

這名紳士伸出手指，在空中劃一個術式，點了一下火爐中的火焰。火苗立即向上升起，彷佛在跳著奇特的舞蹈，最頂端的小火苗繼而升騰，紳士迅速打開鐵鋪的木門，火苗瞬間彈射而出，瞄準門外埋伏的刺客。火焰將他們籠罩，瞬間引燃。

與此同時，幾顆火星飛落在黑羽毛上，一同掉落地面，火花與黑羽毛交匯，迅速燃燒消失，留下了一片寧靜，彷彿從未有過衝突。

「你也是魔法師？」眼前幾人雖然倒地不起，但薇亞娜毫不畏懼。她瞬間靈機一動，抓住這位魔法師的手說道：「帶我走，我想成為你的學徒，我想學習魔法。」紳士微笑著看著她，問：「妳不怕危險嗎？」

「帶我離開這裡吧，今天發生了命案，他們不會讓我活命，我已經陷入其中。請帶我走，我們從後門離開，避免正面衝突。」薇亞娜堅定地說，並緊緊握住紳士的手。

兩人剛一離開，一隻黑色的烏鴉從前方飛過，紳士輕輕摘下一片樹葉，吹向烏鴉，烏鴉像中箭一樣墜落，然後消失，就像先前的黑羽毛一樣無影無蹤。

「這隻烏鴉是他們的耳目，我們得趕緊走。」紳士催促著薇亞娜。

儘管逃命迫在眉睫，紳士依然保持著從容不迫的態度，這使得薇亞娜更加確信他並非普通的魔法師。直到踏出鐵鋪，薇亞娜才驚覺自己什麼都沒有帶，包含牆壁縫隙藏著的積蓄。

邪惡森林的河邊，異獸們的戰鬥持續著。奇美拉似乎處於上風，惡犬受了傷，空中的駿鷹翅膀也被獅口噴出的火燒掉了一些羽毛。

薇亞娜在心中思索著，在她以前打鐵鋪時，火爐裡的火焰和邪惡森林中奇美拉所噴出的火焰，似乎有所不同。她努力去辨識其中的差異，但究竟哪裡不一樣呢？薇亞娜不禁陷入深思。

「也許是溫度？」她終於靈光一閃，腦海中浮現出這個可能性。「是的，打鐵鋪的火爐需要達到極高的溫度，足以燒鎔鋼鐵。而奇美拉獅頭所噴出的火焰，似乎火力一次比一次減弱。而駿鷹被火焰燒掉的只是一些羽毛，身上並沒有遭受重創，這火焰看起來氣勢恢宏，但實際破壞力並不強。」

伊德嘉爾好奇地問道：「薇亞娜，妳曾見過惡魔將軍的九頭虎坐騎，這些異獸和那坐騎有何差別？」

「這兩者感覺完全不同。惡魔將軍的坐騎，完全是經過魔法雕琢的，虎頭被縮小，眼睛看起來像死魚眼，但卻充滿殺氣，帶著濃烈的腥味，彷彿要強行灌入你的鼻孔！一看到它，我就覺得像遇到來自地獄的死神！」伴隨著異獸的嘶吼聲，薇亞娜以低聲分析，同行者們勉強能聽到她的說話。

「而邪惡森林裡的奇美拉雖然看似是由不同動物組合而成，但你們看牠脖子上的獅頭和山羊頭卻融合得非常自然。尾巴上的魚鱗刺和三角頭菱形眼的蛇頭，長在獅子身上，牠們彷彿天生就是這樣融洽相處的。嗯……再看牠們的攻擊力和行動力，獅子眼睛和山羊眼睛看起來十分靈動，牠們相互配合時毫無間隔，無論向哪個方向攻擊，都能默契地達成。在攻擊敵人時，必須只能有一個領導，不能有兩個互相牽絆。這時候通常是獅子擔任主帥，山羊頭則擔任軍師，尾蛇則是負責偷襲的角色。當敵人避退時，獅子退居二線，由山羊頭主持。我這樣認為，再怎麼組合，吸收再多神力或魔力，畢竟牠們仍是動物，因此能力的提升有限。但也切勿輕忽牠們，山羊頭看起來如老謀深算，眼神透著智慧，猶如一位充滿智慧的長者。蛇頭則表現出明顯的陰險狡詐。而獅子頭則充滿壯年騎士的氣魄，畢竟是叢林之王，對牠們來說，我們只是獵物而已。」薇亞娜說著，大家勉強能聽見她的聲音。

薇亞娜一向比較沉默寡言，但這次她卻說了很多話，或許是因為與喬舒亞重逢，她的心情特別高興。有時她歪著頭在思考時，沒有人打斷她的話，畢竟她是在場唯一真正看過惡魔將軍和坐騎的人。喬舒亞也曾經見過，但因為和其他人不熟悉，所以在旁邊觀察著。

「我想起一句名言：『獅子怎會在乎山羊想什麼？在這裡，獅子和山羊的頭並列，獅子肯定要在乎山羊想什麼！』」雷歐斯說道。

「奇美拉是否在乎我想要牠的能力？」伊德嘉爾的目光如她的箭般射向奇美拉。

話還未說完，異獸們的戰局已經接近尾聲。奇美拉獲得了勝利，獅頭的巨口咬住了惡犬的頸部，空中的駿鷹帶著悲戚的叫聲飛得遠遠的，直到消失不見。

或許奇美拉有特別的感應力，嗅到了一股敵意和殺氣，尤其是伊德嘉爾目光如箭。於是，牠把奄奄一息的惡犬拋向一旁，轉過頭來看著在樹洞裡的一群人。

伊德嘉爾率先從樹洞裡跳出，開始進攻。她拉好弓，連續射出幾支箭，但奇美拉十分靈活，用滿是鱗片的蛇頭尾巴輕易擋住了每一支箭，甚至還咬住了一根劍。

雷歐斯和魯卡迪恩立即跟著從樹洞裡出來，手持寶劍，展開進攻。

格林福德拿出他的權杖放在一旁，同時從行囊中拿出釘頭錘和盾牌，一手持著釘頭錘，一手持著盾牌，準備隨時加入戰場。

薇亞娜和喬舒亞則在一旁觀察守護，擔心有其他異獸趁機攻擊。

伊德嘉爾所帶的箭都射完了，她放下弓和箭筒，拿出腰間的水晶號角匕首。雖然匕首很短，但伊德嘉爾靈活的身手和超強的跳躍能力，使她能夠靈活地使用短兵刃。

薇亞娜和雷歐斯初次見到這把匕首時，是在邂逅酒店裡，當時伊德嘉爾曾經從兩名墮落者傭兵手中取回這把匕首。那時，伊德嘉爾曾悄悄使用這把水晶號角匕首，成功吸取兩名醉酒傭兵一部分的力量。

其實，這把神奇的水晶號角匕首，並非來自人類，也不屬於魔界，而是來自精靈界的神樹之寶。曾一度被惡魔奪走，交由兩名傭兵帶著，但後來被伊德嘉爾暗中取回。當時在場的薇亞娜和雷歐斯曾經問過伊德嘉爾關於這把匕首的事，她只是敷衍過去，沒有告訴他們這把匕首真正的秘密：

一百多年前，伊德嘉爾回到精靈世界跟隨導師恩尼亞利特，成為守護族群的一員，與其他有能力的森林精靈組成了「納塔瓦族」的「守護者」。

隨著時間的推移，伊德嘉爾作為「守護者」，她的天賦逐漸展露。恩尼亞利特對她非常看好，打算將「守護者之號角」傳承給她。

伊德嘉爾奉命守護精靈森林中的「生命之樹」長達百年。原本，她以為這樣的生活就會持續下去，平靜無波，然而一次救朋友的行動，卻意外引來了惡魔的侵襲，導致她導師恩尼亞利特喪命，同時也失去了導師的「守護者之號角」——一把可以號召所有森林精靈的水晶號角匕首。

這把水晶號角匕首不僅可以號令所有精靈守護者，還具有另一項能力：當匕首尖端指向上方，將匕首握柄放在人或動物的頭頂，就能吸收這個生物的力量。

伊德嘉爾曾見識過導師恩尼亞利特使用這把匕首。在一次戰鬥中，導師遇到了強敵，他用這把號角匕首扣在對方頭頂，施展精靈族的咒語，瞬間吸走了對方的所有力量。

然而，當惡魔從伊德嘉爾導師手中搶走了水晶號角匕首後，並不知道它在精靈世界擁有領袖象徵和吸取能力。

水晶號角匕首既然是精靈族的法器和象徵，對於人類、魔族或其他族群來說毫無作用。

✕✕✕

伊德嘉爾握著水晶號角匕首，心裡明白這是個危險的時刻。奇美拉的皮厚如鐵，她的攻擊只能在牠身上劃出一道道淺淺的傷痕。

魯卡迪恩則握持天神之環和克拉克寶劍，雷歐斯揮舞著覺醒之劍，同時向奇美拉發起攻擊。然而，魯卡迪恩持天神之環根本無法靠近這頭異獸，奇美拉面對不同人的幾波攻擊從容應對，一張獅口火焰來勢洶洶的噴射，讓兩人狼狽不堪。

格林福德拿著釘頭錘對準山羊頭發動攻擊，他認為山羊頭可能是奇美拉的首領，所以特意將目標對準牠。然而，山羊頭的反應非常靈敏，兩隻黑亮的山羊角總能精準地擋住釘頭錘的攻擊，甚至還將格林福德頂飛，讓他一頭栽進了小樹叢。

雖然眾人圍攻，手持著各種寶劍和武器，但這隻魔獸的力量非常驚人，連牠的要害都無人能夠傷到。

薇亞娜伸手在次元袋中摸索尋找合適的武器，無意間找到了一個小布包，裡面竟是小惡魔的粗毛皮。她想起這是當初在永刻村時，從死去的銀鷲堡騎士手中取得的一小塊小惡魔頭皮。薇亞娜突發奇想，趁著奇美拉喘息的時刻，左手劃一個術式，輸入魔法加大相乘的效果，右手小惡魔的頭皮丟向奇美拉的口中。

奇美拉的獅頭一口咬住丟過來的東西，習慣性地吞下，但卻發現這物體帶著奇怪的力量，牠吞下肚後瞬間又吐了出來，同時還乾嘔不已，就像是吃到了不潔的食物，胃腸被搞得一團糟，一時之間發揮不了平日的戰鬥力。

薇亞娜急忙大聲喊著：「快，伊德嘉爾，獅頭！」伊德嘉爾立刻反應過來，毫不猶豫地跳上了奇美拉的身體，迅速翻轉水晶號角，使匕首尖端朝上，然後把水晶號角套在了獅頭頭頂，將牠罩住。剛才的乾嘔讓奇美拉的喉嚨受傷，暫時無法再噴出火焰，此時牠不斷搖頭卻也無法擺脫伊德嘉爾手中的水晶號角。

伊德嘉爾用雙手緊緊按住水晶號角，心中念著精靈的咒語。一股暖洋洋的力量從奇美拉的獅頭透過水晶號角源源不絕地流入她的雙手，她的身體開始充滿澎湃的力量，每個細胞都在歡唱。這股來自獅頭的力量與之前吸收兩名墮落者的力量完全不同，那兩名傭兵的力量平靜冷冷，就像打了一桶井水，而獅頭的力量大到她的雙手幾乎拿不住水晶號角，如同一個小型瀑布之水流。

然而，隨著輸入力量逐漸變小直至枯竭，奇怪的變化開始發生。伊德嘉爾感覺到手上出現了一股涼意，這涼意沿著手腕、手肘，一直爬上手臂和肩膀，伴隨而來的是一陣刺痛。她趕緊拿著水晶號角匕首跳下奇美拉，並檢查自己的手臂。她驚訝地發現，手腕到手肘背上多了一道藍色火焰圖騰，猶如刺青一般。這個圖騰起初是深藍色的，但顏色逐漸變淡，最後只留下淺淺的天藍色火焰狀圖案。

薇亞娜看到這個異象，興奮地喊道：「伊德嘉爾，這是覺醒者之痕！」伊德嘉爾沒有時間回應，此刻她的目光再度投向了奇美拉。

奇美拉此時已躺在地上動彈不得，獅子的頭癱軟地歪向一邊已無生氣，山羊頭則怒視著伊德嘉爾，魚鱗尾的蛇頭也在搖晃著三角頭吐出信子。

伊德嘉爾凝視著山羊頭，不禁問道：「難道我只吸收了獅子的力量，而沒有得到你的智慧？」她的話似乎有些冷嘲熱諷。

山羊頭似乎能理解薇亞娜的話，慢慢閉上了眼睛，眼角還滾下了一顆淚珠！

雖然伊德嘉爾吸收的是獅子頭的力量，而非山羊頭的智慧，但山羊頭已不需要介意，緩慢垂下來，魚鱗尾的蛇頭也逐漸僵硬，看來這隻奇美拉正在死去。

在這時，伊德嘉爾才意識到，如果她有時間選擇，她該選擇用水晶號角罩住奇美拉的哪個頭？是獅頭，還是山羊頭？還是尾端的蛇頭？也許她會猶豫不決，不知道應該選擇哪個，畢竟這三個頭部都代表著奇美拉獨特的力量與智慧。

「伊德嘉爾，現在你可以去吸收山羊頭的智慧了，看起來牠已經死了。」薇亞娜急切地說著。

「沒有用的，已經死亡的生物沒有力量，而智慧是無法吸收的。」伊德嘉爾回答。她曾經試過，水晶號角對於喪失生命的生物已無作用。

「看來山羊頭很有骨氣，寧可垂死掙扎耗盡所有力氣，也不讓妳靠近。」薇亞娜似乎真的有些佩服山羊頭了。

「薇亞娜，剛剛妳喂了什麼給奇美拉？這是我從來沒有聽過的魔法。」喬舒亞好奇地問：「魔法中並沒有這樣的技巧。」

「哈！……」薇亞娜只顧著笑。

「我們在永刻村找到的，當時一位騎士死時手裡抓著的東西，我們認為是小惡魔的頭皮。傳說邪惡森林裡的奇美拉是受到神力的影響產生異變。果真如此的話，不小心吞了小惡魔的頭皮，肯定會感到不舒服，就像卡到魚刺哽到喉嚨一樣。我想薇亞娜也沒想到她出奇招竟然讓獅頭哽到噴不出火來，對吧？薇亞娜？」格林福德拍拍自己黑色牧師袍上的灰塵，轉頭問薇亞娜。

「我只是突然有一個靈感，這塊小惡魔的頭皮已經放很久了，每次都想丟掉。可是想到格林福德說留著也許會有用，我才勉為其難地留在我的百寶袋裡。」薇亞娜仍忍不住笑，她並沒有透露自己施展魔法加大倍數惡魔頭皮上的邪惡力量。

「聽說兩個頭勝過一個。現在看來也不見得！」格林福德說這句話的本意是三個臭皮匠勝過一個諸葛亮，但他故意說得像奇美拉只有兩個頭，讓人忍俊不禁。如果不是獅子貪吃，也不至於那麼快就被他們擊敗。

「奇美拉總共有三顆頭，我們這裡卻有六顆頭，總是有優勢的。哈！……」雷歐斯總認為自己非常幽默而感到自豪。

「奇美拉會吃地獄魔犬嗎？」伊德嘉爾略帶嫌惡地看著倒在河邊的巨黑魔犬問。

「獅子喜歡獵殺活動的動物，山羊吃素，蛇則吞食地鼠等小動物。我看巨黑魔犬通常以腐屍為主食，身上總有一股惡臭，毛硬得像刺蝟一樣，應該不太好吃。」雷歐斯也忍不住笑著說。

「我不懂，既然不吃地獄魔犬，為何還要戰鬥呢？」伊德嘉爾搖搖頭。

「不外乎權力和地盤之爭，叢林是動物的戰場。奇美拉肯定想成為這片領土的領主，其他生物想取而代之。就像這塊地是我們人類的，不容許惡魔在我們這裡胡作非為，所以我們要趕走惡魔。這是一場你死我活的宿命之戰！」雷歐斯嘆了口氣說。

趁著下午的瘴氣尚未擴散，覺醒者教團的眾人決定趕緊離開這個地方。晚上這裡到處都是陷阱，沒有人敢在邪惡森林多逗留。

第二十章

銀鷲堡裡被禁錮的太陽

發源於璐卡蒂亞大陸中央山脈的一條大河，在通過銀鷲堡時分叉成兩條水量差不多的較小支流。正如聖職者格林福德在教堂地下殿堂壁畫上看到的銀鷲堡一樣，城堡坐落在兩條河之間。而在城堡最頂端的尖形屋頂上，高掛著一個旗杆，旗杆上方飄揚著的旗幟是一隻亮銀色展翅的大鷲鳥。

然而，當格林福德等人遠遠望向銀鷲堡時，卻沒有看到城堡最頂層上的銀鷲旗幟。是否在銀鷲堡被大惡魔占領時，原先的堡旗不復存在？更加奇異的是，壁畫中所描繪的銀鷲堡擁有米白色的牆面，但眼前的銀鷲堡卻被一團團深深淺淺的黑褐色所籠罩。

格林福德回想起教堂中的壁畫以及藏寶圖中描繪的城堡和地下的太陽。銀鷲堡的變化如此巨大，城堡的外觀與以前完全不同。這讓他不禁懷疑，那藏寶圖中描繪的地底下太陽是否還在？

大家都對藏寶圖中的地下太陽感到好奇，不知它是否真的是一張藏寶圖？地下太陽猶如謎一般，究竟代表著何種寶藏？格林福德堅信著，無論這個地下太陽所象徵的意義為何，它一定是某種寶貴的寶藏。也許不是世俗間的金銀財寶，但太陽總是象徵著光明，教堂百年壁畫的寓言，以及在鑰之神殿地下迷宮中所藏的三合一劍台內的羊皮圖，這使得它顯得非常珍貴，無論它究竟代表著什麼，即便冒著極大的危險，都要尋找到底。

早前在永刻村中已經有人提到銀鷲堡是惡魔盤踞之地，因此他們必須謹慎行動，尋找進入地下殿堂的方法，解救傳說中被禁閉的太陽。

雷歐斯一行人終於穿過邪惡森林，進入銀鷲堡附近的草原時，依季節來說應該是綠油油的一片草地，也通常會出現牛羊等飼養的禽畜類，但此時此刻，這片枯黃乾草發黑的土地上，動物白骨零星的出現，訴說死亡的寂寞。

走近城堡周圍的樹林後，他們發現城堡的大門緊緊關閉，門口和周邊區域都沒有侍衛站崗。旗幟不再迎風飄揚，城堡裡也見不到燈火閃爍，整個城堡散發著死氣沉沉。

細看護城河的水，發現是濃綠色的髒水，水底彷彿掛著一團團深綠色的棉絮，讓人難以看清水底情況。

沒有銀鷲堡內部的地圖，也沒有事先挖好的地道，格林福德等人決定先繞銀鷲堡一圈，觀察周圍地形。

然而，繞行這個城堡並不輕鬆。因為護城河並非平坦的小河水岸，而是經過荊棘叢、樹叢和亂石堆等地形，有些地方必須要繞路，不能完全依靠水邊行走。

「這段護城河的水流真是十分奇特，與一般的水不同，也不像是很久沒有流動的死水。這墨綠色的水中竟然沒有看到任何小魚小蝦等生物，難道牠們都已經死光了？抑或是遭受了某種魔法的影響？」雷歐斯領隊帶頭沿著水邊走，邊說著。

「聞聞看，這裡還有一種奇怪的臭味，不像是邪惡森林裡腐屍的味道，反而有點像水果放久了發酵的味道？」伊德嘉爾吸著鼻子說道。她曾因之前與惡魔的交易而失去了痛感，但精靈的嗅覺依然異於常人，她嗅到了別人未能感知的味道：「這股味道越來越濃了。」

伊德嘉爾像一隻狗一樣，東嗅西吸，跟著護城河水中的味道前進。

「你們看，河水在這裡變色了，有一道顏色很淡的水流，好像是從城牆底下流到岸邊的這一段，這股水流是淡綠色的，但兩邊的水仍是濃綠色。」魯卡迪恩首先發現了水的顏色不同。

「是的，魯卡迪恩你說的這段水流的味道最淡。」伊德嘉爾幾乎趴在水邊，邊聞邊說。

「我們可以推斷這段水流是一個關鍵！」已經走完一圈後，又回到這股淡淡綠色水流邊的雷歐斯說。

「薇亞娜，想想看魔法是否能夠破解？」喬舒亞說：「我認為整條河水都受到了惡魔的魔法影響，但這裡應該是有一股從城堡流出來的水流沖淡了魔法，所以這裡是魔法最薄弱的地方。」

薇亞娜走到護城河邊，在空中寫了一個術式，念著破解魔法的咒語，從身上掏出一包魔法粉末，灑入淡綠色的河水中。頓時，大約一人寬的河水變得清澈透明，而兩旁的河水仍然保持著濃綠色，涇渭分明。

「哇！太厲害了！你們看，兩邊的水流好像有一層透明層隔著，我第一次看到水中出現這種分界線。」伊德嘉爾忍不住喊道。

「我只是把這一段水恢復成原來的樣子，功力還不夠，還好只有一小段，也沒辦法全部恢復。」薇亞娜笑得有些靦腆，她最受不了被人稱讚。

魯卡迪恩膽識過人，率先跳下清澈透明的水流中，往銀鷺堡的城牆底下游去。喬舒亞跟著跳入，可能他有基本魔法的根基，膽量也比較大。

過了一會兒，喬舒亞在城牆邊的水裡冒出頭來，向大家招招手，所有人陸續跳入水中，跟著這股清澈的水流進入了銀鷺堡的底下。

根據方向，這股穿越地底的水流直接通往銀鷺堡的底下約二三層的地方，出口是一個像是室內碼頭的洞口。

魯卡迪恩率先順著水流從木造的碼頭上來，看到所處環境是地下的空間，在岸邊沒有發現腳印和水漬，地下室灰塵也堆積得很厚，顯然多年來沒有人來過這裡。倘若惡魔盤據在一樓以上的地方，銀鷺堡地下的空間相當廣大，四周靜悄悄的，可能他們的到來並沒有驚動惡魔，他先等其他人到了之後再行動。

雷歐斯、喬舒亞、薇亞娜等人陸續從水中冒出頭來，上岸以後，眾人身上都濕淋淋的。喬舒亞施展乾衣咒，眾人的衣服瞬間水分蒸發，變得暖洋洋的。

「喬舒亞，上次你給我逃亡草葉球，這次又有乾衣咒，這些我反而不會。你太強了！」薇亞娜小聲地對喬舒亞說。

「以前在導師身邊，他太忙了，只是抽空教我一些，我不學無術。離開導師的這些年，都學了些旁門左道的魔法。」喬舒亞忙著解釋。

在銀鷺堡地底，原來是好幾層的地下建築。這道暗流通往地下二層的一個空間，在這暗流的旁邊，還停泊著兩艘船。這兩艘木船非常奇特，每一艘大概可以坐進三、四人左右的大小，外觀看起來像放大的蟲蛹一樣，有木門進出，應該是可以完全封密的。外觀還看到輪子，可能可以在水下推進。

「這肯定是銀鷺堡某一任堡主所建的地下碼頭。」伊德嘉爾環顧四周。

「這兩艘船的木頭非常堅硬，但也有些腐朽。除了木門之外，幾乎整個船身都布滿厚厚的青苔，看起來很長時間沒人整理和維護。」格林福德仔細審視著蛹型木船。

伊德嘉爾點頭表示同意，認為這地方應該是銀鷺堡堡主逃生時的碼頭。

雷歐斯揶揄地說：「妳總是愛多話，不用妳說，我們也能看得出來。」

大家聽著彼此的玩笑，笑聲迅速蔓延，將現場原本的恐怖與緊張氛圍一掃而空。

伊德嘉爾突然發現牆壁上有一個火炬，儘管身處地底，這個火炬的光亮照耀下，四周的景物清晰可見。

「這火炬是你點燃的嗎？」伊德嘉爾問。

「不是！我在水中看到這裡就是亮的。看來整個柱子都是燈油，這火炬可能已經燃燒了不知多少年。」魯卡迪恩解釋說。

薇亞娜笑著補充：「我還以為是你點亮了火把，所以我們才往這個方向過來。」

雷歐斯拿出防水布包裹著的火把，點燃幾根火把，然後交給魯卡迪恩、喬舒亞和格林福德。

「根據那張古老的羊皮地圖，太陽的位置應該在銀鷺堡的西南側。我們現在的位置是在南方，距離不遠，我們往西南方向前進。」格林福德拿著火把領先前行。

通道裡一片漆黑，只有持著火把的他們投射出幢幢黑影，詭譎的氛圍再次籠罩在每個人心頭，大家全神貫注著每一步，同時注意著牆邊和地面是否設有障礙。

「哎呀！」跟在格林福德身後的魯卡迪恩突然踩中一塊陷落的地板，他失去平衡，掉進了洞裡，看來是掉到了下一層。

格林福德趕緊回頭查看，剛才他們經過的地板裂開了一個洞，魯卡迪恩應該掉到了洞下，而他原本拿著的火把掉在上層地面上。

雷歐斯、薇亞娜跟著上前，俯視洞口，伊德嘉爾甚至趴在洞口向下探望，然而洞下並不是一片漆黑，有一些昏黃的光源，但看得不太清楚。

「魯卡迪恩，你怎麼樣了？」

「魯卡迪恩，你還好嗎？」

大家在洞口處喊著，但只有回聲應，並沒有聽到魯卡迪恩的回音。

每個人都感到擔憂，憋著氣不敢呼吸。

「你們都在上面，不要動，我下去找魯卡迪恩。」雷歐斯立刻做出反應。

正在雷歐斯準備跳下去時，魯卡迪恩的回答讓大家鬆了口氣。

「我沒事，快下來，我有新發現。」魯卡迪恩提高了聲音回答。

眾人跟隨著魯卡迪恩的指引，來到了一扇有華麗雕刻的石門前。石門兩側的火柱燃燒著，不知道已經存在多少年，但依然照亮了石門上的細節。這扇石門看起來非常沉重，幾個人的力量根本不足以推開它，而且這種門通常都設有一些機關，如果不是以正確的方式解開，可能會引發不可預料的變化。

石門上刻著一隻大鳥的圖騰，大家都覺得這鳥的形狀很熟悉，但卻想不起在哪裡見過。

「這是銀鷲堡的地下二、三層樓，有可能就是銀鷲堡的圖騰，那隻銀鷲嗎？」伊德嘉爾猜測道。

「是的，看這鳥的形狀，確實很像一隻鷲。」薇亞娜附和說。

因為銀鷲堡被惡魔占領，所以之前的旗幟都不見了，而且覺醒者一行人過來的時候，沒有機會看到銀鷲堡上面旗幟飄揚的樣子，也不知道原先的銀鷲的形象。

格林福德卻在之前的教堂地下室的壁畫上看到過這個圖騰。

「是的，我見過這個圖騰，就是銀鷲堡上的那隻銀鷲。」格林福德回憶起教堂的壁畫，同時也想起了三合一劍台底座的羊皮圖，這次有銀鷲鳥圖騰的石門和三合一劍台之間究竟有何關聯呢？

就在魯卡迪恩準備用他的命運之環去吸附石門的時候，格林福德連忙阻止了他的行動。

「先等一下，魯卡迪恩，用命運之環去開門，可能造成破壞。我們先研究一下這個石門上的圖騰有什麼不同。」格林福德建議道。

眾人細細觀察石門上的銀鷲圖騰，發現這隻鷲被分成了兩半，只有石門合攏在一起時才是一隻完整的鳥，銀鷲巨大的羽毛翅膀分列在石門的兩側，羽毛部分雕刻精雕細琢，非常精細。

「你們看，這隻鷲的眼睛，如果加上中間門縫上那個圓小凹點的缺口，像不像三隻眼睛的大鳥？」薇亞娜發現了奇異之處。

「牧師，把三合一拿出來吧！」魯卡迪恩似乎突然想到了什麼。與此同時，格林福德也發現了這隻大鳥的三隻眼睛，恰好對應著三合一劍台的三個尖端。

格林福德從龍皮袋裡取出三合一劍台，將三件武器的尖端對準銀鷲鳥圖騰的眼睛插進去。頓時，這兩扇沉重的大石門輕飄飄地向內打開。

「果然！我就說三合一的武器是一把鑰匙。」伊德嘉爾高興地拍手說道。

「我覺得這命運之環也應該是一把鑰匙，只是我們還沒找到它所能開啟的門。」魯卡迪恩也笑著說。

石門打開後，他們看到了一段通道。通道兩側沒有火炬，但在通道的盡頭卻是一團橘黃色的光暈。

通道的後面是一大片空曠的空間，中心有一個圓形的圍欄，裡面是一顆大圓球般的隕石，有三分之二在地面上，三分之一在地底下。地上的部分大約有兩三個人的高度，而圍欄旁的地面則布滿密密麻麻的裂痕，顯然當初是把隕石落下的地面維持原狀，就地建了一個博物館。

隕石表面是粗糙的黑色火成岩，裂縫處隱隱閃現著橘紅色的流光，看來隕石內部仍然像岩漿一樣有流動的火焰，發出微弱的光芒。

這橘紅色的流光將隕石四周照得相當明亮。

「向諸位介紹，這就是我們要找的被禁錮的太陽！」魯卡迪恩說著，聲音中透露著讚嘆。

隕石內的流光將每一位面向它的人的臉色染成橙黃色，忽明忽暗如水流一樣掠過每個人的臉，讓進入這空間的人感覺彼此都很虛幻。

伊德嘉爾低下身，彎腰透過欄杆望向隕石：「的確像一個被禁錮的太陽！」

「原來所謂的被禁錮的太陽，是一顆『活著』的隕石。」雷歐斯也忍不住說道。

「地下空氣本來是又濕又冷的，但在這裡隕石旁邊卻是乾燥而溫暖！」伊德嘉爾用靈巧的鼻子嗅了嗅空氣，一邊往上看一邊說：「你們看，往上可以看到天空，旁邊還有修好的梯子。」

這顆隕石不知多少年前從天空墜落，砸穿銀鷲堡西南方連著主樓的塔樓，一直延伸至地下兩三層的深處。某位銀鷲堡的城主曾整修過隕石穿過的洞，並沿洞邊建造了彎曲型的樓梯。之後將進入塔樓的入口封住，導致站在隕石的位置就像置身井底，只能透過塔樓頂端的洞口看到藍天白雲。

「現在看周圍的建築和欄杆，與羊皮圖案和教堂壁畫上的圖案相似，應該至少有幾百年的歷史。」格林福德並不確定隕石以前的光芒是否像太陽一樣耀眼，也不知道這顆隕石在此地停留了多久，這只是他個人的分析。

實際上，格林福德的判斷還算保守。這顆隕石來自一千多年前，在神魔大戰期間，雖有七分之一的惡魔元靈進入銀鷲城主的祖靈體內，但還有七分之一被這個地底的隕石吸收。更為神奇的是，這顆隕石同時吸收了落在人間的神力，成為了一個神秘的封印，既有神力包裹著惡魔的力量，又內涵著隕石本身的力量。

「剛剛繞著這顆隕石走了一圈，沒有發現腳印，我敢說這裡可能有上百年沒人來過。」魯卡迪恩說道：「我看到上層有個洞口，但被石塊封住了。」

魯卡迪恩話還沒說完，突然發生了變異！

喬舒亞突然將火把往一邊丟，翻身越過欄杆，在眾人還來不及制止前，他整個人已經跳向這顆隕石，並呈現一個大字型趴在太陽隕石上。

「喬舒亞，你在幹什麼？危險啊！」薇亞娜非常著急地喊道。

「喬舒亞，快回來！」伊德嘉爾和魯卡迪恩異口同聲地呼喊著喬舒亞。

但喬舒亞一點動靜也沒有，他的頭部瞬間抬高，又回到了原來的位置。

在喬舒亞的頭抬高的瞬間，格林福德瞥見了他的臉，那不是原先見到的喬舒亞的臉，竟然有一個惡魔的影子一閃而過！

那天，在歐斯維爾王國，王國大法師奧瑞斯德使用梅托拉靈石修補了惡魔裂縫，卻遭到惡魔將軍的重傷。在這危急時刻，薇亞娜背著導師，向魔法學院的方向逃亡，而喬舒亞則留下來幫助薇亞娜，作為最後的防線。

為了引走小惡魔，喬舒亞往與薇亞娜逃亡方向相反的道路奔跑。喬舒亞穿越森林和草叢，來到一個懸崖邊，一個小惡魔追著他，在激烈的戰鬥下，兩者都墜下懸崖。喬舒亞受到了嚴重的傷勢，但還保留一絲氣息。然而，小惡魔卻死於墜落，鮮血濺灑在喬舒亞身上，趁著喬舒亞受傷未死時，小惡魔潛入了他的身體。

此刻，喬舒亞成為了被惡魔附身的墮落者。在他傷勢嚴重之際，小惡魔讀取喬舒亞的生平故事，禁錮他的靈魂。惡魔占據他的身體太久，真正的喬舒亞早已消逝。

格林福德看到喬舒亞臉上出現惡魔的影子，儘管瞬間即逝，他明白喬舒亞已經不再是原來的喬舒亞了！然而，他來不及解釋，立刻跳起來，飛撲上前，整個人趴在喬舒亞的身上。

眾人疑惑不解，這是怎麼回事？一群人疊在一起？眼前的景象已超出他們的想像……

「難道是喬舒亞被隕石吸住了？」

「格林福德也被隕石吸上去？」

有人困惑地問道：「不對啊？為什麼不是隕石直接吸住格林福德，而是格林福德趴在喬舒亞的身上？」

「其他人是否也會被隕石吸住？」

「被隕石吸住會怎樣？」

「如果自己上前拉住格林福德，是否也會被隕石吸住？」

頓時，眾人混亂的思緒紛至沓來，茫然不知所措。

就在猶豫間，格林福德的叫聲傳來：「快幫我，手按到我背後！」他大聲呼喊著。

雷歐斯、伊德嘉爾和魯卡迪恩毫不猶豫，立刻將手按在格林福德的背後，將自己的力量傳給他。

過了一會兒，格林福德和喬舒亞都從隕石上滾落了下來。

雷歐斯和伊德嘉爾趕緊扶起格林福德，但發現他站得很穩，完全不需要他們的支撐。然而，格林福德的臉上出現兩種顏色，一邊是紅色，一邊卻是黑氣籠罩。

「你還好嗎？你的臉色怎麼了？」伊德嘉爾關切地問道。

「我沒事。」格林福德堅定地回答，神采奕奕。

薇亞娜和魯卡迪恩則忙著扶起喬舒亞，卻發現他已經奄奄一息，兩人急忙把喬舒亞靠在一旁的欄杆上，但喬舒亞完全無法自己支撐，整個人顯得虛弱無力。

這時，隕石上原本透著流動的亮光逐漸黯淡，最終光影全部消失，整顆隕石變成了一大塊普通的灰黑石頭。

「快看，隕石熄滅了！」魯卡迪恩驚訝地說。

「怎麼回事？太陽隕石熄滅了！」伊德嘉爾也不禁驚呼。

「喬舒亞？喬舒亞？你醒醒啊！」薇亞娜一直在呼喚著喬舒亞，但他毫無反應，薇亞娜擔憂不已。

「喬舒亞不會醒來了，隕石的太陽已經被釋放了。」格林福德告訴薇亞娜。

「喬舒亞？」薇亞娜似乎無法理解格林福德的話，她一直搖著喬舒亞，伊德嘉爾連忙扶起她。

格林福德捲起袖子，大家看到一道藍色的火焰痕跡烙印在他手臂。

「你也成為覺醒者了？」伊德嘉爾驚訝地問道。

「喬舒亞的情況與之前的墮落者不同，我發現他在被惡魔附身時，應該只剩下最後一口氣了。惡魔占據了他的身體，同時也吸收了他的思想。你遇到的喬舒亞，早就不是真正的喬舒亞了，而是惡魔假冒他回答你。在剛才我利用神力進入喬舒亞的體內探索，發現他早已不存在。」儘管事實殘酷，格林福德不得不告訴薇亞娜實情。

失而復得、得而復失！喬舒亞的情況給薇亞娜帶來了巨大的打擊。對她來說，喬舒亞是至親至愛，在歐斯維爾王國和導師奧瑞斯德一起度過的日子，是她感到最安全、最平靜的時光。

薇亞娜感到遺憾，當初導師被惡魔將軍刺傷，喬舒亞把他的護身符包進導師的傷口救了導師一命，如果喬舒亞身上還帶著護身符，或許不會讓小惡魔占據他的身體，他也許還能活著。

正當大夥兒心緒沉重，一個陌生的聲音突然擠進耳中，竟然是一名侍衛模樣的陌生人出現在他們面前，告知他們城主已知悉他們的來訪，並邀請他們到大殿作客。

眾人極力忍住驚愕的心情，跟隨侍衛進入上層，直到銀鷲堡的大殿門口。侍衛則都留在殿外，只引導雷歐斯一行人進入大殿。

大殿內十分寂靜，只有一種奇特的咀嚼的聲音在空曠的大殿中似有回音般的傳進眾人耳際。大家紛紛追蹤聲音的來源，發現一位穿著華麗金線繡袍的人正在俯身在一具屍體模樣的人身上大快朵頤。

這場面讓眾人愣住了，原來是人吃人的場景？格林福德雖然曾經在解剖間和戰爭場面中見過無數屍體，但他也從未經歷過看見人大口咬食人肉的畫面。

薇亞娜、伊德嘉爾更是不堪忍受，連忙跑到旁邊乾嘔。城主注意到了他們的反應，回頭看著雷歐斯等人：「你們打擾了我的午餐。」

伊德嘉爾的目光被城主嘴角的血痕吸引，發現他牙齒上殘留著新鮮的血跡，那些血滴還滴在華麗的金線繡袍上，讓人不寒而慄。伊德嘉爾驚覺這名城主不僅衣冠不整，還不知多久沒有更換繡袍，她又要嘔吐了。

薇亞娜低聲對同伴解釋：「他不是惡魔將軍，惡魔將軍身穿鎧甲，頭上有對巨大彎曲的山羊角！」

眾人聽說城主不是惡魔將軍後，都鬆了一口氣，但隨即意識到他們現在身處的地方是惡魔的據點，全都變得緊張起來，絲毫不敢放鬆。

城主的聲音低沉而沙啞，像惡魔將軍一樣，聽起來就像喉嚨裡卡著口痰，舌頭又粗又大，發出的聲音彷彿在滾動。

眾人頓時明白，這位城主其實是惡魔將軍的分身，之前留在他身上的七分之一元靈碎片已經被惡魔將軍取走，而他的軀殼則成了惡魔將軍操縱的傀儡。

城主用充滿野心的眼神輪流掃視著雷歐斯等覺醒者教團成員，最後停留在格林福德的眼中，再次說道：「你身上有我要的東西！」

格林福德面對著城主發亮的紅眼，堅定而不畏懼地回答：「我身上的一切，都是屬於我的。」

實際上，格林福德內心也在掙扎，之前在太陽隕石時，惡魔元靈碎片被神力所包圍，惡魔將軍可能並不知曉。但現在城主已經發現了七分之一元靈在他的身上，一場惡戰免不了，問題是他目前的狀況是否能夠承受住惡魔的攻擊？

惡魔將軍之前沒有察覺失落的第三個七分之一元靈碎片在地底太陽隕石中，因為被神力所包圍，無法散發訊息。直到喬舒亞墮落者近距離察覺到惡魔元靈，撲上太陽隕石後，神力和元靈的轉移過程中，城主才察覺到了地底下有失落的片段，然而他萬萬沒想到神力和元靈碎片被格林福德攔截並吸收。

神力和惡魔元靈是兩種迴然不同的力量，本不可能同時出現在一個人身上。即使喬舒亞墮落者能夠吸走元靈碎片，也無法吸收神力。但經過墮落者喬舒亞的身體成為橋梁，雷歐斯等人集結力量幫助格林福德吸收神力，再從喬舒亞墮落者體內吸走惡魔元靈碎片，兩種力量竟然在格林福德體內完美結合，形成了新的覺醒之力！

城主一揮手，大殿內湧進了許多侍衛，將覺醒者教團的成員團團圍住，戰鬥一觸即發。這些侍衛竟然全都是墮落者，而在他們後面，還有一些小惡魔湧入，大殿瞬間變成殺戮戰場。

伊德嘉爾握著銀色的長弓，瞄準侍衛的心臟，箭矢迅速射出！不等看到箭矢射中目標，立刻又搭箭，緊接著射殺其他小惡魔，動作流暢熟練，毫不停歇。

雷歐斯拿著覺醒之劍非常順手，他揮舞著這把大劍，斬殺著小惡魔。他的攻擊快速而精準，每一次的斬擊都帶著破風之聲。

薇亞娜習慣性地用兜帽遮住頭部，平時很少親自出手，一向擅長隱藏自己的魔性特徵和所有一切。但此刻，她也投入戰鬥中。背著黑色布袋的她藏著短杖和法器，當她戰鬥或使用魔法時，內心的魔性浮現。她的瞳孔中出現了冰裂紋，閃耀著冰藍色的光芒，與惡魔們展開激烈交戰。她從黑袋子中拿出瑞亞爾之杖。

院長曾對她說：「平時不需要使用這個法杖，但當遇上強敵時，它會幫助妳發揮出更強的力量。」薇亞娜明白，這把法杖不僅可以增強她的神力，還能抑制體內的魔性，這正是她現在使用它的最佳時機。

雖然薇亞娜的瑞亞爾之杖只有手臂般的長度，相比於大劍來說顯得短小，但灌注了魔法的法杖顯得極為強大。只要一敲到侍衛手中的長劍，長劍便會在敲擊處斷成兩截，若是敲中敵人的身體，就像被電擊一樣，整個人痙攣著倒在地上，完全失去了戰鬥力。薇亞娜的法杖讓她的作戰能力發揮極大的作用。

魯卡迪恩從手腕上取下命運之環，瞬間它變大成頭顱大小，也可作為武器。他右手握著克拉克寶劍，左手揮舞著命運之環，看起來威武雄壯，令人不可忽視。

小惡魔被魯卡迪恩的寶劍刺傷，血肉模糊地倒在地上。若是被命運之環所敲打到，小惡魔都會被粉碎成一小片一小片的，因為命運之環記憶了魯卡迪恩上一次在營救哈繆爾時的指令：

「粉碎！」

格林福德從太陽隕石上得到了神力和惡魔元靈碎片這兩股力量，不過他還未嘗試過效果如何，正好趁此機會拿城主試試。他曾經慣用釘頭錘和盾作為武器，鮮少使用權杖，但擁有覺醒之力後，他覺得釘頭錘已不再需要。

格林福德握著權杖，而城主則持著長槍，雙方對峙了一會兒。格林福德率先發動攻擊，舞動著權杖向城主刺去。城主揮動長槍擋住權杖的攻擊，然而長槍卻被權杖彈開，城主趁機閃避，但卻沒能躲過權杖對肩膀的一擊。頓時一股灰白冰氣從權杖敲擊處開始蔓延到城主的全身，將他凍結。原來城主竟然被石化了，除了口中齒上殘留的暗黑血痕依舊，整個人都變成灰白色，就連原本鮮紅發亮的眼睛也變得灰白如死魚一般。

格林福德自己也為權杖的威力嚇了一跳，只要他的權杖打中小惡魔，後者就會被石化，一些正在揮舞長劍的小惡魔在被石化時單腳落地，姿勢不穩，然後倒在地上，變成了一堆不規則的碎石塊。

「這城主也太弱了吧，怎麼這樣就被石化？」伊德嘉爾在射死了最後一個侍衛後，經過格林福德身邊時說完話，然後在大殿巡視一圈，將射出的箭找回來。

「不！是格林福德變強了，他有神力和魔力，只不過這兩種力量，在體內是否會相互衝突？」雷歐斯刺死了與他戰鬥的小惡魔，也回到格林福德身旁。

「千萬不要掉以輕心。這個城主不過是個墮落者，被惡魔將軍分了一點魔力而已，並不是真正的對手。」薇亞娜使用瑞亞爾之杖，效果她很滿意，沒有那麼血腥。

「薇亞娜說得對，大家切不可輕敵。」格林福德看著雷歐斯，接著說：「我並不會感覺有兩種力量，只是覺得變強了，眼睛看四周更亮了，力氣更大了，可能以後會有不同的感受吧，我也不知道透過權杖能夠把小惡魔或是墮落者石化。不，應該說，我獲得的神力有一種吸收或是排斥生命力的作用，魔力則有一種固化的作用，所以只是把墮落者的生命力排除了，看起來就像是石化。」

「看來都差不多了，這裡的氣味實在太血腥了，我們得趕快離開這兒了。」伊德嘉爾把箭上的血跡擦乾淨後放回劍筒：「我們下一站去哪裡？」

「不知道惡魔將軍在哪裡，先回酒店吧。」雷歐斯所說的酒店就是邂逅酒店，說著就往銀鷲堡大門走去，眾人跟隨在他的身後。

雷歐斯等人踏出銀鷲堡大門時，先聞到一股腥風撲面而來。

在城堡大門口廣場上，等待他們的惡魔將軍從天而降。

當所有人看到惡魔將軍時，牠頂著又長又彎的惡魔大尖角，那雙怒睜的眼眸比深海更藍更閃亮，殺氣騰騰讓人心驚膽戰，手握著長柄的大鐮刀。這壯觀的模樣讓每個人都嚇得幾乎倒退了三尺。儘管之前聽薇亞娜如何描述，但直到親眼見到惡魔將軍的氣勢，他們才真切感受到這股帶著腥味的冰雨籠罩下來，無處躲避，讓每個人都不由自主地顫抖起來。

惡魔將軍胯下的坐騎，獅身怪獸的九顆虎頭在蛇頸忽前忽後時左時右的排列，宛如出巡將軍的前鋒部隊，每一顆虎頭磨著牙盯住不同的角落，做出隨時攻擊的準備，在惡魔將軍的周遭形成一個攻擊和防護網。在真實之眼教首領魔法製作中，虎頭雖然比原來縮小了三分之二，但一口如匕首般利牙，似乎沒有縮小多少，而在這虎口中顯得特別巨大鋒利。

惡魔將軍盯著眼前的人群，牠的身軀依然是由真實之眼教派首領用將軍屍體魔法製造的不死之身，而牠的元靈已恢復七分之二。牠能感應到現場的人似乎與牠有某種特殊聯繫，或許牠的元靈碎片就在這裡。

其實，這種感應並不是此刻才開始，當城主和格林福德在銀鷲堡對峙時，城主便感受到了這份聯繫。因為城主擁有惡魔將軍的一點元靈，當城主感知到，於是惡魔將軍也得知。牠不會錯過任何取回元靈碎片的機會，所以此時此刻才會站在銀鷲堡前面攔截這批人。

惡魔將軍的眼睛如同藍海沸騰，捲起千層浪濤，深不可測的漩渦在其中旋轉，牠依次掃視著雷歐斯等覺醒者的每一位成員。

當薇亞娜的眼神與惡魔將軍滿溢藍光的眼眸交會的瞬間，她感覺到惡魔將軍試圖探知她的心靈。

「妳別忘了，妳和我是同類，妳骨子裡流著冰魔的血脈，為什麼要與人類聯手攻擊我呢？等妳被他們利用完，他們就會來算帳了。想想妳的導師，他一直不肯傳授妳重要的魔法，他們一直在防範著妳啊！」

薇亞娜接收到了惡魔將軍傳遞的訊息。

惡魔將軍提及冰魔後代，這正是薇亞娜最脆弱的一點。惡魔將軍的每一句話都深深刺中她最關鍵的痛處，多年來這一直是她的心結。她極力地隱藏這個弱點，覺醒者的同伴們都不知道她的來歷和血脈。

薇亞娜是經過專業魔法訓練的魔法師，修習過心靈探索的相關課程，因此她最迅速地察覺到惡魔將軍的心靈力量能夠震攝他人。幸虧她在永刻村的村長墓園歷經那塊「我是誰」鏡石的心靈考驗，她對於這種心靈攻擊感觸特別深刻。

她立即收斂心神，試圖抗拒這股外來力量。這時，她想起了院長湛藍的眼瞳和慈祥的目光，以及賦予她的使命。她代表整個魔法學院參與這場拯救人類的行動，她不能因惡魔將軍的幾句話而動搖心志。

「跟我合作，跟我合作，只有和我合作，妳才能永生！」惡魔將軍不斷向薇亞娜傳遞著友好的訊息。

薇亞娜嘗試著反向探知，她將思維化為觸角，試圖進入惡魔將軍的心靈……

薇亞娜運用心靈之力反擊對方：

「我與你並非同類，我是人類而你不是。你已經失去了朋友和家園，來到這只是為了毀滅人類……」

這場心靈之戰讓她感覺像是捲入一場拉鋸戰，外表雖然保持著冷靜，但內心卻如驚濤駭浪般波瀾起伏。好一會兒後，她終於恢復了內心的澄明，張開冰裂紋霧霾藍的眼瞳，冷靜與淡漠重新寫上她的容顏。

她轉頭看向伊德嘉爾，發現她的眼睛緊閉著，一排長睫毛顫抖著，肯定也受到惡魔將軍的心靈攻擊，陷入了心靈魔考之漩渦中！

「妳的血脈是精靈的，妳的命是妳的精靈母親所救的，人類又對妳多好呢？妳從小就受到人類的欺負，現在還要繼續幫助他們嗎？」

惡魔將軍的訊息傳達到伊德嘉爾的心靈，讓她不由心頭震撼。

作為精靈的女兒，童年病危命懸一線之際，她的母親為了救她，曾經犧牲自己，把三百年修為精靈生命之珠的生命能量注入她體內，這件事沒有人知道，包括她自己也因為當時年幼而遺忘。多年後，她在夢中見到母親才想起這段往事。沒想到現在惡魔將軍竟然能知道這個秘密，讓伊德嘉爾回憶起身為精靈與人類混血遇到的排擠和霸凌。

雷歐斯也遭受著心靈的煎熬，他是王室的王子，卻一直面臨著被王室追殺的危機。在聽到惡魔將軍傳來的心靈訊息時，他忍不住懷疑自己的命運：

「看看你的家人是怎麼對你的？那些王親國戚個個要置你於死地，我可以幫助你，讓你拿回國家的大權，幫助你剷除那些多年來一直追殺你的人，讓你坐上國王的寶座！」

「你能如何幫助我？我已經逃離那麼多年了。為何他們還一直追殺我？」雷歐斯想起這幾年逃亡的辛苦，真是太累了，誰不想安寧地生活呢？

魯卡迪恩剛剛從斷頭台逃生，也收到了惡魔將軍的心靈訊息：

「你不是人類！你的父親不是歐斯維爾王國的國王，你的親人也不是倫迪村的人，是我，我才是你真正的父親，你不要幫著別人來對付你的父親，回到我的身邊來吧，我親愛的兒子。」

這些話讓魯卡迪恩感到迷惘，惡魔將軍聲稱是他的父親，讓魯卡迪恩心頭猶豫。他想：「你怎麼會知道我的身世，我的父親究竟是誰？不可能是惡魔將軍！」他心中對養育他的父母充滿感激，但父親的身分成謎，這個問題在惡魔將軍的攻擊下變得更加重要，讓他無法忽視。

格林福德也受到了惡魔將軍的心靈攻擊：

「牧師只是利用你，他並非你真正的導師，他為了自己利益而訓練你。這麼多年來，你為他殺了多少人？他讓你賣命，而他卻在背後數著錢。你難道只為了填飽肚子而這麼拚命？你有必要把自己的一生都賭上嗎？」

格林福德心中震驚，惡魔將軍的訊息如利刃一般刺入他的內心深處。他原本沒有什麼偉大的情操或抱負，加入牧師的行列只為解決自己的飢餓和一個遮風擋雨棲身處。跟隨牧師學習醫術和刺客技能，幾年下來他完成了無數任務，最近甚至接受了拯救人類的超級任務。

但此刻，格林福德不禁自問，自己究竟有什麼資格擔任如此重要的使命？是否真的值得為之犧牲一生？

與此同時，薇亞娜發現惡魔將軍的念力正在閱讀並瞭解每個人的過去和生平，找出他們的問題，甚至掌握每個人心底最深處的慾望、恐懼和弱點，以製造矛盾、對立、嫉妒和貪婪等情緒，讓每個人陷入茫然、虛幻、衝突、渴望和不滿的境地，成為牠可以操控的對象！

看著幾乎每個同伴都陷入迷失的狀態，薇亞娜急忙從黑布袋中拿出一個魔法三角鐵，輕輕敲了兩下，清脆的金鐵聲音彷彿暮鼓晨鐘，震醒所有人的幻夢。

這魔法三角鐵是離開魔法學院下山前，院長給她的珍貴寶物之一，專門用來對抗心靈魔法控制術。

雷歐斯醒來後，立即握緊覺醒大劍，毫不遲疑地砍向惡魔將軍。但惡魔將軍的大鐮刀輕易地擋下了他的攻擊，讓他連退了三步。

與此同時，魯卡迪恩也拿著克拉克寶劍和命運之環，衝向惡魔將軍。惡魔將軍的長柄大鐮刀擋住了魯卡迪恩的攻擊，左手拿著命運之環敲向惡魔將軍的手臂。

然而，惡魔將軍似乎對命運之環免疫，毫無反應，命運之環也沒有造成任何損傷。看來兩者勢均力敵。

伊德嘉爾連發兩箭射向惡魔將軍的心臟，一箭被牠從容地用大鐮刀擋下，另一箭射到胸口，但被盔甲擋住落在地上。

同時，格林福德揮舞法杖發起攻擊，惡魔將軍用倒勾尖的尾巴一揮，格林福德翻了一個跟鬥，跌落在距離惡魔將軍一個人的距離之外。

大家不僅要進攻惡魔將軍，還要防範其坐騎上九蛇頸老虎頭的偷襲。但若被牠鋒利的虎牙咬住，也會造成嚴重傷害。

第一波攻勢展開，所有人圍攻惡魔將軍，但都被牠強大的氣勢所震攝，無法取勝，就連雷歐斯等覺醒者成員，在神力和覺醒者之力的協助下，也僅僅勉強與惡魔將軍戰成了平手。雖然如此，惡魔將軍遇到了迄今為止在人間最強大的對手。

雖然在第一波攻勢中，薇亞娜沒有親自出手，但在惡魔將軍的心靈攻擊中，她以魔法三角鐵成功破解了魔考。

接下來的攻勢中，惡魔將軍已經確定格林福德擁有他失落的七分之一的元靈碎片。對於魯卡迪恩潛意識中的七分之一元靈碎片，惡魔將軍雖然沒有直接感應到，但魯卡迪恩卻感覺到體內有一股力量在蠢蠢欲動。

在魯卡迪恩的潛意識中，有七分之一的惡魔碎片被禁錮在祖靈的靈魂中。而女巫金妮在召喚祖靈時咒語出現了變化，未能達到原來的目的，卻將魯卡迪恩的祖靈同時召喚出來。

當他與惡魔將軍對峙時，魯卡迪恩體內的祖靈中的元靈碎片被大惡魔召喚，卻無法脫身，反而成為祖靈的工具。

此刻，魯卡迪恩逐漸被擁有紅龍血脈的祖靈控制，他原本的面容濃眉大眼厚唇，漸漸浮現出紅色的龍形面貌。他的力量變得更加強大，手臂上的覺醒者火焰痕跡由淡藍色轉變成藍色炫亮的流動火焰光芒，最終這股光芒將他整個人籠罩。

惡魔將軍決定先解決其他威脅，以便專心對付格林福德。他用尾巴掃向伊德嘉爾和雷歐斯，將兩人打得滾到一旁。

與此同時，惡魔將軍也發現了魯卡迪恩被一股奇異藍色光芒包圍，力量強大不容小覷，便轉過身對付魯卡迪恩，用大鐮刀猛刺魯卡迪恩。魯卡迪恩手持克拉克寶劍和天神的命運之環，勉強擋住了惡魔將軍的攻勢，但無法反擊。

同時，惡魔將軍的坐騎虎頭伸長蛇頸，對著格林福德虎視眈眈。

受傷後摔倒的伊德嘉爾抓起腰間藏著的水晶號角匕首，試圖利用其吸力的特性發動近身攻擊惡魔將軍，她蹲在地上，等待著發動攻勢的時機。

薇亞娜迅速收起魔法三角鐵，拿出瑞亞爾之杖預備跳入戰圈，並抵擋惡魔將軍的攻擊。

格林福德則揮舞著權杖，不斷阻擋著坐騎虎頭步步進逼的利齒。坐騎可能是受到惡魔將軍的魔法所保護，並未因被權杖掃到而被石化。

然而，在惡魔將軍的攻擊下，格林福德被坐騎的尾巴掃飛，摔向一旁的樹叢，撞到一棵大樹導致頭部受到沉重的打擊，短暫地失去了知覺。不過他迅速搖了搖頭，嘗試恢復清醒，爬起來重新投入戰鬥。

同時，雷歐斯也艱難地爬起，手持著覺醒之劍繼續進攻。

薇亞娜揮舞的瑞亞爾之杖還沒有接觸到惡魔將軍，就被牠的翅膀閃過，翅膀上的尖刺勾破了薇亞娜的黑色衣服。

第二輪的攻勢也沒有取得預期的效果，惡魔將軍似乎越戰越強，並未因魯卡迪恩得到祖靈協助，以及薇亞娜的加入而顯示出弱勢。

就在這時，魯卡迪恩突然聽到一個聲音，並不是實際的聲音，而是一種感應，他抬頭看見頭頂上出現了一個黑影，原來是哈繆爾來了。

魯卡迪恩沒有再試圖抵擋惡魔將軍的攻勢，而是迅速往一旁跳開，避開了惡魔將軍的大鐮刀。

他急忙喊道：「大家都快閃開！」大部分人已被惡魔將軍的長槍或尾巴擊退，魯卡迪恩知道哈繆爾即將到來。

大家都倒退了一步，而哈繆爾也飛到惡魔將軍前方的上空。

哈繆爾一張口，一把四色火焰向惡魔將軍席捲，這種龍之火與普通火焰不同，包含了紅橙黃綠四種顏色，最外一圈是紅色，最裡面是綠色。

惡魔將軍想要躲避，但牠的坐騎反應不及，火焰已經蔓延，惡魔將軍只好翻身從坐騎上躍下來躲避。然而，牠的坐騎卻無法逃脫，被龍之火焰吞噬，轉眼間化為灰燼。

大家看著火焰燒著的坐騎，蛇頸虎頭在火中掙扎，眾人都目瞪口呆。就連魯卡迪恩首次知道，哈繆爾還會噴火。

原來，哈繆爾的龍之火非同尋常，除非是被封印在惡魔裂縫深處的真身才不會懼怕龍之火，但惡魔將軍現在的身體是借屍還魂的不死之身，若被火焰燒傷，牠七分之二的元靈將無處歸宿，可能會飄盪不知所終。

哈繆爾再次噴出火焰，惡魔將軍急忙閃避，顯露出有些狼狽的模樣。大家都能看出惡魔將軍對哈繆爾的龍口火焰相當忌憚。

魯卡迪恩發動了第三輪強攻，其他人也立刻跟進。然而，失去坐騎的惡魔將軍展開了翅膀，從空中對眾人發起攻擊。

幸運的是，哈繆爾也在空中不斷騷擾惡魔將軍，時不時地噴出火焰，讓惡魔將軍無法全力對付地面上的覺醒者教團成員。

另一個身影從天空飛來，原來是白色不死鳥「公主」，女巫坐在牠的背上指揮戰局。白色不死鳥對準惡魔將軍噴出一口藍色火焰，惡魔將軍未能閃避，一邊翅膀被火燒傷，連忙滾地撲滅了火焰。這時，惡魔將軍滿身沾滿泥土，部分被火焰燒成焦黑，滿臉灰塵，顯得狼狽不堪。

真實之眼主人利用將軍的身體注入惡魔元靈製成「不死之身」惡魔將軍之後，原本沒有翅膀，是惡魔將軍獲得七分之二的元靈之後，仿造以前真身複製出來，所以比較脆弱，也不是原來將軍的不死之身。

惡魔將軍再次拍動翅膀升空，然而，由於一邊翅膀受到白色不死鳥的藍色火焰攻擊受到傷害，失去平衡，飛行姿勢歪斜，也無法再飛得太高，惡魔將軍的戰鬥力受到影響。

這時，哈繆爾抓住機會再次噴出龍之火，惡魔將軍在空中急速閃躲，甚至翻了幾個筋斗，降低了飛行高度，來到約兩個人的高度。

惡魔將軍無法再飛得更高，因為空中被哈繆爾和白色不死鳥的火網形成了封鎖線。

格林福德終於抓住機會，揮動權杖，直取惡魔將軍的腹部。

當權杖接觸惡魔將軍的腹部時，格林福德灌注了一些帶有神力的覺醒之力進入惡魔將軍的體內。這是一種毀滅性的輸入，因為以惡魔將軍的身體絕不可能承受神力的力量。

魯卡迪恩、薇亞娜等人都只是初始覺醒者，薇亞娜在奧西礦坑中提升了一級，而格林福德身上的覺醒者之力比其他人更高級。這是神力和元靈經過墮落者體內幾個迴圈後融合，然後灌注到格林福德的體內，形成了嶄新的力量！

魯卡迪恩彈跳而起，命運之環狠狠地擊中惡魔將軍的腳部。雷歐斯的覺醒之劍則穿刺入惡魔將軍的胸腔，伊德嘉爾的水晶號角匕首也刺入惡魔將軍的手臂。

魯卡迪恩、雷歐斯、薇亞娜、伊德嘉爾和格林福德手臂上淡藍色的覺醒者之痕顏色逐漸加深，發出耀眼的亮藍光芒，宛如蜿蜒扭動的靈蛇，從手指延伸到他們所持的武器或法器，激發出一道道亮藍色的光芒，匯聚成一股澎湃的藍光巨流，猛烈地打在惡魔將軍的身上。

最後，來自格林福德權杖的覺醒之力發揮了至高無上的作用，展現出強大的力量、無窮的智慧，以及對魔法的無盡追求。這股最高級的覺醒之力，將元靈碎片從將軍的不死之身中擊出。

在元靈碎片脫離將軍的不死之身的剎那，惡魔將軍的眼睛中藍色波濤湧動，彷彿千帆過境、載浮載沉，展現出牠前世的恩怨情仇。

千年前，惡魔將軍並不清楚自己活了多久，也不知道來到這個世界的原因。牠從小就沒有家庭的溫暖，童年的記憶模糊而混沌，唯有一雙粉紅色的眼睛給予了牠關愛的感覺。牠躺在一個箱子裡，透過透明的罩子看到那雙眼睛，帶給牠前所未有的安定，然而，這也是牠唯一關於

「感情」的記憶。

隨後，惡魔將軍再也沒有遇見過那雙眼睛的主人。牠的記憶被塵封，一些東西似乎被鎖住在左側的腦袋裡，想要突破卻只會引發劇烈的頭痛，於是牠選擇了放棄。

長輩們告訴牠，不斷的戰爭，黑色的傘閃狀雲和強烈的白光，讓一些人消失得無影無蹤，倖存者躲進了鋼鐵森林。受到某種影響，人們的形態逐漸改變，有的體表生出鱗片般的東西，有的面容扭曲，有的手腳長出尖刺。惡魔將軍和其他人一樣，頭上長出了兩隻小角。

這些小角有很多用途，可以當作武器攻擊敵人，也可以作為聯繫同類的工具，能在遠距離召喚同伴。最重要的是，不需使用眼睛，它們就可以感知附近是否有殺氣騰騰的敵人。

從有記憶以來，長輩們教導牠如何戰鬥、製作武器，每天學習如何生存和戰鬥，如何使用精神力量和控制其他生物。惡魔將軍的成年禮是血與淚的交織！

在那一天，牠和十九個同樣年幼的小惡魔被關在一個房間裡，沒有武器和食物，只有一個能活下來的機會。四面八方的撕咬和攻擊，只有兩個選擇，要麼吃人，要麼被吃。牠不知道被關押了多久，也不知道自己是如何倖存下來的，只記得當清醒過來時，房間裡只剩下牠和另外一個小惡魔。

在這場殘酷的生存競爭中，彼此沒有任何對話，也不想交朋友。規則非常簡單，只能有一個最強者活下來，絕對不能心軟和猶豫！

兩人各占據房間的一角，靜止不動，肢體沒有再碰觸，也沒有撕咬、戰鬥，只是一直互相注視著。牠們將全部的精神力量灌注在眼睛裡，眼神如刀槍劍戟，不斷刺向對方！這是意志力的體現，推動著精神的念力，無形的弓射出看不見的強大力量，能穿透光線，無數箭矢釘在對手的身上，釘在所有目光能及之處。

不知過了多久，終於，對方支撐不住倒在角落裡，於是惡魔將軍過去吃掉了牠。隨後，門開了，惡魔將軍感覺自己更加強大了。牠的頭皮發麻，原來牠的小羊角已經長成了巨大的羊角，眼睛也和大惡魔一樣，藍色火焰燃燒得正旺，光芒流轉耀目。

「在一億年前，我們在這裡生存下來，我們的家鄉即將被一團黑色沒有物質的洞吞噬，大概還剩下兩千多年，你們的任務，就是穿越時空裂縫，為我們的族群找到可以延續的地方。」主席的聲音緩慢而堅定地傳入惡魔將軍的耳邊：「你們都是精英中的精英，你們將接受特殊的訓練，你們身負種族延續的使命！」在一個半圓型的大廳裡，上方是一個半圓形的透明罩子，罩子外面是深藍色無盡的點點星空。在這個巨大的會議室裡，主席和領導們分別坐在兩大排座位上，牠和其他成年生存者，將會分別派到許多不同的地方，尋找族群能夠生存下來的地方。

接下來是冗長的宣誓典禮，典禮結束後，惡魔將軍和其他脫穎而出的惡魔們要學習高級進階的法術。

在進攻銀鷲堡前，惡魔將軍曾經利用死靈術召喚過城主的祖靈，詢問是否知道他七分之一元靈的所在。

除了死靈術、穿透術，惡魔將軍還學會「吞噬術」的技能。這是一種進食的方式，不僅可以吸收對方身體的營養作為補給，還能吸收人的能量和靈魂，內化成自己的力量。

初到人類國度時，惡魔將軍憑藉這些強大的技能非常順利，一路勢如破竹，意氣風發。他沒有第一時間通知主席團他找到了適合移民的地方。然而，他卻沒想到竟然有比他更強大的天神，能夠令他元靈重創，破成七片，身軀封印，簡直是丟盡了臉。

雖然惡魔將軍原來的軀體被天神們封印在地底深處，但只要能陸續找回全部的元靈，臨時代用品就會成為真正的不死之身。

然而，原本以為在人間所向無敵，才收集到七分之二元靈，就面臨此次來到人間最大的強敵，壯志未酬。

當初真實之眼的首領說這是不死之身，為何現在感覺到拉扯撕裂、即將毀滅？

記憶片段猶如碎片般混亂，眼前一片黑暗！

惡魔將軍殘餘的七分之二元靈碎片正在離開將軍的不死之身時，最後一絲想法，就像風箏線斷裂一般。

惡魔將軍的身軀失去了元靈的保護，被雷歐斯的覺醒之劍刺穿盔甲，從胸口中射出暗綠色的液體！

同時，魯卡迪恩的命運之環擊中將軍不死之身的腿部，惡魔將軍的整條腿立時和身體分離，整條腿竟然碎成了片片。

伊德嘉爾的水晶號角匕首很滑順地劃過將軍不死之身的手臂，手臂整個斷裂，碎片和斷臂落到地上化成濃稠的液體。

惡魔將軍的身軀在地上跳動幾下，就像一塊破破爛爛的布攤在地上，突起的血肉逐漸化成一堆濃綠色液體，瞬間被地下吸收，留下依稀的人形，最後剩下空洞的將軍盔甲，孤零零地躺在地面，默默控訴著死寂。

哈繆爾飛下來停在魯卡迪恩的身邊，魯卡迪恩輕拍了牠的腳，表示感激。此時，魯卡迪恩已經恢復了意識，戰鬥時臉上的紅龍影子已完全不見蹤跡。

女巫和白色不死鳥公主也一起飛了下來，站到魯卡迪恩的另一側，白鴿精靈圓眼更是不甘寂寞，停在魯卡迪恩的肩膀上。

「這是怎麼回事？惡魔將軍死了嗎？」伊德嘉爾驚訝地說，似乎覺得勝利來得太容易了些。

「惡魔將軍附身的身軀死透了，不過牠的元靈碎片被打出去，又不知跑到哪兒去了？」格林福德回答。

「會不會附身到我們哪個人身上？大家快點檢查一下？」伊德嘉爾開始抓頭髮了。她一緊張就會抓抓頭髮或是用手指捲著頭髮，從她的動作可以看出她有多麼緊張。

「通常，沒有依附的媒介，是不可能活過來的。」格林福德肯定地說。

「最可怕的是惡魔將軍的心靈魔考，還好被薇亞娜敲三角鐵的樂聲破解了，當時我都差點走火入魔呢。」格林福德嘆了一口氣說，畢竟童年往事不堪回首。

「這全靠大家的力量。」薇亞娜語氣冷靜而謙虛，此時她的眼睛中已不再有霧霾藍冰烈紋，眼珠恢復了常態顏色。

「可能找得到惡魔將軍的元靈嗎？」雷歐斯說話的同時，也把覺醒之劍上殘留的綠色液體擦拭乾淨再放回劍鞘。

大家都聚精會神地看著格林福德，等待著他的回答

格林福德緩緩閉上雙眼，關閉所有感官，驅動體內神力和魔力構成的覺醒之力。這是他第一次真正運用最高級的覺醒之力，用來探索心靈思緒。他試圖感應周圍是否還存留有惡魔的元靈碎片。

風靜了，樹葉不再搖曳，水停止了流動。他感覺自己的意識變得無比敏銳，彷彿從自身溢出並向四周擴散。心靈的感官知覺開始愉悅地放大，所有細胞充盈得像八爪魚的觸鬚一樣，不斷延伸。探索的思緒從他腳下蔓延到周圍大地，如奔馬奔騰過領域，一直向外擴展攀升，越過

森林的每一根樹根、草尖、亂石、山丘和河流。八爪魚的觸鬚穿越銀鷲堡和護城河，沿著銀鷲堡、護城河、碎石荊棘、小草和樹木延伸，繞過邪惡森林，然後又繞了一圈，但卻無法感知到一絲元靈的存在！

當格林福德的覺醒之力延伸到銀鷲堡的護城河時，護城河的水顏色逐漸褪去，由之前的濃綠色不透明逐漸變得清澈，一直延伸到銀鷲堡的底部。城堡的牆面之前是黑褐色的，現在則像是陽光投下的陰影一樣，從底部逐漸變淡，最終整個城堡由下而上完全恢復成了乳白色。

在恢復的過程中，最先察覺到環境變化的是「圓眼」。白鴿精靈從魯卡迪恩的肩膀上飛起，朝著護城河方向飛去，拍打著翅膀，嘰嘰喳喳地引起注意，似乎在傳達什麼資訊。

不死鳥「公主」受到「圓眼」激動的影響，也感知到了空氣中的異常變化，就像在湖水中投入石頭引起的漣漪，也拍打翅膀引起注意。

大家的視線從格林福德身上轉移到護城河和銀鷲堡上。

「看！護城河的水，那種髒髒的深綠色都退了，水變回清澈透明了。」伊德嘉爾第一個喊出來，她總是最為聒噪。

「是的，剛才我們出來時，銀鷲堡還是黑色的，現在已經恢復到原來的乳白色了。」雷歐斯看著城堡說道，語氣充滿了喜悅。

「太好了，這代表大魔王真正的走了。」笑容在魯卡迪恩臉上開花。

眾人望著恢復元氣的大地，臉上都表露出放鬆的表情。他們感到一股喜悅和寬慰，因為終於戰勝了邪惡。大地重新煥發生機，彷彿在宣告著勝利的到來。

末章

天神犯的錯誤

「我想回到歐斯維爾王國看看我的導師奧瑞斯德。之前聽到喬舒亞說，歐斯維爾王國已經發生政權更迭，我擔心導師的安危。」薇亞娜的眉頭緊皺，內心的憂慮在臉上顯露無遺。

「喬舒亞說的話還能相信嗎？他那時已經是墮落者了。」雷歐斯挑了挑眉，一副不屑一顧的模樣。

「我想，不管喬舒亞說的話是真是假，和奧瑞斯德分別了這麼多年，我還是必須去看導師，也要告訴他關於喬舒亞的事情，還得通知他的家人。」薇亞娜心段系導師，想到喬舒亞被小惡魔附身死亡，決定先將他葬在銀鷲堡後的墓園。

「我陪妳一起走一趟，我也想去。母親的表妹就住在那裡，我小時候見過，這些年我不敢面對她，但現在也該去告訴她家裡發生的事情。」魯卡迪恩想起這麼多年都沒有勇氣去探望母親家的親戚。

「我也去。」雷歐斯毫不猶豫，儘管生於豪門，但宮庭紛爭和人情冷暖曾令他飽受煎熬，而在覺醒者團隊裡，他找到了真正的友情。為人類剷除惡魔的事都毫不猶豫，何況是為好朋友赴湯蹈火。

「或許我們可以一起前往，途中順便尋找是否有逃脫的小惡魔，也試著查探是否有其他的元靈存在。」格林福德向伊德嘉爾提議。

伊德嘉爾點了點頭，表示同意。這是非常罕見的，伊德嘉爾通常總是有很多意見，但她至今未找到在生命之樹那場致導師喪命的襲擊中所涉惡魔的下落，也沒有可依附的親人，因此她不願回到精靈世界去面對其他守護者。

女巫帶著白色不死鳥公主和白鴿精靈圓眼即將返回法奧村。由於法奧村和歐斯維爾王國的距離很近，魯卡迪恩讓哈繆爾隨女巫一同前往，這樣可以在法奧村和歐斯維爾王國之間的森林中留守。

剛踏入歐斯維爾王國，格林福德提醒薇亞娜小心行蹤：「薇亞娜，雖然墮落者喬舒亞所言可信度令人懷疑，但為了安全起見，妳不要像以前那樣直接去王宮找國師。」

「沒錯，宮庭是世界上最黑暗的地方，我也曾身受其害，魯卡迪恩同樣如此，務必要保持警惕。」雷歐斯深有所感：「權力是世界上最強的迷幻之藥！」

「即使喬舒亞所說的都是真的，奧瑞斯德的處境仍然十分危險。我若明目張膽地去找導師，恐怕會落入陷阱。」薇亞娜早已打定主意，這趟行程必須隱密慎重，畢竟她多年未回歐斯維爾王國，對當前的政治局勢並不清楚，只能謹慎前行。

歐斯維爾王國首都普拉維爾，同時也是王國的政治和商業中心，坐落在廣闊湖畔，湖水聚集成一片大湖，港灣寬闊水深，各色大小商船停泊其中，湖畔用神奇的水晶柱裝點，整個市容顯得繁榮富庶。

薇亞娜等人先在普拉維爾市中心的酒館用餐，打探當地的政治情況。

在一個市區的酒館中，一位吟遊詩人唱著：

妖精之月，宮庭裡群魔亂舞！
國王在花園賞花，只留下一頂寶石皇冠，上面停滿了蝴蝶。
第一魔法師把自己變不見，黑色的尖帽，上面站著一隻蜻蜓。
王宮不是迷宮啊，為何迷路呢？
目擊者蝴蝶和蜻蜓過來吧！
拷問蝴蝶吧！蝴蝶不知國王去哪兒？
問問蜻蜓吧！蜻蜓不知國師去哪兒？
新的國王啊，解不開這個謎！
更多人失蹤，難道妖精作祟？

宮庭政變，國王失蹤，國師奧瑞斯德行蹤成謎！這種局勢實在令人難以置信。她不禁感到擔憂，導師怎麼可能會失蹤？他是璐卡蒂亞大陸第一的魔法師，強大的魔法能力深不可測。

薇亞娜和同伴們暫時安頓在市中心的一家酒館，打算先探聽當地的政治局勢。許多人在酒館裡爭相談論，有的說國內所有的魔法師都消失不見，聽說全部被殺了；有的則傳言國王失蹤，國師也失蹤；也有人說國王和國師陷入魔法陣中，不得脫身，只剩下軀殼，精神瘋狂。

這些消息各不相同，但卻有一個共同點，即都發生在國師奧瑞斯德從魔法學院回來之後。也就是說，國師在封印惡魔裂縫後，雖然重傷失蹤，但倖存的白金冒險者都知道被他的徒弟救走，而國王因抵抗惡魔的事蹟，在國內的聲望達到最高峰。

事情都發生在奧瑞斯德和薇亞娜在魔法學院分別，奧瑞斯德回到歐斯維爾王國，薇亞娜在各處歷練戰鬥的這幾年期間，王宮裡究竟發生了什麼事？為何國王和國師都失蹤呢？

走在歐斯維爾王國首都普拉維爾的街道上，薇亞娜感到十分困惑，自己曾在這個國家生存多年，卻對國家的政治局勢一無所知，因為她的生活範圍大多局限於王宮內，很少在外面流連。

這次回到歐斯維爾王國，薇亞娜決定重新審視這個她曾經生活多年的國家。她希望能弄清楚國王和國師失蹤的原因，以及背後的真相。

薇亞娜斟酌了三種方式來尋找導師。首先，她在王宮外守候，希望能遇到熟悉的人並打聽消息。然而，三天的守候並沒有見到任何熟人。

第二種方式是使用魔法探知術，尋找導師的下落。然而，這種魔法探知術她只是在魔法學院的老師帶領下練習過，並沒有實際操作過。而且據傳聞，歐斯維爾王國的魔法師一夕之間全部消失了，這讓她感到困惑。

第三種方式是最危險的，即夜探王宮。雖然對她而言是熟門熟路，但她不願輕舉妄動，畢竟王宮內重重守衛。

在王宮門外，雷歐斯陪伴薇亞娜等候了三天，並沒有看到熟悉的面孔出入。傍晚時分，薇亞娜前往附近的集市街道，尋找製作魔法探知術所需的材料。

格林福德則發現自己的覺醒之力在大城市中毫無用武之地。這種探索能力在人多喧囂的城市裡無法發揮其對古靈、元靈的敏銳感應能力。它更適合在人煙稀少的古堡、古墓或森林等地發揮強大作用。

魯卡迪恩則決定先去找他的表姨，一旦在歐斯維爾王國安頓下來，再考慮打探國師的下落。他憑著小時候的記憶，找到了城北一家農家，卻發現表姨已經搬走。幸運的是，老農告訴他表姨伊芳在市中心驛站對面開了一家藥材店。於是，魯卡迪恩又回到市區，並幸運地找到了表姨伊芳。

在藥材店後面的房子裡，伊芳接待了魯卡迪恩和他的朋友薇亞娜、雷歐斯、伊德嘉爾等人，得知了倫迪村的噩耗。

「多年沒有聯絡，沒想到姐姐和姐夫他們都已經離世。」伊芳悲傷地說著。她的容貌與魯卡迪恩的母親相似，這讓魯卡迪恩感到無比親切。

「阿姨，妳是否見過這塊石頭？」魯卡迪恩從衣領中取出掛在脖子上的那塊石頭，問道。

「當然，這世上大概只有我知道這塊石頭的來歷。」伊芳緊緊握著石頭，眼中充滿無盡的懷念。

然而，魯卡迪恩在心中明白，除了伊芳，亞爾多蘭王國的王宮總監也瞭解這塊石頭的秘密。他苦笑著，但並未將這一事實說出，他想先聽聽伊芳所知道的內情。

二十多年前，亞爾多蘭王國是一個虔誠的禮神國家。雖然民間仍然承襲璐卡蒂亞大陸萬物有靈的多神崇拜，但王室基本上是一神論者，崇拜的是天神「卡爾斯」。因此，各地都建立了卡爾斯的神像，而王宮前的噴水池中更聳立著一尊卡爾斯騎在飛馬上的神像，威嚴非凡。

實際上，在希瓦隆德的世界中，眾神是真實存在的，帶來了不同的信仰，形成各種宗教，不同教團之間擁有不同的教義。眾神可以賦予追隨者神聖魔法的力量，也可能直接現身凡間，傳達神諭。因此，個體可以信仰單個或多個神祇，包括一神論者、多神論者、泛靈論者以及無神論者。

亞爾多蘭王國的大王子在御花園的假山處被毒蛇咬傷，但由於發現得晚，蛇毒已經擴散到五臟六腑，藥石罔效，命在旦夕。國王和王后連續三天舉行大型禱告儀式，希望天神卡爾斯能夠使大王子早日康復。

關於御花園為何會有毒蛇，那則是另一個問題。因為御花園裡的一切花草樹木都是由工程隊移植過來的，理應不可能有蛇。儘管國王懷疑其中蹊蹺，但卻找不到有關大王子遭人蓄意謀害的證據。

儘管亞爾多蘭王國國王苦求天神，但或許是天神卡爾斯無意干涉，大王子終究未能倖免於難，年僅八歲便夭折了。

大王子去世後，國王的傷心憤怒滋生出怨恨之種子，將他的失望發洩到對天神的不滿之上。他認為卡爾斯拒絕幫助大王子活下來，實為拋棄了歐斯維爾王國。於是，他下令拆除所有天神的塑像，不論皇親貴族還是市井百姓都不得再禮拜天神卡爾斯。

通常，塵世間的生老病死都有既定的規律，天神並不會過多干預。但如今整個國家對天神卡爾斯的不敬，以及拆除所有卡爾斯的雕像、禁止禮贊這些事情，引起了好事之神的關注，甚至戲謔卡爾斯。這些傳言傳到卡爾斯耳中，令祂也十分好奇。畢竟，作為祂的信仰者，亞爾多蘭王國千年來都虔誠地崇拜祂，如今卻在一夜之間拋棄了自己。

距離卡爾斯上一次來到凡間是為了平息惡魔之亂，已經過去千年。在那個時期，天界共有三名神祇，分別是雲神、雷神、水神來到凡間參與戰鬥，驅逐惡魔。而水神卡爾斯曾來到古代的亞爾多蘭王國幫助將惡魔驅逐。因此，亞爾多蘭王國的先民根據水神卡爾斯的形象鑄造了許多石雕像供奉。千年過去，竟然有人將對卡爾斯的崇拜全部推翻。

魯卡迪恩最終從表姨伊芳處得知二十年前亞爾多蘭王國王后被送上斷頭台的第一手情報。

「因大王子慘遭毒蛇噬咬身亡，國王指責王后未能善加照顧孩子。而王后則辯稱御花園內有毒蛇，不應歸咎於她。同時，她抨擊國王對皇位繼承問題疏忽，導致政敵企圖奪取大王子的位置。此事件在王宮中掀起滔天波濤，王后與國王爭吵不休，二人感情出現裂痕，很長時間互不說話。

「大王子辭世後，王后長達兩月未出宮門。她自怨自艾，憂傷和自責導致她情緒失控，受到巨大的折磨，一方面是深愛的兒子救不回來，另一方面遭受國王的不滿和指責。雙重打擊令她備受煎熬，特別是大王子擁有王位繼承權，此刻過世，儘管仍有兩名公主，但其在王宮的地位不若從前。

「有一日，我陪同王后前往御花園，她一定要去大王子被毒蛇咬傷之處的那座假山查看。而且還不讓我一起進假山，我只能在假山外等候。

「王后從假山回來後，她的舉止變得更加怪異。有時泣不成聲，有時莫名的笑個不停，有時呆坐一下午。有一次，她向我詢問關於天神卡爾斯的傳說，聲稱在假山遇到一個與卡爾斯神像極其相似的人。坦白說，我當時以為她生病、產生幻覺，畢竟王宮門禁森嚴，假山又怎可能出現他人？尤其是與天神卡爾斯如此神似的人？

「此後，王后多次前往假山，再也沒有提及卡爾斯的事。我看她精神逐漸康復，以為她的憂鬱症好多了。不久，王后居然懷孕並且生下了一個孩子。

「本以為王后再度誕下皇子，使得亞爾多蘭王國迎來新的繼承人，理應舉國歡騰。不料孩子還沒滿月，便傳出嬰兒非國王骨肉。國王雖初不信，但嬰兒的懷孕時間與生產時間顯然有些差距，而此事牽涉王后的貞操，因此國王私下展開調查，甚至命我前去答問。然而不管如何，大王子去世前後數月，王后始終未踏出王宮大門。儘管懷孕時間稍有出入，但御醫仍然認為在正常範圍。總之，即便存有問題，我們也需確認是否存在通姦行為，以及嬰兒的親生父親是誰。就在此刻，有人發起致命一擊，即當時負責宮女的總管。她聲稱親眼目睹王后與一男子私會，然而當時天色昏暗，無法看清那人模樣。國王被憤怒沖昏了頭，影響他的判斷能力，越看嬰兒越發覺得不像自己，於是下令拘禁王后，並以通敵賣國等罪名將她送上斷頭台處決！」

「宮女總管將小嬰兒交給我埋葬，可當我剛走到王宮後山，小嬰兒突然大哭，我才發現他並未死去。我唯一能救他的方法，就是逃離亞爾多蘭王國。幸好，宮女總管認為已處理妥當，沒有嚴密監控，我才得以逃脫，並將嬰兒託付給表親撫養。後來，我來到歐斯維爾王國隱姓埋名，並與現在的丈夫結婚。我本以為這件事再無機會提起，沒想到昔日的小嬰兒竟有如此多奇遇。」

「那麼，小嬰兒的親生父親到底是誰？是天神卡爾斯嗎？」伊德嘉爾問道，本應是魯卡迪恩問的問題，但伊德嘉爾總喜歡搶先一步。

「我真的不知道。當時國王痛恨天神未能拯救大王子，下令拆除所有天神卡爾斯的雕像，是我親眼所見。但是，我並未看到王后與任何人在後花園或假山相處，她在臨終前始終沒有承認別人對她的指控。」依芳回答。

「如果王后真的懷有天神的孩子，為何天神不來拯救她？」伊德嘉爾不屑地撇了撇嘴。

「這個我知道。」格林福德突然插嘴，眾人都嚇了一跳。

「之前聽牧師說，先知與天界眾神交流時，得到一則消息。天神卡爾斯曾犯錯誤而自我封閉一段時間。所以即便他後來去亞爾多蘭王國找王后，也未必知道她生下孩子的事情，無法證明魯卡迪恩的生父是否為卡爾斯。」格林福德摸著日漸稀疏的頭髮，環視眾人，發現大家都專注地看著他，他故意模棱兩可地分析著。

「看來沒人能知道你的親生父親是誰了。」薇亞娜拍拍魯卡迪恩的肩說。

「我認為總有方法的，至少天神與人類混血，總應該有些特徵，就像我的耳朵，一看就知道像精靈的耳朵。」伊德嘉爾仔細地端詳著魯卡迪恩，看得他有些羞澀：「卡爾斯長什麼樣子？是否能找到卡爾斯的畫像或塑像來比對一下？」

「亞爾多蘭王國應該都沒有了，當時國王非常憤怒，下令全國毀掉天神的塑像和畫像，時間太久我也不記得了。因為我服侍過王后，魯卡迪恩和王后長得非常相像。」表姨伊芳肯定地說。

「是啊，總會有辦法知道的。等我找到我的導師，他肯定能幫我解開謎團。」薇亞娜拍拍魯卡迪恩的肩說著。

「簡單地說，如果你身體沒有異常，看看你是否擁有其他特異功能，哈哈！」雷歐斯語氣帶著一些戲謔說道。

「我和一般人有何不同呢？」魯卡迪恩自問。他不由得摸摸自己的臉，似乎和普通人沒有什麼區別。他沒有翅膀，皮膚沒有鱗片或胎記，手指腳趾的數量也是十根，流的血也是紅色，外表和人類一模一樣。

如果仔細追究是否有何差異，魯卡迪恩突然想到一點，就是他在水中停留的時間可以很長。小時候和鄰居們玩水，故意和同伴們開玩笑，躲在水裡好久沒出來。大家都以為他淹死了，鬧出一場風波，他才知道人並不能在水中停留很久，後來他特別注意，不想與眾不同。

直到和小飛龍哈繆爾一起被困在井底的那幾天，兩人在水池裡玩耍，有時和哈繆爾一起潛到水底，都沒感到呼吸不過來的時候，就和魚一樣自在。他從來沒注意過自己究竟能在水裡多久。

現在回想一下，在水裡能夠呼吸，這是和一般人不同，是天賦嗎？但也不算是什麼特異功能吧。除此之外，他沒有感到與其他人有任何不同之處。如果是天神之子，能力有這麼簡單嗎？

「關於我是誰的兒子不重要，我就是我，不是誰的孩子。從今天起，不想再討論這件事。」魯卡迪恩生性不喜引人注意，也不喜歡被人盯著看，最重要的是，他認定倫迪村的兩位長者是他的父母。

「是的，你就是你，管你是誰的兒子。」格林福德假裝嚴肅的臉上擠出一絲笑意。

「是的，你就是你，管他爹是誰。」愛開玩笑的伊德嘉爾也跟著說道，大家都笑了。魯卡迪恩原本一臉認真的表情也忍不住笑了，眼前有這麼多關心自己的人，何必去在意未可知的事情呢。

魯卡迪恩找到表姨，但薇亞娜卻一直沒有導師的消息；她運用覺醒之力冥想了幾天，但完全察覺不到導師奧瑞斯德的一絲氣息。魔法師之間有互通消息的特殊方法，尤其是導師的魔法能力比她高出很多，怎麼可能沒有留下任何訊息給她呢？奧瑞斯德是否還活著成了她最擔心的事情。

城裡的魔法師都不見了，魔法器材專賣店和魔女的店都冷冷清清，貨品不齊全，店主也懶得補貨，有些乾脆關起門休息了。

為了製作魔法探知術，薇亞娜從城裡不同的店中買到了大部分的材料，不足的部分她自己去後山採集，但唯獨缺少魔法探知術的未來術所需的兩種材料。她實在找不到，只好一步步來。

在伊芳家的火塘，薇亞娜投入魔法探知術的藥材，在空中寫著術式，念起了從魔法書籍中背下來的咒語。火塘裡的火焰本是橘色的，逐漸由內部灰色變成藍灰色又變成白色，燃燒聲音也聽不見了。這時的火焰畫面中出現了一個廳堂，有一根非常巨大的圓形石柱，靠牆壁的地方有一根橫樑，橫樑底下有一個被鐵鍊鎖著的人，這個人正是薇亞娜的導師。另一邊有欄杆的房間則關著歐斯維爾王國的老國王。

原來歐斯維爾王國的老國王和王國大法師並不是真的失蹤，而是被軟禁在地窖中，那是哪裡的地窖呢？

「被鎖在橫樑上的是我的導師，而關在旁邊小房間的是國王艾爾瑟里克，原來他們都還活著。我一直懷疑和擔心，導師的魔法高強，怎麼會沒有一點消息，原來他被控制了！」薇亞娜忍不住哽咽。

「這個大廳沒有窗戶，但是卻有一根大圓柱，薇亞娜去過這地方嗎？」雷歐斯驚訝地問。

「這是過去還是現在？妳導師現在還在這裡嗎？」伊德嘉爾問。

「購買的施法素材不夠，沒有辦法發揮得很好，這些畫面應該是過去，但很有可能現在還在這裡。這地方我應該知道……好像是在王宮裡專門祭祀的殿堂的地下室，因為我認得那根大圓柱。我去過的一樓有很多神祇雕像，大圓柱上面有綠底金黃色荊棘雄鹿的圖騰，有敞開的窗戶。而這裡雖然有大圓柱卻沒有雄鹿圖騰和窗戶，應該是祭祀殿堂的地下室。大家幫我仔細看看畫面是否有任何奇怪的地方？」薇亞娜忍住哀傷的情緒，眼睛直勾勾地盯著火焰畫面，想要記住每一個細節。

「咦！真奇怪！綁住妳導師雙手的地方，不僅有鏈條，還纏著植物，好像是樹根還是樹枝？上面有一圈圈的植物纏繞。」伊德嘉爾敏銳地觀察到這些細節。

「我知道那個植物，女巫金妮在我村子裡被綁在柱子上時，身上也纏繞著類似的東西。後來她告訴我，村民用浸泡過某種藥水的鼠尾草綁在她身上，隔絕了她的魔法施展能力。我認為妳導師身上被放置了這種隔絕魔法的植物，才使得他無法施展魔法。」魯卡迪恩認為奧瑞斯德身上的植物和當年女巫身上的非常相似。

「沒錯，我也聽院長說過，有一種泡過藥水的草，其實是被施黑魔法，又稱之為魔法剋星，由於氣味比較重，很容易被發現，所以通常要搭配其他的藥物，例如迷藥。這種魔法剋星必須要在魔法師沒有察覺的情況下使用，才能達到效果。導師一定不知情的情況下，或是在睡夢中，被這種東西纏住控制住的。」薇亞娜指的是魔法學院的院長曾經提醒她要注意：「王宮的地形我還是有點熟悉的，畢竟我住了好幾年。只要我能夠混進去，到那個地窖裡面，把導師身上浸藥的鼠尾草拿走，我相信他就可以自己脫困了。」

眾人紛紛議論，格林福德保持冷靜的口吻說：「接下來我們要制定如何營救薇亞娜導師的方法。」

「那還是老方法，我在附近放一把火，然後趁亂混進地牢。只要能把妳導師身上的鼠尾草拿走，我相信他就能恢復魔法能力救出國王。在璐卡蒂亞大陸上，我相信沒有幾個人是王國大法師的對手。」魯卡迪恩說。

「放火的事交給我來辦吧，我最喜歡放火了。」伊德嘉爾一臉頑皮，每次說到嚴肅的事情時，她總會用幽默化解氣氛。

「最好先瞭解一下歐斯維爾王國最近是否有什麼慶典或節日？我們可以在節日期間下半夜展開救援行動。」格林福德建議道。

即將進入獨角獸之月，再過兩天就是花舞節的開始。這個節日中，人們會用各式各樣的鮮花來祭祀自己信仰的神祇，並且歌舞狂歡，飲用花蜜酒，持續三天三夜。然而，平常在花舞節三天慶典中，火災發生率也很高。現在，覺醒者們決定選在獨角獸月開始的第二天晚上展開他們的營救行動。

分工開始，伊德嘉爾負責在廚房和馬廄放火，薇亞娜和格林福德則負責進入祭祀殿救人。而魯卡迪恩和雷歐斯的任務是進入新國王的寢殿，揭穿新國王的偽裝。

行動前，格林福德則負責先來到離祭祀宮殿最近的王宮外牆附近，在夜深人靜之際展開覺醒之力的探索能力，以確認奧瑞斯德是否仍在祭祀宮殿內。

魔法師的呼吸與一般人不同，經過訓練後，他們的氣息可以非常幽遠而悠長，而奧瑞斯德更應該如此。格林福德相信，在夜深人靜之時，他應該能探尋到奧瑞斯德的氣息，只要他仍在祭祀殿內。

確認奧瑞斯德還在祭祀神殿中，營救行動開始，伊德嘉爾在兩處點燃火焰，引起王宮內一陣混亂。薇亞娜和格林福德潛入祭祀殿的地下一樓，發現樓梯口底下坐著三個看守，正在喝酒。

薇亞娜一眼看到桌上有酒，立刻指向那瓶酒，施展了醉酒術，魔法「無形之手」將五十杯酒的酒意灌注在酒杯中。三個看守喝下這杯酒之後，立刻趴在桌上醉倒。

薇亞娜成功從看守身上取得了鑰匙，立刻前往救導師。當她拿掉糾纏在導師手腳的藥草後，奧瑞斯德緩緩抬起頭，彷彿沉睡多時突然蘇醒一般。魔法之源如水流般湧入乾涸的草原土地，填平奧瑞斯德臉上的皺紋，眼睛散發出睿智的光芒，溫柔地看著薇亞娜，讓她不自覺地淚流滿面。

奧瑞斯德彷彿被一團淡藍色的魔法光環包圍，隨手一揮，手指間流出無形的氣流，如萬馬奔騰般湧出。頓時，囚禁國王的鐵門打開，國王被氣流托起，沉浸在魔法的河流中修復殘破的身體。

當伊德嘉爾趕往國王寢殿前與大家會合時，寢殿門口只見薇亞娜攙扶著老國王艾爾瑟里克站著，王國大法師奧瑞斯德白髮在空中飛揚，雙手向前伸向眾人，氣勢淩人。格林福德則站在薇亞娜旁邊，面對著殺氣騰騰的王宮護衛隊在殿前廣場對峙。

雖然新的護衛隊長已經換成新國王的親信，但護衛隊副隊長等人都認得老國王艾爾瑟里克和王國大法師奧瑞斯德。看到失蹤已久的老國王和大法師重現，且大法師身上引爆的魔法之源氣勢萬千，王宮護衛隊的隊員們頓時手足無措，這場戰還沒開始，護衛隊的隊長已經輸了。

伊德嘉爾進入國王寢殿時，魯卡迪恩、雷歐斯兩人正在圍攻新國王。當魯卡迪恩的長劍刺入新國王的心臟，新國王的臉瞬間變回了一張惡魔的面容。只見這個惡魔的一隻眼睛泛著紅光，另一隻眼卻綠幽幽，惡狠狠地瞪視著魯卡迪恩，然後轉頭望向剛進門的伊德嘉爾，裂開血盆大口、噴吐著熱氣。

這惡魔的面孔，早已深深地烙印在伊德嘉爾長年噩夢之中。曾經，牠要求伊德嘉爾用鮮血署名，出賣靈魂給牠，但她義正言辭地拒絕了。自此，惡魔糾纏著她。她永遠無法忘記這個惡魔，一隻眼睛泛著紅光，另一隻眼睛則發出綠光，就是這個惡魔在精靈森林的生命之樹底下殺害了她的恩師，使她終身遺憾。

伊德嘉爾連忙搭上弓箭對準仇人，這支箭直接射中新國王惡魔的綠色眼框。緊接著，雷歐斯搶過來一把長劍猛地刺入惡魔的紅眼，動作深入顱底，這一劍力道之大，將惡魔刺倒在地，只見牠雙腿抽動不已，在生命流逝中逐漸停止動作。

「導師！我終於幫您報仇了！」看著她射出的箭在新國王惡魔眼框前傲然挺立，伊德嘉爾忍不住跪了下來，這兩年來對恩師的愧疚和委屈都隨著淚水如泉湧出。

伊德嘉爾用力捏了自己的手臂一下：「好痛，我的痛覺回來了！」當初被惡魔奪走的一部分靈魂，讓她失去了痛覺。然而現在，惡魔已死，她失去的一部分痛覺也回來了，這意味著伊德嘉爾失去的部分靈魂終於歸位。

晨曦開啟了新的一天，黑夜時分的火光殺戮與緊張對峙，此刻已煙消雲散。歐斯維爾王國恢復了平靜，人民只知道老國王艾爾瑟里克回歸，王國大法師奧瑞斯德也現身，彷彿厄運從不曾降臨。

象徵國家標誌的荊棘公鹿旗重新飄揚起來，歐斯維爾王國的荊棘公鹿是守護神獸，覺醒者也被該國視為英雄，每位成員都獲得一枚頭戴荊棘王冠雄鹿的最高榮耀徽章。

此刻也是覺醒者該離開的時刻了，奧瑞斯德決定留在歐斯維爾王國輔佐國王，他會安排人運回喬舒亞的遺體，薇亞娜則有自己的路要走。

覺醒者的使命尚未完成，以戰止戰，以殺止殺，成為他們的宿命。未來的路將綿延到遠方。

鳴謝

原本我一直想寫推理懸疑小說，完全沒有想到會寫魔幻小說。

緣起，是想幫阿和製作的大型遊戲寫劇本。阿和因為在Bilibili網站上面長期發表他的遊戲作品，獲得投資人的青睞，拿到第一筆創業基金。我想協助他制作遊戲，心想，我以前當過電視節目製作人，也寫過電視腳本，遊戲的劇本應該不難？沒想到，只是一個場景就被退稿不下二、三十次，隔行如隔山。就以開第一次劇本會議來說，很多術語根本聽不懂，因為我從來沒有玩過遊戲。

我終於體驗現實：就算寫一百遍也不會達到年輕人的要求，決定先從小說開始，故事的構思才能完整。阿和開了一連串的電視劇和魔法、魔幻、希臘神話等相關的書單，包含《權力的遊戲》、《魔戒》等，讓我先學習「魔法」。

歷時兩年，中間還曾經停頓過半年（寫不下去），直到二〇二三年七月才完成十六萬字的長篇小說。

以我在平面媒體二十年的功力，有十四天寫十五萬字一本書的紀錄，早年曾在皇冠和希代小說族發表短篇，但這次長篇小說，面臨了很大的挑戰：在年輕人的眼中，我的小說成了哈姆雷特，幾個人討論要大修特修！他們改過的、刪除的，我又改回來，為此事爭執不休，很難達成共識，畢竟年齡相差懸殊，耐心化解代溝，好不容易才完成。

這本小說是以阿和製作的遊戲：《覺醒者：崛起》的世界觀、人物、場景、主題為基礎。阿和要求：別取奇怪的名稱，也別超出原先的設定和世界觀……。本來我以為魔幻小說就是天馬行空，其實並不是，而是有一定的邏輯思考和框架的。

儘管如此，我還是很佩服自己，一段時間「活」在魔法世界中，幻想很多情節，把簡單的打怪獸滅惡魔的故事，發展成神奇魔幻的冒險旅程。

現今華人圈製作遊戲風格，大都是以三國、西遊、修仙封神、山海經怪獸等中式古裝遊戲為主流。阿和沒有選擇獲利快速的手游，反而選擇製作西方中古世紀奇幻風格冒險的單機遊戲，是高難度的挑戰和突破。如今《覺醒者：崛起》的前傳《覺醒者：遺忘之誓》Rogue遊戲在二〇二三年十月十八日在Steam等國際平台上市。這本長篇小說《覺醒者：終末之門》也終於打破世代觀念藩籬並付梓，可喜可賀。

感謝阿和（譚龢）徹夜修改文稿，及趙子健對文字修整下的功夫；感受年輕人思考飛躍的靈活度，讓我完成這個不可能的任務。

在現階段看紙質書的人越來越少的時代，特別感謝時報出版公司能夠給予機會，讓我們這本「曠世鉅作」，能以傳統紙質小說問世，讓我輩愛書人也能在手機之外觸摸書香質感。感謝時報編輯萱宇非常耐心地挑出問題仔細修改和費心討論。能看到最一頁的讀者，也是愛書之人，謝謝您的支持與鼓勵。

樓蘭 2023/9/25

Story 67

覺醒者：終末之門

作　　　者—樓蘭、譚龢、譚湘龍
文字整理編輯—趙子健（遊戲編劇、劇本殺專業作家）
美 術 作 品—坦爾遊戲、上海命環軟件科技有限公司提供
美 術 作 者—李勃言、羅賢剛
責 任 編 輯—陳萱宇
主　　　編—謝翠鈺
行 銷 企 劃—鄭家謙
封 面 設 計—陳文德
美 術 編 輯—菩薩蠻數位文化有限公司

董　事　長—趙政岷
出　版　者—時報文化出版企業股份有限公司
108019台北市和平西路三段二四〇號七樓
發行專線—（〇二）二三〇六六八四二
讀者服務專線—〇八〇〇二三一七〇五
（〇二）二三〇四七一〇三
讀者服務傳真—（〇二）二三〇四六八五八
郵撥—一九三四四七二四時報文化出版公司
信箱—一〇八九九 台北華江橋郵局第九九信箱
時報悅讀網—http://www.readingtimes.com.tw
法律顧問—理律法律事務所 陳長文律師、李念祖律師
印　　刷—勁達印刷有限公司
初版一刷—二〇二三年十月二十日
定　　價—新台幣四六〇元

時報文化出版公司成立於一九七五年，
並於一九九九年股票上櫃公開發行，於二〇〇八年脫離中時集團非屬旺中，
以「尊重智慧與創意的文化事業」為信念。

覺醒者：終末之門/ 樓蘭, 譚龢, 譚湘龍作. -- 初版. -- 台北市：時報文化出版企業股份有限公司, 2023.10
面；　公分. -- (Story ; 67)
ISBN 978-626-374-289-5(平裝)

863.57　　112014014

ISBN 978-626-374-289-5
Printed in Taiwan